Besos

DE CAFÉ Y CERVEZA

Ivonne Vivier

Besos

DE CAFE Y CERVEZA

Ivonne Vivier

Título: *BESOS DE CAFÉ Y CERVEZA*
© 2019, Ivonne Vivier
De la edición y maquetación: 2019, Ivonne Vivier
Imagen de cubierta: Cecilia de Blas Cambara.
Del diseño de la cubierta: 2019, Luz Maestre.
Primera edición: noviembre, 2019
ISBN: 9781702075336
Sello: Independently published

AGRADECIMIENTOS

Mi familia siempre tendrá un renglón o más en los agradecimientos. Ellos son los que están a mi lado apoyándome día a día, dándome fuerza y empujándome a seguir.

Mi marido merece un gracias más grande porque él, además, me ayuda en el proceso de publicar (si lo requiero, porque tampoco es que lo molesto tanto, jaja) y cuando mis conocimientos tecnológicos no alcanzan me tiende la mano.

A mis lectoras cero las tengo que poner aquí sí o sí, con sus críticas y vista aguda me tienen en ascuas hasta que terminan de leer la novela. Después de las decenas de fotos y comentarios varios, me dan su veredicto. Me encanta cuando les encanta. Gracias, esta vez, a Laura Hernandez, Nani Mesa y Flavia Farías.

Begoña Medina y R.M. Madera, además de lectoras cero, son esas compañeras de fierro con las que se puede contar en las buenas y en las malas, gracias por estar siempre, ustedes me hacen ser mejor.

Cecilia de Blas Cambara tiene el crédito por la imagen principal de la portada y Luz Maestre por el diseño completo. Han tenido mucha paciencia conmigo, gracias por hacer esta maravillosa portada.

Gracias a Joan Bekker por ayudarme con la sinopsis, creo que es uno de los peores momentos del escritor hacerla.

Y a ustedes lectoras/es que están del otro lado, que me elijen una y otra vez y disfrutan de estas locuras mías. Infinitas ¡gracias!

1

Sabrina se volvió a emocionar hasta estremecerse y terminar por sonreír ahogando un suspiro, que nació desde la más profunda necesidad de dejar fluir su felicidad. Esa que le recorría la espalda desde la cintura hasta la nuca erizándole la piel y elevando más aún las comisuras de sus labios. La misma que retorcía su estómago y quitaba su aire por cortos segundos. Ese preciso instante, era uno de aquellos momentos que merecía una carcajada, pero se contuvo.

Dio otro sorbo del espantoso café que le habían servido recordando otro exquisito que, de seguro, extrañaría cada mañana, como tantas otras cosas a las que allí se acostumbró. No obstante, no extrañaría nada tanto como a sus padres, sus hermanos y sus sobrinos, de los que a ciencia cierta disfrutaría más que de aquel café. Por supuesto que era diferente, ellos la abrazaban como nadie lo había hecho desde hacía ya bastante tiempo. ¡Y, por Dios, cómo necesitaba sus abrazos!

Su hermano gemelo se quedó unos segundos más en sus pensamientos. Tenía tantas ganas de verlo... Sonrió con resignación, ella era capaz de aguantar en silencio sus molestas burlas y abrazos rudos o esa mirada traviesa que le anunciaba que algo malo estaba por hacer. A ella no le importaban sus travesuras, siempre esperaba ansiosa el desenlace porque lo ayudaría a sobrellevar las consecuencias de cualquier manera y ante quien fuese. Tampoco le eran demasiado molestas las órdenes tapadas con esa misma sonrisa que a su madre sacaba de sus casillas, sí, despotricaba y a veces a los gritos, pero las cumplía igual porque venían de Iván.

Desde chica supo que era inexplicable ese incondicional e irracional amor por su otra mitad, como solía decir. «Solo otro gemelo puede entender la relación que hay entre nosotros», concluía, y no explicaba nada más a quien le preguntaba algo.

Recordando varias anécdotas terminó su café entre sonrisas tapadas (tampoco era cuestión de quedar como la loca del avión que reía sola) y ojitos mitad alegres, mitad nostálgicos.

Una nueva vida la esperaba ya lejos de Roma y sus maravillosos desayunos de delicioso café y vistas increíbles llenas de historia.

Iván la había convencido, estaba a horas de cumplir su sueño, ese que tenían desde… desde… siempre, tal vez. ¿Cómo decir que no? Vivir juntos y solos, sin padres ni hermano mayor ni parejas, manejándose con sus propias reglas, terminando sus riñas sin intermediarios y volviendo a unir lo que la distancia separó… Claro que la había convencido y con pocas palabras, además. Era tarde, sí, no se apuraron mucho en realidad, estaban casi llegando a los veintiocho. Es que los caminos de sus vidas fueron tan distintos que…

Los ojos se le llenaron de lágrimas. Tarde o no, había llegado el momento, por fin, de cumplir uno de sus sueños de adolescencia.

—Maldito período femenino —dijo en voz susurrante y enojada con ella misma ante las lágrimas que recorrían sus mejillas.

Si a toda la emocionante situación de volver a su país, tras tres largos años, se le sumaba la angustia de *esos* días, el cóctel resultaba, por lo menos, incómodo y más si se estaba rodeada de gente.

—Perdón, no quisiera molestarte, pero… ¿estás bien? —Una voz masculina la sobresaltó.

—Sí, sí. Estoy bien. Gracias.

Secó sus mejillas maldiciendo en los tres idiomas que sabía, en silencio, por supuesto. Por fuera era todo sonrisas… y vergüenza. Tanta que era incapaz de mirar a ese muchacho a la cara e inventando cualquier excusa no lo hizo. Buscar algo en su cartera era una buena idea.

—Discúlpame, es que te vi llorando y creí…

—No te preocupes, es solo de emoción —dijo, interrumpiéndolo y rogando para sí que el muchacho no siguiese con la charla.

No se sentía cómoda en situaciones donde hombres desconocidos le daban conversación, no eran muchas las que se le presentaban, a decir verdad, pero ni a esas pocas las sabía manejar. Sí, era una mujer adulta y todo eso, hasta podría decirse que versada a su edad. Podría... Sin embargo, no, nada de eso. Lo de adulta sí, lo de versada era una deuda pendiente.

Los hombres, o su vida amorosa completa, en realidad, eran incompatibles con su vida laboral, con su realidad y con su cerebro que estaba demasiado ocupado en el pasado maravilloso que no había podido conocer. Ese pasado que la apasionaba y la hacía vivir experiencias nuevas solo cerrando los ojos e imaginando lo que sabía.

Era una realidad que ese pasado le interesaba muchísimo más que el presente tan plano en el que vivía.

Nada era una excusa. De verdad no tenía tiempo ni le preocupaba tenerlo y si, además, a todo esto se le sumaba su personalidad, el resultado para su situación de escasez afectiva era catastrófico.

Ser historiadora le resultaba, como poco y para resumirlo en una sola palabra, excitante. Al menos para ella que anhelaba saber cada detalle de los tiempos pasados y conocer siempre más. «Un poco más», se decía al mirar el reloj y pasaban las siguientes tres horas cuando pensaba que eran quince minutos. Se apasionaba metiéndose e indagando en historias ajenas, era de esas investigadoras que no se quedaba en la superficie, no solo le importaban las hazañas o los hallazgos, las carreras y los logros; mucho decían de la gente los detalles, por más pequeños que fuesen. Al menos eso consideraba ella.

También las editoriales, empresas e instituciones de enseñanza con las que trabajaba se sentían atrapados por esas investigaciones y la forma en que ella las ponía en palabras. La verdad era que su trabajo tenía más interesados de los que ella misma imaginaba. Porque Sabrina era de las que no se quedaba con la historia conocida por todos, ella buscaba más, esos datos que eran los atrapantes y tal vez desconocidos por muchos, los porqués de cada idea, los amores escondidos, la forma de vivir, los motivos, las ideas por las que alguien se rebelaba o actuaba... ese pequeño y a su vez tan amplio, «más».

Volvió a observar al joven simpático que no le restringía su mirada y sonrió sintiéndose linda, como pocas veces. Casi nunca.

«¿Qué podría ver en ella?», se preguntó mientras recostaba su cabeza en la ventanilla y simulaba querer dormir.

«Soy tan común que no vale la pena ni una descripción, no sé qué llamará la atención a un hombre de lo que puede ver en mí. No me considero fea y tampoco soy una belleza. No tengo un atractivo especial o un algo que llame la atención con solo verme. Mis colores son comunes: piel blanca, ojos marrones y pelo castaño al que cuido mucho eso sí, es suave y largo. Bien, podría contarlo como un punto a favor y algo digno de observar. Mi cuerpo es otra cosa normal y tirando a voluminoso en algunas partes. Todos dicen que no y yo digo que sí, podría ser más armonioso, porque mis pechos son pequeños con respecto a mi cadera ancha o según mis propias palabras (vetadas por la mayoría de los integrantes de la familia) tengo culo gordo. Bueno, puedo ser benévola y decir que tal vez mi cintura es demasiado estrecha para el ancho de mis caderas y mi barriga está llena de exquisitas pastas. Puede ser, depende de donde se empiece a mirar. Siempre digo que cada cosa tiene diferentes puntos de vista. Tengo sonrisa agradable porque mi ortodoncia fue de las caras, mi padre no escatimó recursos para ella en mi adolescencia. Nariz… no puedo decir pequeña, pero sí fina y femenina, termina bien en punta y eso es un detalle que la hace ver bonita. No me disgusta, tampoco la forma ovalada de mis ojos grandes a los que maquillo para hacer resaltar mis tupidas pestañas, que adoro, porque me hacen ahorrar en maquillaje para destacarlas...»

Sabrina era muy consciente de que su personalidad la alejaba de las personas y no le importaba. Incluso antes de haber terminado su carrera, siendo una joven veinteañera, adoraba tomarse un avión y recorrer lugares que para ella eran muy interesantes; y para sus pocos amigos, muy aburridos. Tal vez, si sumaba las horas que pasó viajando sola y con su mochila a cuestas, resultaban ser la misma cantidad que las que había pasado viviendo con sus padres en su casa de las afueras de la ciudad, a la que parecía que ya no volvería más que de visita, recordó. Esto, si contaba con los planes de su hermano a los que jamás osaría oponerse. La verdad era que él no se lo permitiría, pero tampoco era mentira que ella no quería hacerlo, si de eso hablaron casi cada noche desde la adolescencia: «Hagámoslo antes de casarnos y separarnos para siempre, solo nosotros y nuestras normas de convivencia», decían emocionados y proyectaban un futuro que hasta entonces se les había escapado de entre las manos por una u otra cosa.

Tomó ese avión cargada de ilusiones y sentimientos encontrados. Volvía a su país y a su gente para crear una nueva rutina, una nueva vida. De la vieja, aquella que había dejado atrás hacía tres años, ya nada quedaba. Tal vez algún recuerdo dañino que, a veces, rasguñaba las heridas y una personalidad retraída que se ancló en ella tan fuerte como su poca capacidad de socializar. Pero nada más.

Matías volvió a echar un vistazo hacia la mesa vecina y sonrió.

—Vamos, Iván. Con esa mirada están pidiendo que lo hagamos.

—No puedo, me tengo que ir. Mañana me espera un día muy ocupado —explicó el nombrado, sin dejar de repasar con la vista los atractivos cuerpos de las dos mujeres que los miraban sin disimulo.

—Como todos, amigo. Últimamente no te veo más que en la oficina —reclamó Matías.

Era cierto, con el afán de tener el apartamento listo para recibir a su hermana, Iván había utilizado horas de descanso y salidas. Horas que Sabrina pagaría con cosquillas primero, abrazos de oso después y para rematar, tiempo parada en la cocina preparando sus maravillosos platos, los que le debía desde hacía años. Agregaría a esa lista largas charlas para conocer un poco más de su vida, sin embargo, para sonsacar sus secretos costaría un poco más que la sola intención y las charlas. La palabra reservada, a su hermana, le quedaba chica.

—¿Te las arreglas con las dos? —le preguntó en broma a su amigo y le palmeó el hombro.

—Sería una buena experiencia. —Se rieron a carcajadas abrazándose a modo de saludo—. Nos vemos, descansa.

Iván caminó lentamente, como luciéndose, por delante de la mesa de las dos señoritas extrovertidas que le regalaron enormes sonrisas y él las premió con un guiño de ojo.

«Bien, no puedes quedar como un cobarde», se dijo en voz baja Matías terminando su cerveza, sin alcohol esta vez. Con tres de las otras estaba bien si quería volver en una sola pieza a su casa. Además, su madre tenía oídos demasiado atentos y olfato de sabueso.

Sí, tenía treinta y dos y vivía con su madre, ¿qué otra cosa podía hacer si la pobre no podía ver más que por sus ojos? Mentira o, al menos, no del todo cierto. Eran mutua compañía. Ella no rehízo su vida después del divorcio y él no había empezado a hacerla siquiera, para qué alterar la realidad. Matías no era como su hermana mayor que, con pocos años más que él, ya tenía su familia completa con un marido y dos hijos.

—Señoritas —dijo en tono alegre al llegar a la mesa, y dejó fluir su sonrisa más atrevida. Eso intentaba al menos. Ya dependía de ellas que les gustase o no lo que veían.

—Hola —respondieron a coro las mujeres—. ¿Buscas compañía?

—Solo de mujeres preciosas —aseguró.

Había sido muy fácil. A esa altura poco le extrañaba cualquier maniobra femenina, vio demasiadas mujeres *rápidas* en su vida. Movió la cabeza alejando esos pensamientos retrógrados que de a poco intentaba hacer desaparecer de su inconsciente, sonrió y se sentó.

Matías hizo mucho y de todo, incluso estuvo en fiestas alocadas en las que todo valía. Sin embargo, no poseía recuerdos de la experiencia de ser tres personas en una sola cama y él como centro de atención por ser el único hombre, ciertamente, el poseedor del valioso tesoro que tenía entre las piernas. Y no porque creyese que lo que tenía fuese valioso, no obstante, y para ese momento, el valor era otorgado por ser el único presente que contara de forma natural con algo como eso. Volvió a pensar con ahínco y no, no lo recordaba y era normal, en aquel entonces las drogas y el alcohol borraban su memoria.

«Interesante», se dijo en silencio. Con la mente clara como la tenía desde hacía varios años, realmente disfrutaría y lo recordaría para contarlo.

No necesitó siquiera invitarlas, ellas lo hicieron. Tal vez le vieron la cara de desesperado o libidinoso o notaron sus ganas cuando les miraba los pechos (apenas cubiertos por esas escasas telas que ellas llamaban vestidos) mientras se imaginaba lamiéndolos con su lengua. ¿Quién podía adivinar el motivo? y, por otra parte, ¿a quién le podía importar? Ya estaba haciéndose mayor, esas posibilidades no se le presentaban tan seguidas como para pensar si quiera en negarse. Además, era hombre. «El hombre nunca rechaza una buena sesión de sexo», susurró una vocecita en su interior.

El apartamento en el que entró era acogedor, desordenado, perfumado con esos espantosos inciensos que le daban alergia y lo suficientemente grande para poder caminar mientras se toqueteaban y besaban de forma atrevida, chocando con cada mueble que se interponía en su camino.

—Tranquilas. Vamos más despacio —murmuró al sentir su tobillo adolorido. La mesa baja que estaba pegada al único sofá del pequeño salón era lo bastante dura como para lastimar si se la chocaba tan fuerte; pudo comprobarlo.

Además, tampoco era cosa de que todo pasara sin darse cuenta. Al menos, él no estaba borracho, era muy consciente de lo que estaban por hacer y quería disfrutarlo. Ellas... no estaba seguro de en qué estado estaban.

—Está bien, vamos despacio —dijo la más bonita. Por decir algo, porque no lo era del todo, sin embargo, era la más agraciada de las dos. Ella sacó un cigarro de marihuana de su cartera, lo encendió dando una buena bocanada y se lo pasó a su amiga, la que servía una bebida blanca y fuerte en pequeños vasos para repartir entre los tres.

De pronto se sintió nervioso. Hacía bastante que esos estímulos ya no pasaban por su vida. No sería su primera vez, había probado cosas más fuertes también, en otros tiempos, pero el hecho de que ellas lo invitasen le producía la nefasta sensación de necesitar desinhibirse un poco más para estar a la altura. Patético pensamiento sí, pero eso fue lo que lo llevó a aspirar con fuerza para permitir que esa droga llegase a hacer su efecto y beberse de un solo trago el líquido que ardió en su garganta. «Los hombres no son cobardes», le decía su voz interior, esa que quería enmudecer.

Sabía lo que ese *mix* le producía y en las condiciones que lo dejaba y no le habría disgustado, mucho menos si era para disfrutar del sexo, pero el después... Ya vería cómo se las arreglaba con su madre por la mañana. Las consecuencias no eran las mismas que una simple borrachera, para él, al menos, eran peor.

Si algo aprendió de las cosas que se vivían en la noche, era que cada persona asimilaba de manera diferente el alcohol y las drogas y todos actuaban de distinta forma bajo sus efectos. Ninguna era buena, sin embargo, quién era él para decir nada si había estado de los dos bandos. No era ejemplo de nadie y no podía dar consejos al respecto, solo huir cuando las cosas se ponían feas o ayudar a los amigos si fuese necesario. Por suerte, eso tampoco pasaba ya.

Dos o tres caladas más cada uno y el ambiente cambió: las ropas desaparecieron, las carcajadas sonaron alto hasta que fueron acalladas con besos y la cama se cubrió de tres cuerpos ardientes.

—Me gusta esto de los tríos —aseguró una de las mujeres, metiéndole la mano dentro del bóxer. La otra desde atrás acariciaba su pecho y mordía su espalda.

Él no podía ser menos, con una mano tocaba el trasero de la que estaba detrás y con la otra apretaba un pecho siliconado de la que lo besaba y lo tocaba entre sus piernas.

«A mí también me gusta», pensó en silencio. No era demasiado expresivo con las palabras destinadas a las mujeres y menos con las de ese tipo.

«Machismo fuera…», se dijo, sacudió la cabeza y dejó de juzgar. Era un duro trabajo el que hacía, daba pequeños pasos de bebé ante pensamientos que parecían verdades en su cabeza, aun así, estaba decidido a cambiarlos. Se encontró con que ya no comulgaba demasiado con ellos, al menos no con algunos de los tantos que su padre le había inculcado, sin embargo, era difícil después de muchos años.

Jadeó ante el apretón que recibió en su sexo y enseguida su boca se llenó con una lengua ajena y entrometida. Todos se daban atención entre todos y algunas de las caricias que las mujeres compartían eran dignas de apreciar solo con la vista. Verlas rozarse y tocarse entre ellas era un plus y no lo dejaría pasar. Después de todo, Matías, como cualquier hombre que se preciaba de tener fantasías, las tenía con dos mujeres haciendo lo que esas hacían delante de sus narices en ese momento y, aunque lo había visto ya, no estaba de más volverlo a hacer.

Claro que tampoco era cuestión de perder protagonismo. Con esa intención se metió en medio de las dos bocas para que la suya fuese mimada y mordida, mientras con sus manos podía disfrutar de los sexos femeninos y juguetear con sus dedos. Era estimulante el sonido de diferentes gemidos robados por él solito a dos mujeres y al mismo tiempo.

Sí, estaba claro que con la estimulación de la droga las sensaciones eran otras y el atrevimiento también, mejor o peor, nadie podía compararlo ni confirmarlo. Él tampoco y mucho menos en ese momento en que una habilidosa boca lo tomaba por sorpresa e intentaba darle su primer orgasmo, al que sin duda no se quería negar, pero todavía no quería terminar de jugar.

Una de las dos, la más osada, se dejaba tocar sin prejuicios incluso en esos lugares que muchas pedían evitar. La boca de Matías también quería investigar y esa mujercita excitada como estaba, se dejaba sin chistar. No todo era intentar suministrar placer sino recibirlo y estaba a punto de explotar con el que le daban.

Tal vez si se apuraba con sus deberes podía lograr que los tres disfrutasen el primero de varios estallidos. Con una mano llegó a una de las féminas, no era una posición cómoda si quería que ella mantuviese sus labios obrando esa maravillosa acción sobre su entrepierna, aunque no era el momento de ser quisquilloso, y sentó sobre su propia boca a la otra. «Dos a la vez, demasiada responsabilidad… y concentración», pensó, si tenía en cuenta que estaba recibiendo una buena estimulación en sus partes bajas, sin embargo, haría el intento. Aceleró los movimientos procurando no desatender nada. Aunque su principal interés estaba en su propio placer ya que ellas colaboraban con el resto moviendo sus caderas, refregándose sin pudor alguno.

A los pocos segundos competían por quién gemía más fuerte mientras liberaban la tensión de sus cuerpos.

Todavía tenía los ojos cerrados y la respiración apenas si estaba normalizada cuando sintió que una mano curiosa lo acariciaba entre las piernas. Su pecho todavía subía y bajaba con energía y la humedad de su sudor le refrescaba la piel acalorada.

—Vamos por más, guapo.

Por supuesto que estaba dispuesto, pero necesitaba que lo ayudasen un poco a remontar *el ritmo*, ya no era un jovencito de hormonas siempre despiertas. No se quejaba, solo era un tema a tener en cuenta.

«Las comparaciones a veces son efectivas», pensó y decidió que ese era el momento de hacer una. Tomó a la que no había probado su sexo y la guio hacia él. Era la atrevida, recordaba, y en ese aspecto también, aparentemente. Además, contaba con alguna experiencia diferente a la otra, eso era evidente porque su eficiencia lo obligó a pedirle que se alejase a los pocos minutos y que se subiera sobre él si no quería acortar los tiempos.

La más tímida, que de tímida nada tenía, se arrodilló a su lado y se dispuso a besarlo mientras con una mano acariciaba el sexo femenino que se removía sobre el suyo.

Sus ojos ya no sabían dónde mirar, todas las imágenes eran tan eróticas que lo apuraban demasiado sin querer hacerlo. Otra vez estaba al límite, por demás de exaltado y a punto para explotar.

Ya no tenía más aire ni fuerza. Su compañera gritaba y la otra lo besaba, pero no era un beso cualquiera, sino uno descarado con bocas abiertas y lenguas afuera, mientras se desarmaba entre sus dedos.

Los gemidos de la mujer que lo recibía sin queja alguna eran desquiciantes; y su propia necesidad de estallar por los aires, inminente. No tenía mucho más por lo que preocuparse, ambas estaban listas y satisfechas. Solo un poco más... dos, tres movimientos, a cuál más profundo, y todo terminó.

Exhausto, agitado, pero contento como perro con dos colas, se dejó caer en la cama con los ojos cerrados. Parecía que las mujeres tenían otro tipo de atracción porque no dejaban de besarse a su lado.

Él ya no necesitaba observar ni participar, tampoco podría.

Miró su reloj y le pareció suficiente para una noche. Sin decir palabra tomó su ropa y se vistió. Recibió un par de efusivos besos de despedida y se fue a su casa a descansar y a dejar que todos los estímulos externos se disolviesen en su cuerpo de la manera más tolerable posible.

Matías odiaba las resacas, los mareos y dolores de cabeza, tanto como las quejas de su madre.

—Matías, ya no eres un adolescente, ni siquiera un joven. Ya eres un hombre, ¡por todos los cielos!, mira el estado en que estás.

—Ya lo sé, mamá, y por lo mismo déjame hacer mi vida.

—No si vives en mi casa.

—Bien, mañana me mudo —dijo volviendo a poner la almohada sobre su cabeza, porque con las cortinas abiertas ya nada podía hacer.

Había vivido solo y lo disfrutaba. Pero no le gustaban las lágrimas de su madre al sentirse sola y para qué negarlo, disfrutaba de las riñas como la que estaban teniendo y la comida caliente siempre sobre la mesa, el desayuno preparado con amor, las charlas con su madre regañona y con la mimosa también, porque amaba los mimos maternales. Todo eso, a pesar de su edad, le gustaba.

Cuando su hermana Carmen decidió casarse, para Aurora, su madre, fue un duro golpe. No el casamiento de su primogénita, eso la tenía feliz, el golpe había venido acompañado de la soledad de su enorme casa de la que no quería desprenderse. El nuevo silencio que la habitaba y la ausencia de compañía la atormentaban. Entonces, la familia, incluyéndose, resolvió que él volviese al hogar materno.

«Al menos un tiempo, hasta que te cases», había dicho su madre. Claro que con la esperanza de que fuese antes de los treinta, no después.

No tuvo más remedio que abrir los ojos y buscar el móvil que sonaba y sonaba. Al menos su madre se había ido y ya no la escuchaba cacarear enojada.

—¿Sí? —gruñó al atender sin mirar a quién.

—Cuéntame cómo te fue. —La voz de Iván era tan clara y alegre como cada mañana. ¿Por qué la suya sonaba a perro viejo y rabioso? Necesitaba un analgésico, un café amargo bien cargado y las cortinas cerradas.

—¿Puedo contarte cuando mi cerebro funcione?

—Ven a la dirección que te envío por mensaje. Y mientras me cuentas me echas una mano.

Claro, para él era fácil pedirlo. Apenas si pudo leer el mensaje. No era lejos, hasta podía ir en bicicleta, porque ir a nadar en su estado era imposible. Salvo que tuviese intención de ahogarse o ser rescatado por el musculoso y bronceado socorrista que parecía gustar de los hombres en general y de él en particular.

Se levantó haciendo movimientos lentos. Descubrió el vaso de agua y el analgésico que su atenta madre le había dejado en la mesita de noche. Sonrió con amor, era la única mujer que lograba que tuviese para con ella palabras cariñosas.

—Te quiero, preciosa —le gritó, a sabiendas de que andaba por ahí con sus quehaceres domésticos y lo escuchaba perfectamente.

—Yo también. El café está caliente.

Después de la ducha se tomó media cafetera y un par de tostadas con queso mientras leía algunas noticias en su computador portátil.

—Me voy a casa de Iván. Creo que a su nueva casa. Al menos tengo una dirección diferente.

—¿Ya volvió Sabrina?

—¿Sabrina?

—Su hermana.

—Ah, no... No sé... creo que todavía no. ¿Sabrina se llama?

—De seguro su amigo la habría nombrado en una de esas charlas que mantenía con Aurora mientras lo esperaba a que se acicalara para salir, pensó. A él solo se la nombraba como *mi hermana*. ¿Cómo podría llegar a saber su nombre?

—Dile a Iván que venga un día de estos a visitarme. Al menos él me hace reír y no renegar, como tú.

Matías le sonrió a su madre y la abrazó por los hombros. Ella le abrazó la cintura y apoyó su mejilla en el pecho para dejarse besar la cabeza.

Dejó a su madre con una enorme sonrisa acomodando las cosas de la cocina y limpiando lo que había ensuciado él en el desayuno.

Se ajustó los cordones de las zapatillas y comenzó a pedalear.

—¡Por fin llegas! —exclamó Iván al abrir la puerta, casi tan sudado como su amigo—. Necesito un par de brazos para acomodar estas cajas y estos muebles. ¿Sabes hacer las camas?

—No.

—Bueno, yo las hago, dame una mano con esto —le pidió, señalando las cosas que debía mover para dejar el departamento en óptimas condiciones para recibir a su hermana.

Ya estaba todo listo. Las camas podían mejorar, aunque Iván puso su mejor esfuerzo. En ese aspecto Matías no había colaborado nada, atribuyéndose una inutilidad que su amigo no ponía en dudas, y mucho menos después de conocer a su servicial y atenta madre.

—Espero tener recompensas —dijo Matías, dejándose caer en el sofá.

—Sabrina cocina como los dioses, ya te invitaremos y te darás por recompensado. Ahora a lo importante... lo de anoche, quiero detalles.

Matías se los dio, no necesitaba sacar a la luz su caballerosidad evitando los pormenores con esas dos mujeres que no volvería a ver. Ni sus nombres sabía. Había sido una experiencia única, diferente, increíble y excitante, pero... no repetiría, al menos con ellas dos. Si no hubiese sacado a relucir sus dotes dominantes seguro quedaba fuera en más de una oportunidad.

—Tal vez eran pareja —murmuró pensativo Iván.

—Tal vez —corroboró Matías, elevando los hombros y restando importancia.

En un corto silencio Matías se dio permiso para reconocer que, a él, después de tanto probar de todo, le gustaba el sexo de a dos. Y si había una atracción de algún tipo, mejor aún. Se perfeccionaba la situación si era él quien podía elegir e invitar. ¿Antiguo, machista? Sí, tal vez. ¿Por qué no reconocerlo a esa altura de su vida?

Mientras los dos hombres conversaban y filosofaban sobre mujeres, Amanda, la cuñada de Iván, cargaba a su hijo de tres años en brazos mientras esperaba frente a una de las puertas de cristal en el aeropuerto. Su otro hijo, abrazado a su cintura, miraba atento hacia la puerta por la que la tía aparecería de un momento a otro. Los niños la amaban, la extrañaban y esperaban todos y cada uno de los regalos que les había prometido y enumerado en la última comunicación telefónica.

—Frank, no doy más, tu hijo pesa una tonelada —le dijo Amanda a su marido, quien estaba más nervioso que sus hijos. Después de más de un año de no verla estaba esperando a su *hermanita* que por fin volvía y todavía no podía con la idea. El nombrado tomó al niño y lo cargó sobre su hombro sin dejar de mirar la puerta de vidrio por la que ya comenzaba a aparecer gente.

—Ya llega. ¡Estoy tan nerviosa! —exclamó María a un costado, con lágrimas retenidas en la mirada. Su hija era la niña mimada de la familia y eso era un tema fuera de discusión.

—Tranquila, mamá.

—¿Es esa? —preguntó el mayor de los niños y ante la afirmación de su madre salió a su encuentro. El menor luchó en brazos de su padre para bajarse y a tropezones llegar a los brazos de su tía. Sabrina, llorando como loca, los abrazaba y besaba, arrodillada en el medio del camino y molestando a todo el que pasaba. Qué poco le importaba eso en ese instante.

—¡Cómo los extrañé, mis bomboncitos de chocolate! Están hermosos, tan grandes, tan lindos… —Sabrina levantó la vista después de comerse a besos a sus sobrinos y vio a sus padres, a su hermano mayor y a su cuñada, todos llorando de emoción igual que ella. Se sentía amada y bien recibida. Estaba otra vez en casa—. ¡Mamá!

Los abrazos fueron efusivos y apretados, los besos sonoros y las risas de variadas intensidades.

Cargaron su equipaje (muchísimo equipaje) en ambos autos, el de su hermano y el de su padre, y los hombres manejaron rumbo al nuevo departamento de los gemelos.

—Creo que me voy —indicó Matías al escuchar la llamada telefónica. La familia de Iván estaba llegando a su casa y él poco tenía que hacer ahí.

—Quédate, la conoces y te vas —le pidió su amigo, refiriéndose a su hermana.

—Es que…

Matías no era del todo sociable. Las reuniones familiares, esas a las que no estaba acostumbrado, no eran de su agrado. No era como su amigo que se adaptaba a todas las situaciones, él más bien era reservado, tal vez huraño y hasta antipático por momentos. Dependía del día y la compañía, por eso a veces era divertido también. Eso sí, los que lo rodeaban conocían y aceptaban su humor ácido porque sabían que era buena gente.

—No te hagas de rogar.

No pudo hacerlo, el bullicio en la puerta le indicaba que todos estaban ahí. Se puso de pie y palmeó el hombro de su amigo que estaba ansioso y no podía disimularlo.

La puerta se abrió y dejó a la vista el rostro más alegre y a la vez más lloroso que vio en su vida.

—¡Gruñona…! —gritó Iván al borde de las lágrimas.

—¡Tonto…! —respondió ella, y se fundieron en un abrazo que a todos puso la piel de gallina.

El abrazo fue largo, con llanto incluido, palabras susurradas en secreto y sonoras carcajadas.

—Te extrañé tanto —dijo ella, mirando a Iván directo a los ojos y acariciando su mejilla.

—Yo, nada —contestó el hermano tocándole el pelo. No podía creer que estaba con ella entre sus brazos—. Bueno, un poquito sí.

—Mentiroso. Hasta dormía en tu cuarto cuando se quedaba en casa —reveló su padre, entrando con la última maleta, le encantaba hacer rabiar a su hijo.

Matías se sentía sapo de otro pozo. Nada tenía que hacer ahí, sin embargo, ahí estaba. Entonces, solo para matar el tiempo, se dedicó a estudiar a la hermana desconocida de su amigo. Eran bastante parecidos, tenían similares rasgos y gestos… la sonrisa y la forma de los ojos principalmente. La altura también, pensó. Sin embargo, la personalidad no, o eso le parecía adivinar. Se hacía la idea de que esa mujer no era el alma de las fiestas como Iván. Entonces recordó que más de una vez había escuchado que los gemelos se complementaban y no se asemejaban, nada sabía al respecto y como solo estaba tirando ideas en su mente para ver pasar el tiempo, así lo creyó, sin ganas de analizarlo y sin conocimiento alguno.

—Te presento a mi buen amigo y compañero de trabajo, Matías.

—Hola, Matías —saludó Sabrina ruborizándose ante el desconocido. ¡Cómo odiaba que eso le pasase! Era eso y el calor en la espalda a lo que su maldita timidez la enfrentaba en cada presentación de desconocidos, sin mencionar las palmas que le sudaban inoportunamente.

—Te aclaro, Gruñona, que le debemos una de tus comidas. Me ayudó a armar todo esto.

—Entonces el que le debe algo eres tú, no ella —dijo su cuñada, riéndose y arrastrando algunas de las cosas hacia el cuarto asignado para Sabrina.

—No es necesario, Sabrina —aseguró muy seriamente Matías, con más ganas de irse que de quedarse.

Ella lo miró y sonrió bajando los párpados después, en un acto de absoluta vergüenza a la que ella estaba más que acostumbrada, pero no resignada. Aguantar las miradas masculinas no era su fuerte, no obstante, trabajaba en ello.

Matías sonrió y se compadeció de ella. Parecía que estaban en la misma situación: ambos incómodos. Entonces, para dejarla tranquila se dispuso a saludar al resto de la familia.

—Vino mi tía —le dijo uno de los pequeños cuando lo tuvo cerca.

—La veo —respondió él, observando a la mujer más feliz del mundo. Si pudiese medir la felicidad le gustaría corroborarlo, pero eso parecía a simple vista.

—Gracias por ayudar a mi hijo —escuchó a su espalda y una mano se apoyó en su hombro.

—No es necesario que me agradezca, señor.

—Pato, dime Pato —pidió el padre de familia, sonriente.

—Pato. Bien... creo que... Salude a su esposa de mi parte, por favor. Yo mejor me voy.

—Claro, hijo. Nos vemos pronto.

Matías se fue antes de que Iván lo notase y se lo volviese a impedir, sabía que no lo dejaría escapar. Cerró la puerta a su espalda soltando un suspiro de alivio, sin embargo, cerrada no duró mucho. Uno de los niños salió a preguntarle por qué se iba y Sabrina se asomó para hacer entrar a su sobrino.

—No, bomboncito, no p... —se interrumpió al encontrarse con Matías en la puerta.

—Yo me voy... Otra vez, bienvenida.

—Sí, claro. Gracias. —Intentó mantener la mirada en el sonriente muchacho, después de todo su hermano le había dicho que era un buen amigo y que ella estaba en deuda con él—. ¿Entonces no te quedas a comer?

—No, prefiero dejarlo para cuando cocines tú. —Matías se felicitó por el comentario, al menos logró que ella dejase de temblar en su presencia.

Lo irritaba y le gustaba en la misma medida ponerla en ese estado, no entendía muy bien el motivo y tampoco se pondría a analizar los porqués de la incomodidad de esa mujercita con aires europeos que no le mantenía la mirada. No la veía del todo atractiva, al menos eso era una ventaja ya que era la hermana de uno de sus mejores amigos y la regla, por demás conocida por todos los hombres, decía que las hermanas y novias de los amigos eran intocables. Siempre la había cumplido.

—Bien. Lo voy a tener en cuenta. —Sabrina ya no soportaba las manos transpiradas. Ese hombre le ponía los pelos de la nuca de punta con esa sonrisita de lado y sus silencios—. Bueno…

—Sí, ya me voy. —Era bastante fácil de entender que ella estaba pidiendo que se fuese o que entrase, pero que hiciese algo. Y lo hizo—. Nos vemos.

Otra vez la puerta se cerró y ya no se volvió a abrir.

Matías inspiró profundo otra vez y esperó el ascensor escuchando la algarabía familiar. Una sonrisa se dibujó en su cara. Entendía la alegría de Iván, tenía una familia hermosa.

—Te pasaste, Tonto, el departamento es alucinante —gritó Sabrina. Matías la escuchó como si la tuviese al lado y soltó la carcajada.

Sabrina podía por fin soltarse sin estar al pendiente de un desconocido. Porque odiaba a los desconocidos o, mejor dicho, odiaba en lo que ella se transformaba frente a ellos.

«Tonto… es bueno saberlo», se dijo Matías, pensando en la peculiar forma que tenía esa mujer de llamar a su hermano. La puerta del ascensor se cerró y no escuchó nada más.

—Para mi hermana lo mejor —respondió Iván abrazando a Sabrina otra vez—. Hasta tenemos una habitación extra con un escritorio y una biblioteca para que no dejes tus papeles tirados por ahí.

Sabrina se escabulló para ver todo, y cerró los ojos con fuerza cuando logró estar sola. Eran momentos tan emocionantes y fuertes que apenas si podía disfrutarlos.

—¿Hija, estás bien?

—Papá... —Rompió en llanto ante el fuerte abrazo de su padre y se dejó mimar—. Los extrañaba... este griterío, el tenerlos a todos juntos, poder verlos con solo abrir los ojos y no a través de una pantalla... Extrañaba esto, papá, y no había notado cuánto hasta este instante.

—Ya estás aquí, hija. No llores más.

Matías llegó a su casa con la esperanza de encontrar a su madre y a su hermana, como cada sábado, tomando el té y haciendo alguna tarta o arreglando las plantas del jardín. Haber compartido ese corto tiempo con una familia unida, aunque embarazoso, fue agradable y lo había llevado a reflexionar en su realidad, mientras volvía pedaleando.

No era poco común tener padres separados, tampoco lo era tener un padre con una nueva esposa. Aunque de nueva, nada. La verdad era que su padre duró escasos meses en soledad. Era una buena mujer, él la quería mucho y desde siempre fue dulce. Lo consintió cuanto pudo siendo un niño y ya de adulto lo trataba con afecto materno. Muchas veces estaba más de acuerdo con ella que con su propio padre, por ejemplo, en los temas relacionados con la política y, últimamente, en lo referente al trato para con las mujeres.

No solía quejarse de sus relaciones familiares, quería y era querido, pero sí podía sentir a veces un poquito de celos o envidia sana al ver una familia entera riendo y abrazándose, sin problemas que solucionar, sin celos ni cuentas pendientes como las que su hermana tenía con su padre o las que su madre aún no solucionaba con su exesposo y ni hablar de sus madres, como él a veces llamaba a ambas esposas de su padre. Una lástima.

2

Por alguna razón que desconocía, Sabrina estaba despierta un domingo a las siete de la mañana en un departamento que le resultaba hermoso y confortable, no obstante, todavía ajeno. Es que aún le resultaba ajena cualquier vida en esa ciudad en la que hacía muchos años no vivía y había abandonado siendo una joven mujer insegura y tímida, al menos *más* tímida.

Bueno, también *más* insegura.

Sabrina era curiosa por naturaleza y retraída, también por naturaleza, por eso se había convertido desde niña en ávida lectora e investigadora de los temas que le interesaban, siempre encerrada en su dormitorio y evitando el contacto con extraños que la incomodasen. Eso tuvo dos consecuencias notables: ser una alumna aplicada y sobresaliente, y tener una vida social casi inexistente.

Por eso y para no perder la costumbre, en la universidad, cuando todos salían a divertirse, ella estudiaba y leía con el afán de saciar su propia necesidad de saber, que seguía intacta, así como su incapacidad de socializar. Un espantoso día descubrió que sabía mucho de cultura general, historia, geografía y tantas otras cosas, pero... no sabía bailar, no conocía los temas musicales que sonaban en la radio, no tenía ni idea de cuál era el actor de moda o la bebida que las jóvenes como ella consumían en los bares y para colmo de males no sabía cómo huir del nerviosismo que le provocaban los momentos que ella consideraba «difíciles de manejar». Y esos momentos eran la mayoría porque su real temor estaba en lo desconocido, fuese una situación o una persona, y eso la convertía, de manera inmediata, en una joven distante que evitaba todos los momentos sociales por sentirlos «difíciles de manejar».

A temprana edad, llegó a la conclusión de que no le importaban los chicos o al menos no le gustaban demasiado. Los veía tontos, inexpertos, torpes, caraduras y atrevidos. Tenía un buen muestrario con los amigos de sus hermanos a los que espiaba cuando podía, solo por curiosear... Así descubrió que también eran infieles, mentirosos y charlatanes. Poco a poco les fue agregando más adjetivos calificativos, casi todos negativos, hasta que llegó a los veinte años sin haber tenido novio y adquiriendo la pobre experiencia de cinco besos. Tres con los labios cerrados; uno con cachetada incluida (de su parte, claro), porque fue robado; y el último y más recordado, con lengua y arcadas, debido al mal aliento del borracho besador al que aceptó por estar también ella en malas condiciones. Eso de las malas condiciones era algo inusual en Sabrina, no obstante, se había dejado convencer por una chica que decía ser su amiga, otra vez... por curiosidad.

Todo cambió cuando conoció a Paolo, sí, Paolo. Nombre atípico para un muchacho atípico también.

La tarde que lo había conocido era una tarde más para ella, una como tantas otras que la encontraba enfrascada en sus estudios, en el banco más apartado de la biblioteca de la universidad. Ella estudiaba sin notar la hora ni al muchacho (divertido a juzgar por sus carcajadas) ni a la jovencita bonita que caminaba o más bien corría ruidosamente agarrada de la mano de él por el pasillo entre las mesas. Aunque, gracias a esos ruidos, Sabrina pudo desconcentrarse y verlos pasar por su lado.

Paolo había convencido a esa chica para que lo acompañase a buscar un libro y así poder robarle un par de besos y caricias atrevidas detrás de las estanterías. No era la primera vez que lo hacía, aunque sí era la primera vez con esa chica en particular.

Sabrina, que odiaba la falta de respeto y las interrupciones, los miró con la mirada más furiosa que tenía en su haber. A la que Paolo reaccionó, sí, pero de manera diferente a la esperada.

—¿¡Qué!? ¿Has visto la hora que es, mujer? —le preguntó, golpeando su mesa dos veces con la palma abierta para hacerla reaccionar y sin dejar de correr ni de tirar de la mano a la jovencita que la ignoraba—. ¿Acaso vas a dormir aquí?

Paolo no logró más que un par de parpadeos confundidos de parte de Sabrina. A los cinco minutos, tal vez seis, él volvió sobre sus pasos ya sin tanto apuro y sin tirar de la chica que había desaparecido entre los jóvenes que recorrían los pasillos de la universidad. Sabrina notó lo evidente, estaba solo, y volvió a parpadear confundida.

A ninguno de los dos muchachos les importaba mantenerse juntos. Fueron solo un par de besos, no buscaban nada más. Y después de lograr eso y algún toqueteo debajo de la blusa de ella, el resultado fue tomar distintos caminos para el resto del día.

—La bibliotecaria nos dio diez minutos. Vamos, muévete. Te ayudo —le dijo Paolo a Sabrina, todavía una desconocida para él, sin mirarla y poniendo un libro sobre el otro. Así lograron terminar en pocos minutos y salir de la biblioteca a tiempo.

Sabrina solo lo miró en dos oportunidades y en una sola atinó a sonreír con disimulo, fue cuando lo escuchó largar un insulto después de que los acomodados y pesados libros perdiesen el equilibrio y cayeran sobre sus pies.

Paolo era de personalidad avasallante, hablador y simpático. Demasiado atrevido y cautivador para la templanza de ella. Sabrina no estaba acostumbrada a socializar y se dejó llevar por esa personalidad que la envolvió con una sola mirada.

—¿Eres muda? No me importaría... solo para saber —le había preguntado él, una vez fuera de la biblioteca, mirando como la amargada bibliotecaria cerraba las puertas ni bien pusieron el último pie fuera.

—No, solo hablo lo necesario —respondió ella y ambos rieron sonoramente.

—No te preocupes yo hablo por los dos entonces. Vamos a tomar algo. Me llamo Paolo, ¿tú?

Esa misma tarde había nacido una linda amistad que mutó en atracción con los días, pasó por el enamoramiento a las semanas y terminó en noviazgo a los pocos meses. Cada etapa, para ella, fue acompañada por nuevos descubrimientos tales como la atracción por los hombres, los besos con lengua que ya no daban arcadas y las caricias desconcertantes al comienzo y osadas más adelante, tanto que le habían robado algún orgasmo distraído e inesperado con la ropa puesta.

Y por fin, se enfrentaba al sexo como acción, ese tema tan atractivo como espinoso del que obviamente había leído y, por supuesto, estaba más que interesada en practicar. Con todo lo que sabía en teoría, no podía no estarlo. No tenía experiencia, pero vivía rodeada de jóvenes hormonados que la ponían al corriente y su observación indiscreta le daba demasiadas visiones que archivaba en su mente.

Sentarse por ahí en el *campus* de la universidad, sola y con la vista enfocada, le había servido para aprender cuantas clases de besos existían: con más o menos pasión, con lengua o sin ella, con labios abiertos o un simple roce, con manos fisgonas sobre la ropa o debajo y hasta sabía cuáles de los troncos de los árboles albergaba mejor y con más disimulo a los amantes que no tenían miedo de ser encontrados... hasta podría aconsejar cual era la postura que más los escondía.

Solo le faltaba vivirlo en carne propia, tener la experiencia que parecía resultar fácil, gratificante, estimulante, adictiva... tantas cosas le habían llegado a su vista y oídos.

No era mojigata ni reprimida, suponía. Ni frígida, quería creer. Solo era virgen e ignorante y para colmo de males tímida y reservada. El desconocimiento de la acción le daba un pudor que a esa edad resultaba casi tonto e increíble.

Y el día llegó, a los veintiún años recién cumplidos se entregaba a su novio para hacer el amor. Fue un acto que Paolo catalogó de extraordinario, no por maravilloso, sino por lo poco ordinario. Quitarle la virginidad a su timorata novia de más de veinte años era, como poco, raro para los tiempos que corrían y hasta que no tuvo que romper esa barrera física no lo había terminado de creer.

—¡Virgen! —había repetido él a viva voz al escucharle decir a ella, en susurros, su condición.

La teoría no era comparable con la práctica. Esa había sido la conclusión de Sabrina al verse desnuda, expuesta en toda su gloria y observada por su novio con cara de... divertido, intrigado, incrédulo... Esa no era la cara que debería tener su novio antes de hacerle el amor por primera vez. Al menos no era la que ella esperaba.

—No lo digas así —pidió avergonzadísima y con muchas, muchísimas ganas de taparse primero y huir despavorida después.

—¿Y cómo quieres que lo diga? Eso dices que eres: virgen —dijo segundos antes de cubrirla con su cuerpo, besarla hasta estimularla lo suficiente y consumar el hecho.

Sabrina se sintió como un cuerpo que completar con una acción necesaria y llenarlo hasta que rebalsase, en lo posible de placer, y no de cansancio.

En conclusión, su primera vez fue un poco... algo... bueno, muchas eran las palabras que podrían describir esa noche, pero se resumiría en frustrante, tal vez. Sí, podía decir que esa palabra era bastante descriptiva de las sensaciones experimentadas en su debut sexual que no dio como fruto ese famoso e increíble éxtasis del que todos hablaban y ella, por supuesto, esperaba.

Esa noche había fracasado dada la extraña combinación de personalidades. Ella era introvertida y virgen, él era extrovertido y experimentado. Por supuesto que no funcionó como esperaban, pero no se dieron por vencidos y volvieron a intentarlo con mejores resultados a los pocos días, aunque no tan pocos como le hubiese gustado al novio, sin embargo, la novia se basaba en la experiencia y las ganas de repetir no se hacían presentes. Hasta que él, por fin, las supo provocar.

Paolo era poco entendedor de los pensamientos femeninos y menos entendedor aún de los pensamientos cohibidos, sosegados y poco compartidos de su retraída y virgen novia, por eso la dejó a los pocos meses. No tuvo la sabiduría ni la paciencia ni los motivos suficientes para lidiar con ella y su poca pericia amatoria.

Otra vez, para Sabrina, los hombres pasaron a ser solo adjetivos, la lista se engrosaba y ahora descubría que muchas de esas cualidades lastimaban y causaban heridas profundas que tardaban en sanar.

El tiempo la había ayudado a cubrir sus lesiones, no a curarlas, y con su nueva experiencia adquirida reconocía que algunas de esas cosas que los hombres ofrecían, le gustaban. No las negativas sino las positivas, esas que le habían hecho creer que ella podía enamorarse y disfrutar de todo lo que el amor traía consigo. Solo por eso estaba más interesada en ellos, ya sus ojos miraban más atentos a su alrededor y con un poco de esperanza hasta podía creer que la segunda oportunidad saldría mejor.

Tal vez sus ojos comenzaron a mirar siempre para un mismo lado con el afán de olvidar al apuesto y divertido Paolo. Tantas veces miró hacia el banco que había debajo de ese roble, mientras ese muchacho estudiaba, que se había enamorado del desconocido a los pocos meses de observarlo a diario. Lo idealizó sin saberlo, convirtiéndolo en el más atractivo, simpático y estudioso de los hombres, algo así como su alma gemela. Aunque ese hombre de tantos atributos, jamás reparó en ella.

Otro amor frustrado... o enamoramiento o mentira, no se animaba a ponerle nombre; solo sabía que volvía a doler. Ese dolor era demasiado angustiante y le impedía pensar, razonar, ser.

Fue entonces que se convirtió en un ratón de biblioteca y en la silenciosa estudiante modelo que, aunque atractiva y sin gafas, parecía rara a los ojos de sus compañeros. Al menos, eso imaginaba ella que los demás pensaban y nunca se atrevió a averiguar si sus elucubraciones eran las correctas. Ya la curiosidad no ayudaría porque para saberlo tenía que pasar por uno de esos momentos «difíciles de manejar» como era el conocer a un desconocido.

«Demasiado trabajo para nada», pensó día tras día, semana tras semana y año tras año.

Sabrina, inteligente como pocas, dejó que ese amor idealizado por aquel muchacho se muriera por su poco uso. También pensó que no era sabio eso de los novios, los hombres o el amor, y que era una buena idea mantenerse lejos de todo eso que solo distraía... y lo hizo. Con mucha fuerza de voluntad, porque claro que más de una vez se había tentado de abandonar sus ideas. Alguno que otro de sus compañeros le gustó, no lo negaría, pero no pasó más de ahí.

Si algo tenía Sabrina era fuerza de voluntad, inteligencia y perseverancia.

Y entonces, a punto de recibirse, dejando las ganas de enamorarse para su otra vida, después de su reencarnación, por supuesto si se daba por hecho que eso existía o siendo un poco más optimista, para un futuro demasiado lejano dedicó su tiempo a ampliar sus conocimientos de idiomas y empezar a trabajar.

—Buenos días, Gruñona.

—Hola, Tonto —dijo haciendo lugar en su cama para que su hermano se recostara y la abrazara.

—¿Algo que contarle a tu hermano del alma? ¿Lloró mucho? —preguntó en tono de broma, y le apretó los costados para hacerla estallar en carcajadas debido a sus cosquillas.

—No fueron nada más que un par de salidas y no, no lloró porque jamás le dije que me iba de Roma.

Se referían a un muchacho mulato que había conocido en su trabajo y con el que sí se había animado a salir y darse unos besos después. Besos que se convirtieron en lamidas atrevidas, en mordiscos excitantes y terminaron en el sexo, literalmente. Morris tenía una lengua hábil y labios gruesos que la desarmaban con solo rozarla, mucho más cuando esa boca estaba entre sus piernas. Lo recordaba demasiado bien, porque había sido una sensación nueva que no le sonaba en absoluto haberla sentido con Paolo y ni se acercaba a lo que lograba con sus propias manos. Definitivamente, Morris le enseñó un poquito del firmamento y se quedó con ganas de más viajes por esas alturas. «Ya no sin sentimientos», se convenció un día. Y por Morris no sentía más que un poco de simpatía, eso si no hablaban demasiado en profundidad de algunos temas en los que no pensaban ni parecido.

Dos veces estuvo con él y se dio cuenta de que, a pesar de su avanzada edad, no estaba preparada para ese tipo de relaciones sin compromisos ni sentimientos. Tampoco lo estaba para aquellas *con* compromisos y sentimientos... no estaba preparada para relaciones, punto. Eso creía ella, de tanto que se lo había repetido terminó creyéndoselo sin duda alguna, porque sin amigos que la aconsejasen o la desmintiesen, sus palabras eran la pura verdad y como no ventilaba su vida privada con nadie, ni siquiera con Iván, no podía obtener otros puntos de vista.

La vida para Matías había sido todo lo contrario. Desde los diecisiete años, cuando comenzó a ser el beneficiario de los favores sexuales de su vecina de veintisiete (la prima de uno de sus compañeros de deportes) no paró. Disfrutó de esas lecciones durante bastante tiempo hasta que *la prima*, como él la llamaba, se enamoró y se casó. Con otro.

No se molestó, no se había encariñado con ella y para entonces, la experiencia adquirida era superior a la de cualquiera de sus amigos. ¡Qué más podía pedir! Esa experiencia lo había llevado a conquistar a mujeres que superaban los veinticinco años cuando él apenas tenía veinte, sumando así más conocimientos.

«Uno nunca termina de aprender», se dijo un día y se metió en cada cosa para hacerlo... Jamás se arrepentiría. Lo hecho, hecho estaba. Además, solía asumir sus errores y las consecuencias de estos.

En su juventud, las mujeres con las que practicaba ese tipo de sexo carente de emociones tenían una estrecha comunión con la noche, el alcohol, la droga, la prostitución y las fiestas. No era fácil escapar de todo cuando uno se manejaba en esos ambientes, al menos alguna de esas opciones tenía que conocer y lo hizo, sin embargo, no le gustó... y se alejó. Por suerte supo cómo hacerlo a tiempo.

Fue gracioso darse cuenta de que toda esa experiencia sexual no le alcanzó al conocer a Luli, de veintitrés años. Era divina, según sus propias palabras y estaba loco por ella, aun así, sus conocimientos, todos más carnales que sentimentales, no habían servido para retenerla. No todo era sexo en una relación de noviazgo que aspiraba a ser seria, fue una importante y dolorosa lección aprendida que le había dejado el corazón un poco magullado.

Entonces decidió poner el freno, bajar un par de cambios, disminuir la velocidad con la que venía viviendo y fue ahí cuando descubrió su profesión, en la misma carrera que estaba cursando en la universidad desde hacía dos años. Solo prestando un poco más de atención pudo ver cuánto le gustaba y cayó en la cuenta de que nada había aprendido. Por culpa suya, de nadie más, por vivir tonteando, pero ya había terminado con todo eso.

Comenzó a estudiar con gusto por lo que aprendía y sus notas subieron. Cada vez estaba más entusiasmado y ya quería dedicarse a vivir de lo que le gustaba. Su futura profesión se había convertido en su nueva pasión.

Mejorar su forma de vivir tuvo sus repercusiones familiares también. La relación con su madre se había corregido tanto como sus notas y ya no tenía interminables discusiones con su padre.

A los veinticuatro años recibió su título de ingeniero automotriz con excelentes notas, una tutoría en la materia que más le gustaba y hasta había sido ayudante de cátedra en otra.

Consiguió su trabajo soñado y, por si fuera poco, con la ayuda del destino o de la suerte (quién lo podría asegurar) se enfrentó a un nuevo desafío: Ni siquiera sabía que en la empresa automotriz en la que trabajaba existía ese departamento de diseño, pero parecía que la gente del departamento sí lo conocían a él y a su trabajo, y le pidieron colaboración en un proyecto en el que necesitaban de sus conocimientos. Esa colaboración se convirtió en una propuesta permanente muy interesante y ventajosa también en lo que a su economía competía.

Más conforme con su vida, conoció a una chica. Probó nuevamente eso de los afectos y oficializó su noviazgo incluso delante de su madre y hermana. Tampoco funcionó. Aunque la relación acabó, él estaba contento porque no fue por negligencia suya y su corazón había practicado un poco con esas cosas del querer. Sin embargo, le costaba demasiado exteriorizar sus sentimientos, cada vez más, porque los años asentaban ese tipo de defectos y eso sí que era un grave impedimento a la hora de tener novia seriamente.

—Mamá, me voy a nadar.

—Hijo, te vas a quedar en piel y huesos si sigues a ese ritmo.

Sonrió a su madre, saludó a su hermana y a sus sobrinos que estaban de visita, y se fue.

Los domingos no eran sus días preferidos. Se aburría bastante, ya que sus amigos más cercanos los pasaban en familia y la suya no tenía esa costumbre. Su cuñado se pasaba el día en el campo de golf, las mujeres charlaban de cosas de… mujeres y los niños eran demasiado pequeños todavía.

Como un rayo se cruzó en su mente el sobrino de su amigo Iván con quien había jugado en la consola alguna tarde y pensó en comprarle una al mayor de sus propios sobrinos para enseñarle. «Ya tiene cuatro años, edad más que justa», pensó.

Una cosa hilvanó con la otra en su cabeza y Sabrina apareció ahí, sin esperarla.

Así fue como, mientras pedaleaba rumbo al gimnasio dónde practicaba natación, se encontró pensando en cómo habría pasado la noche la muchacha en su nueva casa.

3

El departamento era más que agradable, entraba todo lo que Sabrina tenía y más. Sus libros y papeles tenían su lugar en ese cuarto extra que bien podía utilizar de estudio, aunque, prefería trabajar en el comedor.

«Otra vez sábado», pensó una semana después.

Estaba concentrada en organizar sus nuevas actividades.

—Creo que voy a hacer algunas galletitas o algo dulce, tal vez una tarta.

—No es necesario, Sabri, yo compré todo. Es tu bienvenida —dijo Iván, despeinándola al pasar.

—¡Molesto! —le gritó quitándose el pelo de la cara—. Si es mi bienvenida ¿para qué invitaste a tus amigos que ni conozco?

—Para que los conozcas. —Buen punto, se dijo ella, no tenía palabras para refutarlo y tampoco podía discutir demasiado, después de todo, ella no contaba con muchos amigos que le diesen la bienvenida—. Quiero presumir de mi hermana gemela mayor.

Sabrina sonrió y se dejó abrazar. Adoraba esos abrazos apretados y dolorosos.

Otra vez leyó el contrato que tenía entre las manos y no encontraba nada que objetar. Ese trabajo que le ofrecían era lo mejor que podía esperar. Hacía mucho que no estaba en su país y el derecho de piso había que pagarlo. Su experiencia en Europa le había dado contactos importantísimos con los que trabajaba a distancia, lo demás era solo para mantenerse activa y explorar cosas nuevas.

—¿Lo vas a tomar?

—Creo que sí. Prefiero un trabajo de investigación y recopilación de datos como este, a dar clases. Eso no es lo mío. Tal vez más adelante. Por ahora, a la propuesta de ser profesora la desestimo.

Matías tocó el timbre y esperó impaciente a ser atendido. Era impaciente... No esperaba que fuese ella quien abriese la puerta y menos así.

—Hola, Sabrina.

—Hola.

Matías no tenía la suficiente confianza como para dejar salir la sonrisa que tenía retenida. No era una sonrisa de burla sino de ternura y tal vez admiración y aprobación al verla tan altiva a pesar de su aspecto. Definitivamente, era tímida, no obstante, segura de sí misma. Algo que él no podía comprender, porque pensaba que una cosa no estaba asociada con la otra. Era evidente que en ella sí.

Sabrina no podía disimular más los nervios ni las palmas de las manos sudadas, pedía en silencio a todos los dioses que colaborasen con ella y evitasen que él lo notara. No se animó siquiera a darle un beso a modo de saludo. Su única respuesta fue mostrar una personalidad, que ni por asomo poseía, ante la presencia de un serio y desconocido muchacho.

Su reacción había nacido del hecho de sentirse sorprendida, no lo esperaba tan temprano. Ni a él ni a nadie y sabía, con toda seguridad, que estaba exagerando su postura de espalda recta y actitud distante.

Había perdido la costumbre de ruborizarse tanto o ponerse tan nerviosa. No era muy sociable, todos los que la conocían bien lo sabían y en Italia... bueno, ahí hacía tiempo que había dejado de conocer gente, por lo que debía enfrentarse a esos renovados nervios y practicar para la noche que se avecinaba.

Cayó en la cuenta de que serían muchos desconocidos que conocer y ya estaba empezando a odiar a su hermano.

Sin percatarse de ser observada con mucho detenimiento, Sabrina recuperó la taza de café de la mesa y se sentó en el sofá, puso sus talones arriba y abrazó sus piernas apoyando la barbilla en sus rodillas. Esa posición, a veces, la ayudaba a pensar y a relajarse. Eso último, era lo que buscaba en ese momento en que no se animaba a huir cobardemente.

Matías volvió a mirarla cuando ella bajó la vista. No quería que lo descubriera, sin embargo, se sentía intrigado: Pantuflas de peluche con dibujos de corazones que, dicho sea de paso, necesitaban un recambio. Pantalones de pijama largos; a cuadros blancos, rojos y azules y dos números más grandes de lo que en realidad requería. La camiseta tenía la imagen de un grupo de música que él desconocía y tenía hecho un nudo a la altura del ombligo que le permitía ver un poco de piel de la cintura femenina. El pelo era un caso aparte, seguramente, intentando recogerlo quedó a medio camino o cambió de parecer, no era ni una cola de caballo ni un nudo alto ni... Eso no era un peinado, más bien un despeinado que le daba cierto aspecto interesante y enmarcaba un rostro angelical que todavía conservaba aspecto adormilado.

Sabrina seguía rogando en silencio que los hombres decidiesen ir al cuarto de Iván, mientras pensaba en por qué había aceptado hacer esa fiesta. Si ellos no estuviesen tan cerca ella podría escapar sin ser vista y ponerse algo decente. Jamás alguien la había visto tan impresentable y tampoco recordaba haber estado tan ansiosa, pero ansiosa para mal.

—¿Cerveza?

—Sin alcohol, si tienes —respondió Matías, retirando la mirada de la hermana de su amigo y habiendo saciado su curiosidad, por el momento.

—Permiso, yo me voy a... —susurró ella. «No tengo que dar explicaciones», pensó y por eso se interrumpió.

Con la concentración puesta al ciento por ciento en caminar erguida y sin mostrar toda la vergüenza que sentía ante el escrutinio masculino, caminó hasta su cuarto y cerró la puerta para dejarse caer en su cama, sintiendo las piernas como gelatina.

—¿Está bien? —preguntó Matías.

—Sí. ¿Por qué lo preguntas?

—Parece enojada o asustada, qué se yo. Molesta por algo.

—No. Estaba analizando las propuestas de trabajo y debe estar concentrada en eso. De todas maneras, ella es especial. No va a dejar de sorprenderte. Mi hermana es lo más... es mi orgullo. Ella hace lo que quiere y no espera aprobación de nadie. Si quiere algo, aunque le cueste sudor y lágrimas lo consigue. Tiene un corazón de oro y... es un sol, además de ser muy inteligente.

Iván no tenía ni idea de cómo se veía ella misma, nadie en realidad conocía sus inquietudes. Sabrina no contaba su vida ni sus intimidades. Nadie más que Paolo y ella estaban al corriente de que había sido virgen hasta los veintiuno, tampoco nadie conocía su poca experiencia en relaciones ni sus negativas a tenerlas ni las inseguridades con las que se enfrentaba a la vida. Con el tiempo aprendió a fingir lo que no era.

—Caray, qué bonitas palabras. Cuántos atributos. Ya me gusta.

—Mira para otro lado, que te conozco.

Matías sonrió y dio un nuevo trago a su cerveza analizando lo que advertía en esa mujer... era interesante, inquietante, tal vez atractiva sí, no más que eso. Parecía segura de sí misma y por momentos arrogante, pero estaba lo de la timidez... eso no podía negarlo, y a veces hasta parecía indiferente. Tenía la pinta de tomar la vida en sus manos y ser capaz de lograr hasta los desafíos más inverosímiles y la adivinaba muy pasional.

Tal vez demasiadas conclusiones erróneas, pero no la había visto más de dos veces como para darse cuenta de sus errores y ella no colaboraba demasiado mostrando su verdadera personalidad, por el contrario, sus escudos la cubrían por completo ocultando la realidad.

A veces las apariencias engañan y Matías estaba demasiado engañado con la de la hermana de su amigo.

Sabrina no volvió a salir de su dormitorio hasta escuchar a los primeros invitados y cuando lo hizo, fue en mejores condiciones. Condiciones que a más de uno llamó la atención tanto por su estilo original y refinado como por su simpleza. Además de la femenina elegancia propia de quien no duda de poseerla... o tiene un temple decidido y bien ensayado para esconderse y que no se noten sus ganas de huir, como era el caso de ella.

Las personas terminaron de llegar casi a horario, no serían más de quince entre amigos de él y algún que otro conocido de ella que casi ni recordaba.

Sabrina tuvo que dejarse llevar, no le quedaba otra opción. Sudada, nerviosa y con las mejillas acalambradas por mantener su sonrisa resistía la reunión, las preguntas y las conversaciones.

Cuando Matías vio entrar a Vivi, una de sus últimas relaciones sin nombre ya desechadas, se quiso morir. Esa rubia empalagosa no se le despegaría en toda la noche y no era capaz de repetirle nada de lo que ya le había dicho a solas. Ella no entendía o simulaba que no lo hacía con tal de estar con él. En otro momento de su vida, Matías la hubiese tratado mal por ser tan fácil, entregada y rebajarse como mujer al mendigar unos pocos mimos y momentos de placer, sin embargo, ahora intentaba pensar diferente y no juzgarla. La verdad era que desconocía las intenciones de Vivi para con él y poco le importaban.

Tuvo que aceptar ese beso en los labios y el roce de lenguas también. Su mirada se cruzó en ese instante con la de Sabrina, aunque solo por cortos y casuales segundos. Ella bajó sus ojos como era su costumbre y muy a su pesar, gesto que hizo sonreír con altanería a Matías. Había descubierto que ese tipo de demostraciones públicas incomodaban a la inmutable gemela.

Las horas pasaron y la reunión estaba en su máximo apogeo cuando el timbre volvió a sonar. Esta vez fue Sabrina quien abrió la puerta. Además de la puerta, abrió los ojos y la boca, lo peor era que le resultaba imposible cerrar algo, su mente había dejado de funcionar.

—¿Sabrina? —Su nombre sonaba extraño dicho por esa maravilla masculina, eso pensó al ver al muchacho que tenía delante.

—Steven, amigo. Pudiste llegar —dijo Iván a su espalda—. Ella es mi hermana, sí.

—Un placer —respondió el desconocido, en un perfecto español.

—Lo mismo digo —Sabrina se quedó tiesa y tal vez suspirando, no estaba muy segura, mientras recibía el beso en la mejilla acompañado de un abrazo.

—Steven es norteamericano, Sabri. Está haciendo un par de trabajos en la empresa. Lo vamos a tener por aquí unos meses.

—Qué bueno, me alegro de conocerte —murmuró ella, asegurándose de no tartamudear y huyó como la cobarde que era.

Steven era hermoso, parecía el típico modelo de publicidad de perfumes o coches de lujo, pensó Sabrina. Rubio, guapo, con cara de niño bueno, naricita perfecta y labios carnosos de esos que invitan a besar, así era. Con ojos celestes y brillantes y una sonrisa bella que aflojaba las rodillas; todo enmarcado en un corte de pelo moderno y bien peinado.

Sabrina no podía dejar de mirarlo. Lo intentaba con toda su fuerza, aun así, sus ojos volvían a él y lo recorrían de arriba abajo tantas veces como fuesen necesarias para poder asimilarlo, porque no podía creer que ella, tan juiciosa y pensante, estuviese temblando ante la imagen de un hombre.

—¿Estás bien? —La pregunta la tomó por sorpresa y la tensión de su espalda también. ¿Qué tenía este hombre que la ponía tan alerta?

—¡Matías!, me asustaste. Sí, estoy bien. —Sintió la mano en su espalda, fue solo un roce, no obstante, para ella fue una presión insoportable, tanto que se alejó como si la hubiese lastimado.

—Perdón, solo quería pasar —aclaró él, haciéndose hacia un lado. Entonces ella entendió que estaba en el medio del pasillo obstaculizando el paso.

—Claro... yo... no... —Sus miradas, por primera vez, se mantuvieron firmes. Por fin ella pudo notar lo oscuro que Matías tenía los ojos y él pudo ver lo luminosos que eran los de ella y la cantidad de pestañas que los adornaban.

Matías necesitaba provocar que esos párpados bajasen, porque él no podía dejar de observarla y apenas si estaba respirando. Dibujó esa sonrisa de arrogancia que tenía practicada hasta el cansancio para lograr parecer eso, arrogante, y ella, en respuesta, inclinó la cabeza un poco hacia abajo llevándose la mirada y exhalando el aire retenido. Él se inclinó para acercarse y susurró un «permiso» muy cerca de su oído, calentando de pronto el ambiente. No podía entender el motivo, pero así quiso hacerlo. Se alejó para internarse en el baño y apoyarse en la puerta una vez que la hubo cerrado.

—¿Y eso? —se preguntó en voz baja. Su torso subía y bajaba y hasta se sentía agitado.

Sabrina se llevó la mano al pecho para verificar la velocidad de los latidos de su corazón y cerró los ojos con fuerza. Muchas emociones que desconocía la estaban atormentando. Volvió a levantar la vista, esta vez se encontró con los maravillosos ojos celestes de Steven y esa sonrisa que le debilitó otra vez las rodillas. Apenas si tuvo fuerza de devolvérsela. Caminó automáticamente hasta la cocina, tomó un botellín de cerveza y la bebió sin respirar. Su sabor era espantoso, no le gustaba en absoluto, pero la necesitaba y hubiese dado igual si era una botella de vino o de vodka. Claro que con diferentes consecuencias.

Durante la velada, Matías intentaba quitar la vista de la muchacha que le había robado un par de respiraciones, poniéndolo en una situación difícil de comprender, pero no podía. Era como si necesitase comprobar que esa mirada no lo inquietaba y mucho menos esa pose de indiferencia que ella tenía para con él desde el mismo instante en que le tocó la espalda. Por ese motivo se percató de que ella no perdía ocasión para repasar con la suya a Steven.

Vio, desde su ubicación al lado de Vivi, como Sabrina se estremeció de pies a cabeza y las mejillas se le pusieron de un rosado suave y encantador, que no pudo pasar por alto, cuando el americano se le acercó para hablarle al oído, posicionando la mano en la cintura femenina. Matías contempló toda la acción y sintió como su pantalón comenzaba a apretarle justo ahí, entre las piernas, sin aviso.

—Mierda —exclamó bajito, al notar como ese sutil gesto lo había excitado.

—¿Qué? —preguntó Vivi, quien estaba más que atenta a todo lo que él hiciera.

—No, nada.

Steven abrazó con más fuerza la cintura de Sabrina festejando una broma de Iván y ella creyó estar al borde del desmayo. «¡Por Dios!», dijo su vocecita interna. Necesitaba escapar para que no notasen su histeria. «No puede ser más hermoso», pensó al verlo tan de cerca.

Matías, con la mirada fija en la mano del rubio, se acomodó en el asiento y con disimulo se apretó la entrepierna para ver si esa dureza aflojaba un poco. No era el escote ni las hermosas piernas de su acompañante lo que lo habían puesto así. Era una mirada tímida, una caída de ojos vergonzosa, una lengua nada sensual y un rubor en las mejillas. ¡No lo podía creer!

Volvió a mirar a esa mujer que, sin ningún arma visible, lo había puesto en jaque y notó un suspiro profundo en ella. Negó con la cabeza, no era posible ni lógico que tuviese esas enormes ganas de alejarla de ese hombre.

El domingo era su día preferido. Sabrina adoraba los asados familiares. Y se había perdido tantos...

—Si no te apuras me voy sola —refunfuñó, tomando su café y a sabiendas de que esperaría todo lo que su hermano quisiese, porque no podía decirle que no. Era algo que tenía que aprender, seguro que mejoraría su vida sustancialmente. Pero... lo adoraba, a él y todas sus imperfecciones.

—Gruñona —sentenció Iván, pasando por su lado todavía en ropa interior.

—¡Iván! —No la dejó terminar de reprenderlo por ser tan lento, le dio uno de esos abrazos que duelen y la levantó unos centímetros del suelo haciéndola reír.

—Dame unos minutos más. Ah, Sabri, Matías se olvidó su móvil ayer y lo viene a buscar en un rato. ¿Se lo das? Yo me voy a dar una ducha, no tardo nada. Te doy mi palabra —le avisó, robándole la taza de las manos y terminándose su café. Iván podía convencerla de casi cualquier cosa, incluso de que la nieve era caliente, si se lo proponía.

Sabrina se puso a ordenar todos los regalos que compró a sus sobrinos para que entrasen en un solo bolso y no en dos como los tenía por haberlo hecho a la ligera. Por fin pudo desarmar todo el equipaje que había traído de Roma y encontró todos y cada uno de esos juguetes y disfraces, por suerte en perfecto estado. Estaba muy ansiosa por ver las caritas de ambos al descubrir lo que tenía para ellos.

Matías llegó a los pocos segundos, iba de paso, camino al gimnasio donde practicaba natación.

Otra vez lo tomó desprevenido el hecho de que fuese ella quien abriese la puerta. Como su hermano le había dicho, ella lo sorprendía. Todavía le costaba asimilar todas sus apariencias. La del pijama había sido enternecedora, podría decir. La de la fiesta, tal vez, inquietante. Si cerraba los ojos podía volver a recordarla, con ese pantalón negro de cintura alta y botamanga ancha, muy ancha; acompañado por una blusa en color marfil (de seda, tal vez, poco conocía de telas) que había metido dentro de la cintura ajustando su silueta; zapatos cerrados de tacón altísimo, cabello suelto y maquillaje muy bien aplicado y distribuido; una perfecta imagen elegante y distinguida, y ahora... en jeans gastados y grandes, camiseta ajustada, zapatillas multicolor y cabello recogido tirante en una cola de caballo. Tan tirante que esos ojos tomaban una forma ovalada y felina que lo martirizaban.

Ella suspiró ante su mirada de repaso, fue un suspiro sonoro e incómodo; él lo notó y sonrió. Había descubierto que le gustaba incomodarla. Desconocía los motivos, pero le encantaba. Verla así, nerviosa, insegura y dubitativa le provocaba cierto cosquilleo en la espalda.

—Buenos días, Sabrina —dijo, mientras se acercaba hasta su mejilla y dejaba un beso húmedo. Por primera vez la saludaba con un beso y otra vez sus pantalones se tensaban. Esta vez no pasaría tan desapercibido porque tenía *shorts* deportivos, demasiado livianos. Puso la mochila delante de su cadera y dio los pasos necesarios para entrar sin importarle si era invitado.

Sabrina estaba muda. ¿Cómo se atrevía a besarla de esa manera? Hasta la había baboseado, sin embargo, por pudor no se atrevía a limpiarse, tal vez, eso le molestaba y por una razón desconocida por su inteligencia no quería molestarlo.

—Estás sudado —masculló ella, solo por decir algo y acallar su mente.

—Vine en bicicleta —respondió él, atosigándola con la mirada y logrando ver esa acción que lo tenía fascinado. Como era de esperar ella bajó la vista y él se tensó—. ¡Mírame! —le ordenó con voz ronca y ella obedeció. Matías no controló su cuerpo ni su jadeo y ella se agitó ante esa orden que jamás dudó de cumplir.

Los dos quedaron atónitos antes sus reacciones.

—¿Encontraron el teléfono? —preguntó Iván, ajeno a la tensión del ambiente.

—No.

—Sí —respondieron al unísono sin dejar de mirarse. Matías puso la sonrisa estúpida que le otorgaba ese poder que necesitaba para doblegarla y ella gimió bajito alejándose.

—Vamos, Iván, no tengo todo el día para esperarte —gruñó malhumorada.

¿Cómo era posible que ese estúpido le dijera... le hiciera... la mirara...? No podía armar la frase en el orden correcto. Tampoco sabía cuál era el orden correcto porque no alcanzaba a definir qué le había molestado más. Entró a su dormitorio para buscar el bolso con los regalos y volvió a salir furiosa chocando con su hermano, que ya estaba listo y caminaba hacia la puerta para saludar a su amigo.

—No es para tanto, Sabrina —dijo su gemelo, mirándole los ojos furiosos, después de recuperar la estabilidad.

Iván se acercó a Matías que no había abandonado su sonrisa y estaba satisfecho al máximo con la respuesta de ella, lo último que quería era su indiferencia. No podía entenderse. No tenía motivo alguno para pedirle que lo mirase, sin embargo, se lo había ¿exigido? ¿Con qué necesidad, con qué intención? ¿Y ella? Ella lo hizo sumisa y contrariada al mismo tiempo, ¿por qué?

—Me voy —aseguró, tomando el aparato y dándole una palmada en el hombro de Iván.

Miró a Sabrina que no le devolvía la mirada. Entendió perfectamente que no lo hiciera y se fue acompañado de una erección ingobernable. En el ascensor se encargaría de darle un toque de presión, tal vez así, su parte desatendida se asustaba y se retraía. Cerró los ojos y se permitió recordar el fuerte y tibio aliento con perfume a café que lo golpeó de lleno en el rostro al acercarse a Sabrina. «Delicioso», rumió por lo bajo.

Idiota, pensó ella, pero esta vez dedicándose el insulto. Salió al pasillo para pedir el ascensor y se encontró con que Matías estaba todavía ahí y con su mano entre sus...

—¿Todavía no llegó el ascensor, Mati? —preguntó Iván a su espalda mientras cerraba la puerta con llave.

—No —respondió el nombrado, sin dejar de mirar a la mujer que estaba por demás de embarazosa con su presencia y acomodando sus manos para que quedasen visibles levantó una ceja. Por supuesto que se dio cuenta de que ella lo había visto, él no tenía la culpa de que lo interrumpieran, ¿no?

Sabrina llegó a casa de sus padres con un humor de perro rabioso que no podía contener. Al no saber a qué atribuírselo, aunque tenía una vaga idea de a quién (cosa que no diría), culpó a la tardanza de su hermano. Dicho humor se fue disipando con el correr de los minutos y las horas en buena compañía, esa compañía que adoraba: su familia y por supuesto el delicioso asado hecho por las maestras manos de su padre.

—Bomboncito, el abuelo me dijo que te armaste un escondite secreto. Me encantaría conocerlo. —Su sobrino mayor la miró como pensándoselo, ella le devolvió la mirada sonriendo y notando el terrible parecido, incluso en los gestos, con el padre, o sea, su hermano mayor y el protector de la familia. En realidad, por ser la única mujer a parte de su madre, todos la protegían, incluso su cuñada por ser mayor. Era la mimada del grupo y no se quejaba, por el contrario, lo disfrutaba.

—Te lo muestro, pero para que lo sepas, ya no es secreto. Todos lo conocen.

—Bueno, eso no es importante. Lo importante es que sepan que es tuyo.

—Supongo —respondió el niño elevando los hombros. No le convencía mucho la idea, pero no tenía más remedio que aceptarla.

Sabrina tomó a ambos niños de la mano y comenzaron a atravesar el parque, bastante grande y arbolado, de la casa de sus padres. Dejaba atrás una conversación familiar que incluía risas y refunfuños maternos. Todo eso que había extrañado y tanta falta le había hecho, todo eso que todavía no podía acomodar en sus emociones al estar de vuelta entre ruidos conocidos, aromas y afectos añorados. Situaciones tan viejas y repetidas se hacían nuevas y sorprendentes, y ahora la esperaban cada día... todavía no sabía asimilarlas cómodamente.

Giró sobre sus talones, vio a sus padres y hermanos, su cuñada era ya como su hermana, y sonrió con lágrimas incluidas. De a uno, comenzando por su madre, la miraron, pero fue Iván con su torpeza amorosa quien la ayudó a escapar de la nostalgia que de pronto quería acapararla.

—Prometiste no volver a llorar —gritó levantándose de golpe y tirando, sin querer, la silla en la que estaba sentado.

—¡Oh, oh! —exclamó Sabrina al verlo avanzar hacia ella. Tomó a sus sobrinos con más fuerza y comenzó a correr.

—¿Lo prometió? —preguntó Francisco, ya de pie también y tomando impulso.

—Y no cumplió.

—Tía, papá también viene —gritó uno de los niños entusiasmado y excitado por sentirse perseguido.

—Tramposos, entre dos no vamos a poder escap... —su sobrino menor gritó y se desprendió de su mano volando por el aire, quedando colgado boca abajo por sus tobillos y riendo a carcajadas atrapado por Iván. Segundos después la otra mano le quedaba vacía y más risas de niños se escuchaban a su espalda. Nada pudo hacer cuando su hermano mayor la tendió en el césped bajo su cuerpo y con manos fuertes le hizo cosquillas.

—Promete que no vas a volver a llorar —amenazó Iván a su lado con las manos como garras a punto de caer en los cuerpos pequeños de los niños que, sin dejar de reír, rogaban a gritos que lo prometiera.

—Por favor, promételo, tía. Promételo.

—Lo prometo, lo prometo.

Matías volvió a tocar el borde de la piscina con sus pies y se impulsó nuevamente. Ya había perdido la cuenta de la cantidad de largos que nadó, no era importante, todavía tenía energía para seguir y cosas para pensar, tal vez ahogar, mientras tanto.

«Mírame», movió su cabeza negando en silencio.

«Mírame», volvió a pensar y esos ojos brillosos e incautos se presentaron en su mente. Sí, eso eran, sin embargo, no se daba permiso a creerlo... inexpertos, aturdidos, asustados. Así estaban aquellos ojos cuando ella los subió, pero también estaban resplandecientes y vivos, luminosos. Él prefirió quedarse con esa última idea.

—Mierda, mierda, mierda —murmuró poniéndose de pie y subiendo sus gafas de agua, con enojo. Se recostó sobre la soga que dividía su espacio de los otros nadadores e intentó concentrarse en otra cosa. El socorrista estaría feliz de verlo tan excitado como estaba, eso si era tan gay como él intuía. Aunque estaba empezando a descreer de su intuición, tal vez, solo lo miraba por precaución, ese era su trabajo, ¿o no?

—Ni siquiera me gusta —sentenció en voz alta y siguió con sus pensamientos.

«Sí, es atractiva, pero poco más. Interesante, distinta... y asquerosamente tímida, incómodamente altanera y peligrosamente malhumorada». Ya ni sabía si eso era tan solo una apreciación errónea o una verdad enorme. «Necesito una noche loca de mujeres, música, bullicio, descontrol hormonal y cervezas con alcohol, muchas de esas».

Dos semanas sin sexo, una rubia *toquetona*, un salvavida mirón y una mujer de ojitos miedosos y con aires europeos que le provocaba erecciones inesperadas era su límite.

Definitivamente, odiaba los domingos.

Llegaría a su casa y el único consuelo sería tirarse al suelo con sus sobrinos, dejarse trepar, armar rompecabezas y comer lo que sea que sus mujeres hubiesen horneado. Pero primero compraría una consola, ese era un buen consuelo de tontos, una diversión segura y distraería sus pensamientos y necesidades. Sí. Eso haría, sí.

¿Cómo no lo pensó antes? Porque no la había necesitado. Iván era su compañero de juegos incluso en los días entre semana, sin embargo, desde que la hermana de este estaba en la ciudad no lo invitó otra vez. La verdad era que no necesitaba invitación, pero ya no vivía solo...

—Y una mierda... esa nenita de papá no me va a cambiar la vida.

Dijo apoyando las manos en el borde de la piscina y levantando su cuerpo entero sobre ellas, dejando caer una cascada de agua a su alrededor. Apoyó un pie sobre las baldosas y se incorporó girando la cabeza para deshacerse del agua de su cabello mientras se quitaba las gafas.

El socorrista no perdió detalle del erótico y sensual movimiento, al menos eso había sido para él, y suspiró. Cada gotita de agua salpicada por el oscuro y corto cabello de su amor platónico le producía un escalofrío.

—¡Esto de ser gay en un mundo lleno de heteros es un suplicio! —susurró.

4

Sabrina estaba sentada en ese bar, recordando otro bar donde servían el mejor café de Roma, pero donde no encontraba nada tan suyo como el idioma, los colores, la gente y sus costumbres que veía ahora por todos lados. No, no podía comparar. Estaba donde quería estar. Roma era Roma y todo su esplendor y belleza estaban ahí, no obstante, su hogar era su hogar.

—¿Entonces...? —Sabrina se sobresaltó.

El muchacho simpático y atrevido como pocos se sentó con sus femeninas formas interrumpiéndole la tranquilidad.

—¿Qué tal los primeros días? Te tratan bien, te sientes cómoda, es lo que esperabas, te adaptas... vamos son miles de cosas que tienes que contarme.

Sabrina sonrió, ya estaba acostumbrándose, con solo cuatro días, a que ese personaje era como la luz: estaba en todas partes y se metía sin permiso y sin ser llamado. Tan avasallante era Antonio, que ni su timidez tenía tiempo de aparecer cuando él estaba presente.

Como aparecía allá por donde mirase no podía terminar de entender cuál era su puesto de trabajo, si recepcionista, secretario del gerente, reportero de chismes de alguna columna interna de la empresa o tal vez un conocido de rápida confianza con aspiraciones de amistad. Ese puesto era bueno... podía encasillarlo sin dudas y ella pediría sus servicios porque le gustaba su conversación, la tranquilizaba, incluso la animaba, como si él fuese un *quitador* de sus vergüenzas y sonrojos con sus bromas. Hasta le había presentado otros compañeros de trabajo y ella había mantenido su cobarde y escurridiza mirada en alto.

—Bueno… —murmuró ella. Era la primera palabra para empezar a enumerar las diferentes apreciaciones, pero qué demonios, el charlatán no dejaba espacio para meter palabra.

—Ni se te ocurra preocuparte por Yesy. Es una arpía, nadie la soporta y no aparece más que por su oficina. Y el jefecito… olvídate, solo te mira con cara de perro malo para intimidar, pero es un peluche. Y…

—¿Me vas a dejar hablar? —preguntó riendo, después de terminar su café. Era algo así como adicta a ese brebaje. Debería comenzar con el descafeinado, pensó al ver su segunda taza vacía.

—Sí, claro, perdón… es que… Yo solo quería que…

—¡Por Dios, Antonio! Cállate de una vez —pidió entre risas.

—Eso es imposible, compañera —dijo otro, acomodándose también. «Cartón lleno», pensó Sabrina. Dos caraduras y una timorata no eran buen conjunto, sin embargo, ahí estaban sus dos nuevos amigos haciendo su vida más divertida.

—Julito, mi amor. Hay cosas que podrían hacerme silenciar. Algo en la boca, por ejemplo.

—La mía no va a entrar en tu boca, ni lo sueñes. —Sabrina se sonrojó de solo imaginar lo que Julio había querido decir, su pecho se infló para dejar salir el suspiro y su mirada quedó en una interesante cucharita sucia con espuma de café. Por supuesto a nadie se le pasaba por alto la tonta timidez de una mujer madura y lo tomaban a gracia, ella incluida que lidiaba con su tormentosa y molesta estupidez como bien podía.

—Me hicieron perder el tiempo, ahora me tengo que ir. Sabri, bonita, el sábado estás ocupada.

—Creo que no.

—Mi vida, no es una pregunta… estás ocupada. Conmigo. Pásame la dirección de tu casa, paso a buscarte a las cuatro —aseguró Antonio.

Sabrina lo miró riendo por sus exageradas formas de moverse, ese pelo de varios tonos de dorados, ojos saltones y verdosos, alto, musculoso, apuesto y con su personal forma de vestir un tanto original y rozando lo ridículo.

—Es un sol... —aseguró Julito adivinando sus pensamientos, ambos miraban Antonio con cariño mientras se alejaba sin escatimar movimientos—. No hay persona que resista sus encantos. Me refiero a encantos de amigo, no vayas a pensar que yo... no. Yo voy derechito no me desvié todavía.

Soltaron las carcajadas y se quedaron conversando. Era fácil estar con Julio. Él prefería que lo llamasen Julito, era más bien bajito y con una pequeña barriga de la que se sentía orgulloso porque amaba cocinar y comer, para qué mentir.

Ambos hombres eran las personas que le habían hecho más ameno su nuevo trabajo y su nueva vida.

—Me tengo que ir. Le prometí a mi hermano hacer la comida —le indicó a su compañero.

—Claro. Me alegra que te hayas adaptado bien y ya sabes que ser tu jefe directo en este caso no modifica nada, puedes consultarme todo. Soy jefe de departamento por mis conocimientos y experiencias, no para mandar, ¿entiendes?

Sabrina sonrió a su nuevo amigo y supo que, si bien eran pocos los que tenía, sabía elegirlos bien.

—Pásala, comilón —gritó Iván con el control remoto de la consola en la mano intentando mantenerse sentado en el sofá.

—¡Gol, gol, gooool! Así es como se juega —cantó Matías saltando del sillón. Era el vencedor por segunda vez consecutiva y a su amigo eso le ponía los pelos de punta.

—La revancha queda pendiente, Sabri está por llegar.

Matías frunció el ceño. ¿Qué Sabrina estuviese por llegar era motivo suficiente para dejar de divertirse? De seguro era regañona y mandona. No podía explicarse, si no, el motivo por el que su amigo levantara las botellas de cerveza y limpiara la mesa con tanto esmero y rapidez.

—¿Hey, todavía llevas los pantalones en casa? —se mofó.

—No seas estúpido, no es eso. Ella llega cansada y no me hace ni una mueca negativa cuando le pido que me cocine algo rico. Lo menos que puedo hacer es colaborar con la limpieza y el orden. No vivo con mamita que me lava hasta los calzones, como otros.

Recibió un golpe en las costillas y un manotazo en la cabeza. Así era fácil golpearlo, llevaba las dos manos ocupadas.

—Idiota, la venganza será…

—Hola, Tonto. Estoy en casa y tra… —Matías cruzó la mirada con ella antes de que tuviese tiempo de girarse para cerrar la puerta—. Ah, hola.

—Hola.

No era necesario, incluso era evitable, pero a él no le importó y le hizo un repaso visual solo para irritarla y lo logró. También logró que lo ignorase al pasar por su lado, abrazar a su hermano y darle un beso sonoro después de sonreírle. A Iván, no a él.

Tenía linda sonrisa, no podía discutir eso, tampoco que tenía bonitos dientes. «¿Bonitos dientes? Estoy peor de lo que pensaba», gruñó por lo bajo.

—Me voy, Iván. La seguimos el fin de semana, mañana tengo un día largo y salgo con Laurita.

—Me imaginaba que ese día llegaría. No te quita los ojos de encima. ¿Cuánto hace que entró como pasante?, dos semanas si mal no recuerdo.

Matías no estaba escuchando a su amigo, que hacía vaya a saber qué en la cocina, él solo estaba parado en el medio del camino esperando molestar a Sabrina cuando saliese de su dormitorio. Quería y necesitaba ese estimulante gesto de párpados caídos. Solo eso.

—Permiso —escuchó a su espalda. Sin pensarlo sonrió de lado y la miró fijo. Entonces ella hizo lo esperado también sin pensarlo: bajó su vista y el rostro se le tiñó de rojo intenso. Tenía miedo de que él volviese a obligarla a mirarlo y que esos ojos oscuros anclaran… no sabía dónde, pero donde fuese le producían escalofríos, nervios e imposibilidad de respirar.

—Pts. —chistó él y ella no tuvo más remedio, lo miró—. ¿Te pongo nerviosa?

—Idiota. —Debería aprender a no demostrar sus sentimientos. O al menos a no ponerse nerviosa delante de semejante arrogante—. Déjame pasar. Y la respuesta es no.

—¿Qué respuesta? —preguntó Iván.

—Matías me preguntó si lo invitaba a comer, le dije que hoy no.

—Con las ganas que tenía de probar tu comida —jugó irónico el nombrado.

—Qué lástima, otra vez será. Hoy solo cena de hermanos. Si no te molesta... —Le abrió la puerta de la calle y con un ademán educado lo invitó a retirarse.

—La venganza es muy, muy dulce, Sabrina —le susurró de pasada al oído y dejó escapar el aire para ver como su piel se erizaba. Iván, ajeno a todo, se reía. Para él el mundo era mejor con sonrisas y buen humor.

Matías estaba furioso. Se las cobraría. Ella no tenía que maltratarlo ni volverse firme, debía bajar su vista, incomodarse, temblar, sonrojarse... así era el juego, eso era lo divertido y excitante.

Tomó su teléfono y marcó el número de Laurita. Había inventado esa salida, no tenía nada arreglado. Lo había hecho para ver la reacción de Sabrina, por motivos injustificados e inexistentes, solo curiosidad. Se sintió estúpido al ver que ella no había reaccionado, sin embargo, por orgullo propio bien valía el intento de cazar a su pequeña presa. Además, esa exasperante mujer con aires altivos lo tenía histérico. ¿O la histérica era ella? Sí, eso era, la histeria de esa mujer lo tenía caminando por las paredes, concluyó, sin analizar demasiado que Sabrina casi no lo miraba por la vulnerabilidad que le provocaba su presencia.

De Laura no se acordaba ni el color exacto de cabello que tenía, pero era de esas mujeres que... «no vayas por ahí», se dijo. Y esquivó el pensamiento machista tan incorporado por años, «esa mujer tiene derecho a ser como quiera», se corrigió y siguió marcando el número.

Suspiró aliviado al recibir la respuesta afirmativa. Tenía una cita. Ya se estaba sintiendo un perdedor por las tres semanas sin salidas ni mujeres ni sexo. Bueno, salir con Laura no era garantía de sexo. Ya vería cómo se daban las cosas.

—¿Qué pasa con Mati, Sabrina?

—Nada, es solo que no me cae bien, Iván. No me molesta que venga, es tu amigo. Pero no me cae bien. —«Y me pone nerviosa», eso no podía decirlo. Jamás lo reconocería en voz alta. Tampoco reconocería ese escalofrío que había recorrido su espalda al olerlo y escucharlo tan cerca. Y ese susurro...

—Voy a hablar con él.

—¡Ni se te ocurra! No puedes decirle que no me cae bien. Prométemelo.

—Está bien, olvidemos esto. El sábado voy a invitar a unos chicos a casa, me toca una vez cada seis semanas. Pedimos pizzas y conversamos... nada importante. No pretendo que te vayas, es más, me gustaría que te quedases.

—No lo creo. Tal vez vaya a casa de Frank para ver a los bomboncitos o salga con amigos. Me organizo y te digo.

—Amigos, eso me interesa. ¿Nombres?

—Julio, Antonio —dijo entre risas.

Su pobre hermano creía que tenía una gemela tan rompecorazones como él. Iluso. Antonio era gay y Julio estaba enamoradísimo de su pareja. Tal parecía que para el sábado solo quedaba la opción de visitar a su hermano.

5

Por fin se daba el gusto. Después de largos años deseándolo, Matías lograba cumplir su fantasía. Ese coche con el que había soñado año tras año y que conocía viéndolo desde cualquier ángulo, del que se sabía cada detalle incluyendo, si lo dejaban pensar, la cantidad de tuercas y tornillos que tenía sería suyo.

Retiró el flamante vehículo del concesionario donde lo había comprado y después de pasear con su madre por todos los lugares que quiso, la dejó en sus clases de artesanía o dibujo o algo similar y se fue a casa de su amigo.

Era el turno de Iván de oficiar de anfitrión. Con suerte solo se cruzaría con la mosquita muerta, la molestaría un momento y hasta le haría saber lo bien que lo había pasado con Laura, pensó Matías, aunque esa parte la inventaría.

«Bien» no era la palabra precisa para describir las horas de sexo con Laura. A él le gustaba ser un poco más dominante en la cama y con ella había sido imposible. Si por momentos hasta parecía que solo con su miembro erecto y a su disposición le alcanzaba. Eso y un vibrador eran lo mismo, ya que ambos casos cumplían la misma función, pensó él mientras veía a la jovencita desinhibida moverse sobre su cadera y tocarse ella misma como si las manos de él no fuesen necesarias. Había sido excitante al principio, sin embargo, algo frustrante después, al menos para él que se había sentido como ajeno a toda la acción. De hecho, ni había recibido una estimulación o toqueteos previos que lo ayudasen a ponerse a tono.

Un fracaso que jamás reconocería en voz alta.

No había habido demasiados besos ni caricias preliminares ni abrazos posteriores. No eran necesarios y lo sabía, pero un poco de mimo no venía mal después de la acción. Mientras fuesen claros y no se prestasen a confusión todo estaba bien. Laurita no parecía estar de acuerdo.

«Expeditiva la señorita», pensó. Un golpe de cadera, dos, tres… quince… manita por acá, golpecito en el trasero, grito, orgasmo de uno, de otro… y listo, a casita compañero que mañana madrugo. Lo que se dice un trámite.

«¿Quién hubiese dicho eso de Laurita?», se preguntó con una sonrisa burlona en los labios. La muchachita se las apañaba bastante bien con sus manos en su propio cuerpo y con su meneo de cadera.

No repetiría, se aseguró en silencio. Aunque, la necesidad, a veces…

Él pensaba que las experiencias eran tesoros que se acumulaban en la vida. Enseñaban mucho más que la teoría y no sólo sobre otros sino sobre uno mismo. Y Matías estaba aprendiendo de sí mismo que estaba llegando a un límite, uno que hablaba de hastío. Las experiencias acumuladas eran muchas y variadas, sí, tal vez hasta demasiadas y de la misma clase. Bastante vacías, por cierto.

—Ronronea y se desliza silenciosamente… —explicó Matías sobre su coche en el mismo instante que Sabrina abría la puerta y se encontraba con el grupo—. Estoy enamorado.

Sabrina se había olvidado de que los amigos de Iván estarían ahí. Insultó en italiano por lo bajo y falseó una sonrisa que tensó sus mejillas. «Y hablando de mujeres», pensó. Ya estaba poniéndose nerviosa.

Con lo bien que lo había pasado con Antonio en ese bar de gimnasio esperando a su futuro chico, como él había asegurado. Estaba enamorándose, al menos eso había dicho él, de un desconocido del que solo sabía su nombre y donde trabajaba, tal vez algún otro detalle como el gusto por la gaseosa de dieta, las manzanas verdes y las camisetas ajustadas, además del sonido de sus carcajadas. Sí, lo seguía y lo espiaba con la sola idea de encontrar el momento y el lugar adecuados para enfrentarlo y declararle su amor o, para ser más específicos, sus ganas de acostarse con él y retozar sobre el colchón durante horas y horas y ver qué tal la pasaban. El amor llegaría con el tiempo, eso también había dicho Antonio mirando embobado a su candidato a pareja. Sabrina, aparentemente, era la encargada de definir si ese muchacho era el adecuado para su compañero.

—¿Qué puedo decir yo, Antonio?

Claro que su amigo todavía no tenía ni idea de lo inútil que resultaba su poca experiencia amorosa y mucho menos la sexual. Quién sabe qué idea se había hecho de ella y su vida en Italia. Tal vez ya sería hora de empezar a confiar un poco más y mostrarse tal cual era, pensó Sabrina. Pero no ese día, era solo un *tal vez* que todavía debía analizar.

—Lo que te parece, Sabri.

—Me parece guapo, es atractivo. Y hasta diría que parece buen chico. Pero no lo conozco, solo sé que si te gusta deberías darle para adelante.

Horas pasaron riendo y mirando a ese pobre muchacho. Aunque su amigo juraba que él no se había dado cuenta de nada, ella estaba más que segura que sí. No habían sido disimulados, precisamente.

Volvió de sus pensamientos cuando su hermano la besó en la mejilla.

—Sabrina, qué gusto volver a verte. —Esa voz chispeante, gruesa y con sonido diferente le parecía lo mejor del día.

—Lo mismo digo, Steven. —Soportar su cercanía no la ponía tan nerviosa como los oscuros ojos de Matías que la miraban con ganas de divertirse con ella, como venía haciendo cada vez que se veían. El perfume del americano era delicioso, aspiró sonoramente después de disfrutar de verlo acercarse para recibir el beso y el abrazo que siempre le regalaba—. ¡Qué rico perfume!

En ese instante hubiese estado feliz si la tierra se la tragaba o si de pronto perdía el conocimiento y la memoria al golpearse la cabeza con la caída. La compañía de su verborrágico nuevo amigo la estaba corrompiendo. Jamás le hubiese dicho a un hombre que la atraía esa frase o alguna similar. Tal vez en otro contexto, con otra confianza.

Quería morirse.

Su apreciación reconocida a viva voz había tenido una hermosa consecuencia que por los nervios no pudo disfrutar: la perfecta sonrisa del rubio era algo digno de ver con todos los sentidos alerta, pero los de ella estaban apagando su fuego interior y no era de excitación que estaba prendida fuego, sino de vergüenza.

Le presentaron a otros dos hombres, tal vez más jóvenes, y ella, como una autómata, solo saludó con un movimiento de cabeza. No escuchó nombres ni miró sus ojos o sus rostros. Estaba aturdida, sentía sus mejillas de un colorado furioso y le ardían demasiado. Cuando notó que ya no era el centro de atención de nadie, se escabulló hacia la cocina, necesitaba un vaso de agua helada y un café. Y para no volver a cometer ningún error, encerrarse en su cuarto después.

—Hola. —«El que faltaba», pensó Sabrina al verlo entrar, acompañado de su arrogancia, por supuesto.

—Ya te saludé, Matías —le explicó, esquivando el roce mientras él se adueñaba de un botellín de cerveza del refrigerador.

—Ya lo sé, pero tal vez no me habías notado. Estabas intentando no babear. —No entendía ni le importaba entender su enojo al verla perdida por el americano. Y le molestaba sobremanera su indiferencia.

—¿Babear…? ¿Yo?, por favor. Solo… déjame en paz. —Intentó alejarse en vano porque él acortó las distancias y pegó el pecho al suyo, las puntas de sus pies estaban en contacto. Si levantaba la cara tal vez hasta le rozaba el mentón con su nariz. Se quedó tiesa e inmóvil a pesar de que con su mente solo quería salir corriendo. Ese perfume también le gustaba, no obstante, con una vez que dijera algo inoportuno era suficiente para aprender, además, se le ocurría que Matías no sonreiría agradecido ante su comentario y tampoco tenía mucha imaginación como para adivinar su reacción.

—Te gusta mucho Steven, ¿pero sabes una cosa? Está enamorado y a esa chica la tiene grabada en su cabeza, en su corazón y en su… —Matías bajó una mano y se tocó la entrepierna ante la mirada disimulada de ella que, por instinto, siguió con la vista esa mano en movimiento. Sabrina se intimidó ante semejante descaro y el calor le subió desde los pies hasta llegar otra vez a su rostro—. ¿Qué miras?

Levantó sus ojos furiosa con él y con ella misma al escucharlo reír. Pero la furia le duró lo que tardó en encontrar esos pozos oscuros y peligrosos. No los resistió. Sus párpados bajaron y un suspiro de impotencia la abandonó.

Matías se estremeció, su espalda estaba sudada y sus labios entreabiertos atraparon el lóbulo de la oreja femenina que estaba adornado por un minúsculo arete, no pudo con la tentación. Percibió la tensión de ella y le produjo cierto júbilo, eso buscaba. No hubo forma de detener su lengua que, muy atrevida, dibujó la forma de la pequeña y delicada oreja para terminar introduciéndose abruptamente, acompañada de un gemido.

Sabrina se sobresaltó ante la intromisión húmeda en ese punto, aparentemente, demasiado sensible de su cuerpo, sin embargo, disfrutó con incomodidad todas las sensaciones que le producía. Lo que comenzó como un escalofrío terminó como un cosquilleo entre sus piernas. ¿Cómo era posible que ese solo roce lograra tanto?

—Matías, las cervezas —gritó Iván desde la sala, entre carcajadas y ajeno a todo.

—Estoy ocupado —susurró bajito el nombrado, dejando el aire caliente en el cuello de una Sabrina derretida y agobiada por sus insolencias.

Ella levantó su mirada con absoluta decisión. Ese desubicado no podía avasallarla cada vez que le diera la gana. Levantó una mano y con toda la fuerza de la que era capaz la dirigió a la cara de Matías. Él la detuvo sin esfuerzo y con una enorme sonrisa la miró, divertido y satisfecho.

—Así no, Sabrina —le dijo, besando sus nudillos y desapareciendo.

Matías se aborrecía. Le parecía una bajeza de poco hombre su comportamiento, sabía que si ella hablaba con Iván lo mínimo que perdería bajo sus puños serían diez dientes, además de su amistad y tal vez obtendría algo también, unos tres huesos rotos; aun así, era más fuerte que él. Esa mirada de párpados bajos, ese rubor intenso, la cobardía acompañada de la vergüenza… La intensidad de sus reacciones y la rabia contenida de Sabrina podían con su intención de dejarla en paz.

Esa mujercita tenía veintisiete años y parecía una adolescente inexperta. Tan inusual le parecía eso que se había transformado en algo así como en un experimento, quería ver hasta dónde llegaba ella soportándolo. ¿Qué motivos tenía él? Ninguno. Solo sabía que le gustaba hacerlo y verla a ella tan contrariada le parecía muy estimulante.

Pensándolo después, en frío y lejos, prometía alejarse, sin embargo, al verla así tan... tan... no tenía en claro qué era lo que lo obligaba a torturarla de esa forma, si verla dócil o verla altiva. Pero lo hacía movido por una fuerza superior a su razón y terminaba así: con una erección enorme y satisfecho como si hubiese gozado de un orgasmo arrollador.

Sonrió al verse en el espejo del baño.

—¿Y ahora? —preguntó bajando la mirada a sus pantalones. Todavía se notaba bastante.

Sabrina preparó su café y con una enorme taza humeante se encerró en su dormitorio, con llave, por las dudas.

También se odiaba, pero ella por su debilidad, por su miedo a mandarlo al demonio y pegarle donde más le doliese. Sí, en ese mismo punto que le obligó a observar. También se odiaba por no tener el coraje de gritar, de insultarlo, de huir y, fundamentalmente, de no disfrutar con lo que le hacía.

Cerró los ojos y una lágrima cayó por su mejilla.

—¿En serio? ¿Voy a llorar por este idiota?

Lo cierto es que no lloraba por él sino por ella misma. Por la intensidad de sus dudas, de sus deseos, de sus miedos, de sus limitaciones, de sus incapacidades... aunque no podía estar consciente de nada de eso cuando la furia y el enojo lo tapaban todo.

6

Antonio quería convencerla y haría lo posible para que lo acompañase.

—No voy a nadar en ese caldo caliente —aseguró Sabrina, luchando por soltarse del agarre de Antonio que intentaba llevarla a la rastra hasta su dormitorio.

—¿En qué cajón guardas los trajes de baño?

—No tengo trajes de baño.

—Entonces elige un lindo conjunto de ropa interior, pero te metes a esa maldita piscina conmigo. No puedes dejarme solo. Ya lo hizo Julito, ¿tú me vas a abandonar también justo en este momento en que más te necesito? ¡No lo puedo creer! Aposté a nuestra amistad, nueva, sí, aun así, de verdad creía que éramos algo que...

—Ya basta, charlatán. —Antonio era demasiado buen actor, dramático, sobre todo—. No me vas a convencer. Olvídate.

Por supuesto que lo hizo.

—¿Viste que no era tan malo, acaso no estás relajada y adormecida?

Después de una discusión y tirones de prendas. Una lucha cuerpo a cuerpo en la que él intentaba desnudarla y ella intentaba conservar la ropa, gritos, risas y elección del traje de baño más adecuado terminó cediendo. Así había llegado a estar nadando en la piscina donde el ahora amigo de Antonio, hasta la noche tal vez en que se transformaría en amante, trabajaba como socorrista.

—No voy a darte la razón, antes debería estar loca y todavía conservo mi cordura intacta. —Antonio se rio con una carcajada que se ganó la mirada de Bautista que, sentado en su sillón alto, lo observaba sin definir si le gustaba mucho o muchísimo—. No te quita la mirada de encima.

Sabrina sonrió ante el sonrojo de Antonio. Debajo de todo ese caparazón de jovialidad y excentricidad, era un hombre casi enamorado.

La puerta de esa burbuja llena de vaho y calor se cerró con un ruido hueco que llamó la atención de unos cuantos, incluyendo la de Sabrina.

No podía creerlo, cerró los ojos e inspiró profundo, su mente estaba jugándole una mala pasada. Volvió a abrirlos segura de que no vería lo que había imaginado, cosa que no fue así. Matías y toda esa presencia que la abrumaba estaba de pie frente al borde de la piscina a punto de lanzarse de cabeza. Dejó que el agua la absorbiera y se hundió por varios segundos.

Quería llorar. No sabía muy bien la causa, aun así, quería hacerlo.

—Me voy, Antonio —murmuró una vez que emergió.

—¿Estás bien? Se te fueron los colores, bonita.

—No, no me siento bien... solo... Me voy —volvió a decir, titubeando al ver que Matías se acercaba nadando y no soportaba la sola idea de que la viese. Todavía tenía una pequeña posibilidad de no ser descubierta y la tomaría. No le gustaba sentir la necesidad de huir, pero era su instinto de supervivencia el que le hacía dar paso tras paso sobre ese borde mojado y resbaladizo envuelta en una toalla.

Antonio la miraba con el ceño fruncido todavía desde el agua, el pobre estaba en la ignorancia. Poco sabía de su amiga, resguardaba demasiado su intimidad y no la culpaba ni la juzgaba, solo la esperaba.

—Sabrina, ¿seguro que no quieres que te acompañe? —Dejó por unos segundos la cálida temperatura del agua para acercarse a ella.

Matías escuchó ese nombre y giró su cabeza. No había confusión alguna, esa mujer era ella y un hombre la abrazaba y le sonreía con ternura.

—Caramba, que rápido va la señorita recatada. ¿Qué pasó con Steven, chiquilla, este resultó más fácil? —preguntó en murmullos cargados de rabia.

Él si la juzgaba y la culpaba, no sabía de qué, pero lo hacía.

Se descubrió idiota, él creyendo que era una dulce y frágil mariposa y resultaba ser una de esas mujeres que disfrutaba de tener varios hombres a tiro.

¿De dónde sacaba esas ideas Matías? Parecía que de sus enojos, de sus fantasías y de sus ganas de volver a provocarla y percibir otra vez esa mirada asustada. Aunque también podía ser del efecto negativo que le producía verla en brazos de otro.

La observó caminar a través de los ventanales y entrar a los vestuarios de mujeres. Se debatió entre salir a buscarla o dejarla ir. Nadó otro largo a una velocidad inusual, descargando nervios y pensando qué hacer. A distancia vio al compañero de Sabrina secarse mientras conversaba con el guardavida y volvió a velocidad convencido de que era su momento y, además, de que tenía todo el derecho de hacerlo.

Salió de la piscina con su habitual movimiento, deslumbrando una vez más a Bautista que ya no estaba tan entusiasmado como antes por observarlo, ahora tenía algo más interesante que mirar: los músculos bien definidos de Antonio eran pura tentación.

Matías tomó la toalla y se la colgó en los hombros, a paso firme y rápido atravesó la puerta y entró al pasillo del vestuario donde esperó. No era paciente, lo ponía de mal humor esperar, sin embargo, había dado sus frutos hacerlo. La vio salir con el teléfono en mano riendo como nunca la había visto.

—Y lo vi entrar, no podrías creer lo tonto que parecía. Nervioso. Con carita de...

—Cuelga la llamada —ordenó Matías. ¿Por qué esas formas, esa orden, ese enojo?, se cuestionó Sabrina.

«Él no se veía como un tonto al entrar a esa piscina, ¿por qué ella creía que sí?», se preguntó Matías. Odiaba sentirse vulnerable por dos estúpidas palabras dichas por ella. Su idea no era increparla sino simular un encuentro casual, pero haber escuchado lo que había escuchado no era de su agrado y ¿con quién demonios hablaba? La porción machista que mantenía controlada la mayor parte del tiempo estaba levantando la cabeza y desperezándose. ¿Quién se creía esa mujer como para reírse de él, provocarlo y dejarlo siempre excitado? ¿O acaso no se daba cuenta de eso? Ja, eso no lo creía. Esa damisela que parecía un pollito mojado era una arpía que gustaba jugar con los hombres, pero no con él.

¡Cuánta confusión y enojo fluía por sus venas calentando su sangre!

—¿Qué? —preguntó Sabrina, irritada y asustada, para qué negarlo, nunca lo había visto así.

—Que cuelgues ese teléfono, ya. Nadie se ríe de mí contando como me veo o me dejo de ver. Y menos tú.

—Pero ¡¿qué te piensas que eres?! —Colgó la comunicación con Julito, ya le contaría todo sobre Antonio y ese muchacho más tarde.

Las manos de Sabrina comenzaron a transpirar y sus ojos a nublarse. Sentía como si por su espalda caminasen miles de hormiguitas y los vellos de su nuca estaban erizados. Mucha piel masculina al descubierto en una cercanía poco habitual y esa respiración tibia sobre su cara no colaboraba con su intento de calmarse, tampoco ese modo de pedirle las cosas que producía ciertas sensaciones ambiguas en su interior.

—No hablaba de ti, ombligo del mundo.

—No te creo.

—No lo hacía —replicó ella con firmeza.

La observó en silencio por interminables segundos que impidieron la respiración de Sabrina. Le creyó. Impotente y arrepentido, pero no por eso menos excitado y aún sin reconocerlo, la apretó entre su cuerpo y la pared. Olía a limpio. Apoyó su nariz en el cuello de ella y aspiró profundo. Su estómago se retorció y su mente se anuló.

—Mejor así.

—Lo siento si has creído lo contrario.

Sabrina no podía creer su necedad disculpándose con él, no toleraba su estupidez cuando estaba cerca de Matías. Saberse tan inútil, con tan poco orgullo y amor propio la sumía en una tristeza que no toleraba. Él la aniquilaba, la convertía en nada y eso era muy triste, demasiado triste.

—Disculpada —le dijo con la voz cargada de muchísimas emociones y todas inexplicables, lamiéndole el cuello y mordiendo la mandíbula después. Solo eso hizo y la abandonó a su suerte.

No le importó si las lágrimas que ella retenía caerían o no. Si sus piernas la mantendrían en pie o se derrumbaría de rodillas. Así es como ella se sentía que estaba por él, de rodillas.

Él solo necesitaba huir de esa tentación, de esos labios que por primera vez le habían llamado tanto la atención que hasta habían logrado que los suyos dolieran. Ya no era broma, la deseaba. El juego se había puesto en su contra. Ella era su maldición y sacaba lo peor de sí mismo. Se encerró en una de las duchas y se masturbó con furia, casi lastimándose y sacando cada gota de ese placer que ella alimentaba y a su vez le negaba, sin saberlo siquiera.

A paso lento y sin poder asimilar nada de lo ocurrido, Sabrina llegó a su casa. Por suerte, era fin de semana y no tendría que volver a salir. Pasaría ese domingo sin visitar a sus padres, sería su primera falta. Necesitaba estar sola para pensar y eso hizo. Se mantuvo encerrada entre sus cuatro paredes, el único lugar en el que se sentía segura era en su dormitorio, su mundo.

Dedicó más tiempo del pensado a su nuevo proyecto laboral. Pudo volver a encontrarse a ella misma perdiéndose entre tanta historia ajena. Hubiese preferido tener el valor suficiente para sentarse en el comedor y desplegar todos sus papeles y libros sobre esa gran mesa, pero su cobardía la mantenía recluida y trabajando en su cama. No quería tener visitas sorpresa.

Matías la ponía en estado de alerta, todo su cuerpo estaba también de esa forma: ansiosa y dolía demasiado reconocer, muy a su pesar, que quería verlo. Sin embargo, ella era tan inteligente que sabía que, por su bien, era preferible dejar a su cuerpo esperando que sufrir las consecuencias de esos encuentros.

Matías mantenía un estado similar, pero en contraposición a ella, tenía el toro por los cuernos, la sartén por el mango y las cosas claras… al menos, eso creía. Esa jovencita mentirosa lo tenía excitado la mayor parte del tiempo que la pensaba, o sea, todo el día. Esa boca, que no había mirado antes en detalle, lo puso como loco. Esa larguísima falda que casi se arrastraba sobre el suelo y la ocultaba de sus ganas de ver más ya estaba en sus sueños, haciendo estragos en ellos. ¡Maldita mujer!, su apariencia de tímida reprimida fue el primer enganche, esa mirada de párpados bajos y pestañas tupidas no fue más que una provocación ensayada, suponía. Tanto como su propia sonrisa pendenciera y ladina que en buena hora le había dedicado, pensó, y se felicitó por ello.

Era bueno saber que había sido astuto con ella, se sentía conforme. Debía prevalecer entre sus actos la frialdad, la misma que esa gata tenía bajo la piel corriendo por sus venas. Esa mirada no podía engañarlo otra vez. Ella era eso: provocación, sabia y hábil. Una mujer que disfrutaba del momento… y él creyendo lo contrario.

Iluso… o idiota, pegaba más fuerte esa palabra, lo hacía más consciente.

Soltó una carcajada al aire cuando estaba tendido en su cama ese domingo por la noche, ¿cómo había caído en esa red? Esa mujer era una araña tejedora y él un simple mosquito. Arrogante, mentirosa, buscona… «Pobre Iván», pensó. No envidiaba a su amigo, sería el hazme reír cuando ella consiguiese meter en la cama a más de uno de sus amigos. Iba a por Steven, tal vez era el más difícil, ese buen hombre estaba enganchadísimo con su amor aún a la distancia, pero, quién podría asegurarlo. Tal vez debería prevenirlo, de hombre a hombre, mientras ella parecía estar divirtiéndose con ese desconocido musculoso.

Una vez más Matías veía lo que quería ver cegado por quién sabe qué sensación. Tal vez el deseo que lo consumía por dentro, tal vez la falta de sexo, sí, otra vez se había olvidado de buscar desahogo, o el simple hecho de saberse atrapado por una mujer. Por supuesto esto último era una idea descabellada, él jamás se dejaba atrapar por una mujer. Matías las acorralaba con sus propias trampas porque era el hombre, el macho que seducía a la hembra cuando lo necesitaba, eso llegó a pensar alguna vez.

Su padre le enseñó, más con la práctica que con la teoría, que el *hombre es hombre*. Solo por eso ya es superior a la mujer en algunos aspectos y es dueño de tomar algunas decisiones que a ellas no se les dan bien y que, a pesar de sus errores, se lo perdona más fácilmente. «El hombre puede darse el permiso de cometer alguna falta porque las mujeres saben perdonar. Son sentimentalmente más débiles, perdonan porque necesitan siempre de alguien a su lado y saben sufrir, por eso tienen el don de parir. Hijo, la naturaleza es sabia, les otorgó a las mujeres la posibilidad de dar a luz porque necesitan sentirse importantes y por lo único que lo son, además de necesarias, es porque son las que dan vida a otro ser humano. Bueno, también porque saben cómo llevar una casa organizada y preparar ricas comidas», dijo su padre una vez, entre otras tantas enseñanzas ejemplares que ahora desaprobaba. «El hombre puede, porque sabe cómo, vivir solo. La mujer necesita siempre del hombre», había rematado.

También había aprendido sobre la infidelidad. Tal vez que una mujer fuese infiel, era normal en estos días, pero... «No *puede* ser infiel una mujer, no habla bien de ella ni de su pareja. Pobre imbécil cornudo, ¿o no? Jamás se perdona a una mujer infiel. El hombre, en cambio, tiene ciertas necesidades que solo las satisface una fémina y si es provocado, ¿cómo decir que no? ¿Dónde queda la hombría de ese buen señor al negarse?». Enseñanzas nefastas que un niño que apenas comenzaba a aprender no ponía en duda.

Claro que con el tiempo algunas de esas ideas fueron desapareciendo, tal vez los noviazgos, los desconocidos sentimientos, sus propias experiencias y pensamientos o las interesantes teorías de su madre que, en su caso, eran tan teóricas como prácticas (porque llevaba a cabo, con el ejemplo, cada enseñanza que daba a sus hijos). ¿Cómo esa dama podía ser menos que él que era hombre, sí, pero que no poseía ni la mitad de conocimientos que ella? Ella era una señora intachable, una mujer que casi no cometía errores y si lo hacía, se resarcía y disculpaba. Un certero ejemplo a seguir.

Entonces, ¿por qué no mejor aprender de ella que de él?, comenzó a pensar casi al final de su adolescencia. Cuando experimentó eso de que la mujer enamoraba y hacía sufrir cuando se alejaba, que a veces razonaba y le hacía pensar en los errores que cometía, que eran encantadoras de serpientes con su inteligencia, que eran necesarias para él como su madre y su hermana que eran indispensables en su vida y sin ellas el sufrimiento de una familia rota hubiese dolido más, porque el *hombre* se fue de la casa.

Ese hombre al que veía poco, al que admiraba desde siempre, ese padre-héroe que dejó de ser un *donnadie* y logró fundar una empresa, mantenerla y vivir de ella sin sobresaltos a pesar de las circunstancias del país bajó de su pedestal mental cuando se volvió a casar. Demasiado pronto para el dañado corazón de su madre que todavía lloraba su divorcio. Sin embargo, y a pesar de todo, Matías entendió las palabras crudas de un hombre enamorado, así se definió su padre al presentarle a la nueva mujer. «La amo, con tu madre el amor estaba muerto, esta es diferente».

Lo entendió, lo apoyó y hoy, siendo un adulto, reconocía que le faltó tacto para hablar con sus hijos y para no lastimar a su exmujer, pero ¿quién era él para aconsejarle nada a un hombre con más años, más experiencias y tan conocedor de la vida? ¿Con qué argumentos podía refutar a su propio padre, si él no sabía nada de mantener un amor o una pareja o un noviazgo?

Con toda esa información errónea y fantasiosa, y los valores negativos que todavía luchaban por habitar su mente, se formó una idea espantosa de la mujer que lo tentaba sin saberlo.

7

Para Sabrina los días transcurrían, a veces, sin ninguna emoción; y otras, con la aparición de su demonio personal (así llamaba a Matías). Y eso solo bastaba para que el día se transformase en un huracán de emociones encontradas. Ya nada era lo mismo en su presencia. Ni los latidos de su corazón ni su respiración ni su tranquilidad.

No se sentía dueña de sus actos ni de su hogar ni de su tiempo si él estaba cerca y aunque le dolía y la avergonzaba reconocerlo tampoco se sentía dueña de su cuerpo ni de sus reacciones, de sus palabras o, mejor dicho, de su voz; porque no podía decir nada. Sus cuerdas vocales dejaban de funcionar en el mismo instante en que él se acercaba con esa pose de superioridad y le suspiraba cerca, la rozaba o la miraba con esos ojos oscuros. Eran tan sombríos como el mismo abismo que sentía en su interior cuando él se adueñaba de cada sensación de su piel.

Todavía recordaba como sus piernas se aflojaron cuando de pasada él mordió su cuello llevando hacia atrás su cabeza con un simple y electrizante tirón de pelo. Y había sido solo porque sí, porque él tuvo ganas de hacerlo al verla pasar.

Ya no tenía lugar donde escapar en su propia casa. Solo el baño y su cuarto le quedaban como refugios y, aun así, dudaba de su seguridad.

Enojada con ella misma y sus secretas expectativas de verlo abrió la puerta de su casa y suspiró al encontrarla vacía y a oscuras. No sabía si alegrarse o frustrarse. Era tarde de juegos en la consola, incluso sus sobrinos irían a jugar con Iván y Matías y si sus ojos tenían suerte Steven pasaría un rato y ella disfrutaría de las vistas. Escuchó que tenían ese plan hacía dos días encerrada y protegida en su dormitorio. Sin embargo, parecía que había cambios. Iván le envió un mensaje con un simple: «Llego tarde del trabajo».

Suspiró relajada, la suspensión de esa reunión le venía a la perfección, tenía mucho que hacer. Como primera medida, sacarse los zapatos y ponerse cómoda, el pijama era la mejor opción, mientras los panes se tostaban y el café se terminaba de preparar sería lo que haría.

Estaba feliz y animada, adoraba esa simple soledad silenciosa y la seguridad de saberse a salvo por unas horas. Hasta tarareaba sonriente alguna canción italiana que le traía buenos recuerdos mientras cubría la mesa de escritos y libros alrededor de su computador personal. Ante el sonido de las tostadas al saltar caminó hasta la cocina y ahí mismo se preparó su merienda.

—¿Qué comes? —Tuvo que agarrarse fuerte del mármol de la cocina ante el susto, no esperaba que la sorprendiesen de esa manera. No había escuchado la puerta abrirse y, mucho menos, a Matías acercarse.

—¿Qué haces tú aquí? ¿Quién te abrió?

—Mati, me ducho y salimos. Hola, Gruñona.

Iván desapareció tan rápido de su vista como había aparecido y Matías con su petulante sonrisa lo señaló a modo de respuesta. Para Sabrina era una obviedad, no esperaba ninguna contestación al ver a su hermano, ¿quién otro podría haberle abierto la puerta? Maldijo esta vez en inglés, no le gustaban las malas palabras en español.

—Te espero —gritó Matías cerca del oído de Sabrina, manteniendo la cercanía incómoda que le gustaba a él. No a ella—. ¿Qué comes?

—Mermelada de ciruela casera. La hizo la vecina de mi madre —respondió sin darle importancia o intentando que eso pareciese.

Su voz sonaba rara, tal vez ella estaba en plan de superada y ya nada le afectaba, eso pensaba Matías. Por esa misma razón redoblaría su provocación.

Sabrina tenía una idea que podía funcionar: Demostrarle poco interés y nada de miedo.

«No le tengo miedo.»

«Le tienes miedo», era la disputa interna que decidió pasar por alto y siguió o intentó seguir con su plan.

—Parece rica —dijo Matías, pasando el dedo por la tostada que acababa de untar y metiéndoselo en la boca después.

—¡No hagas eso! —protestó ella, a lo que él no respondió, solo la miró con esa profunda mirada intimidante, inmovilizándola.

Él dibujó una maliciosa sonrisa frente a sus ojos. Ella tembló y sintió como su estómago se retorcía. Su furia ganaba terreno en su interior, aunque lo perdía en su exterior. Vio como él volvía a pasar el dedo por su tostada y supo con claridad que todos sus pensamientos estaban abocados a atormentarla un rato, y ella intentaba acomodar los propios para evitarlo, no obstante, ¿cómo hacerlo con esa cercanía?

Matías estaba muy consciente de que ella sacaba lo peor de él, aun así, le gustaba esa sensación de poderío. Mentiroso poderío, pero le gustaba. Su sangre se licuaba y circulaba más rápido ante la tensión de ella. Ya averiguaría los motivos de esos nervios, porque una mujer como ella no los tendría frente a un hombre, sin embargo, sí podría ponerse así, tal vez, ¿ante el mejor amigo de su hermano? Hermano que parecía desconocer la faceta de mujer *comehombres* de su gemela. Seguramente de ahí provenía esa tensión que a él lo provocaba más de lo debido.

Volvió al presente, ella se mantenía rígida y apenas controlando su respiración, miraba desde debajo de esas maravillosas pestañas (no lo negaría), muy cerca suyo y esperando a lo que él hiciera con ese dedo lleno de deliciosa mermelada casera de ciruelas. Con la mano limpia la tomó de la mandíbula y le levantó la cara para tenerla bien a la vista, el dedo sucio llegó a ese labio femenino que parecía temblar y dejó mínimos restos del dulce.

—Pruébala.

A Sabrina le gustaba cuando él le ordenaba, la excitaba. ¡No, por Dios, eso no era cierto!, esas palabras no podían ser producto de sus pensamientos. Quería gritar, pero solo lograba respirar. Inspiró profundo y sin otras negativas, más que las internas y silenciosas, se mordió el labio inferior limpiándoselo ante la atenta mirada negra de su verdugo.

Él bufó frustrado, aunque había sido un gesto sensual quería otra cosa más caliente, volvió a ensuciarla.

—Con la lengua —ordenó en el mismo instante que el puño de la mano libre se cerraba entre las suaves hebras del cabello femenino. Su jadeo quedó atrapado cuando se mordió el labio inferior al ver la femenina lengua transitar tan mínimo recorrido.

Matías adoraba la resistencia interior de Sabrina, tanto o más que su entrega exterior. Era tan dulce y hermosa…, podía verlo ahora a esa distancia y como consecuencia apenas podía controlar sus ganas de besarla. Retuvo tantos suspiros que creía que podría tener algún ataque de algo, no sabía de qué, por falta de aire. Bajo ninguna circunstancia dejaría las cosas a medias ni reconocería sus últimos descubrimientos. La belleza de la maliciosa mujer que sacaba a la luz su maldad no sería motivo de ningún minuto más de sus pensamientos.

Otra vez su dedo y el labio de ella se rozaron, pero con más dulce. La tocó una vez, otra y otra, sobre ambas comisuras y en el centro del labio superior. Estaba ansioso por ver ese movimiento de lengua y la humedad que dejaría en los labios rosados. Quería apoyarse en ella y mostrarle cuánto la deseaba, pero no caería tan bajo. No con ella.

Sabrina tenía las rodillas flexionadas, eran incapaces de seguir manteniéndola en pie. Si lo lograba era porque sus puños se aferraban a la encimera con fuerza. Su respiración estaba incontrolable y su corazón sonaba como un tambor. Podía ver el rostro de Matías demasiado cerca. Esa boca deseaba más, podía sentir la impaciencia de él, se mordía el labio e intentaba no jadear, no lo culpaba. Ella estaba igual y sí, se odiaba por ello, de todas formas, no podía impedirle a su cuerpo desearlo ni hacer desistir a su mente que dejase de imaginar y fantasear. Sin pensar siquiera, fue muy obediente y lamió sus labios de punta a punta sin saber si era lo que él esperaba o si lo hacía de manera torpe o sensualmente. Solo lo hizo lo más lento que pudo, concentrada en la boca de él que se entreabría tan lento como su lengua se movía.

—¿Rica? —Matías notó su voz distorsionada, poco le importaba ya disimular. La vista era excitante, tentadora.

Elevó su pulgar hasta la boca roja y húmeda de ella, recorrió los labios, los dibujó... eran perfectos, no podía mentir. Subió la mirada por unos pocos segundos a los ojos de Sabrina, ella no lo soportó y bajó los párpados. Estaba asustada por todo lo que él hacía y por sus propias reacciones. Las que se convertían en acciones y las que no.

Matías se puso furioso, esa mirada podía con todas sus fuerzas y se había prometido no caer ante ella. No lo logró. Apoyó con fuerza su erección en el cuerpo femenino y se refregó en él.

—Esto me haces, Sabrina —indicó contrariado, y se dedicó a lamerle los labios que todavía estaban dulces y como no le alcanzó con la lengua, utilizó los dientes también e inspiró con fuerza el delicioso aroma a café de su aliento.

Sabrina gimió bajito, no podía creer que la boca de Matías estuviese sobre la suya, que ella lo permitiese y que sus labios fuesen tan calientes, suaves y esponjosos a pesar de ser tan finos. Nunca la habían lamido como si fuese un helado ni saboreado como si fuese deliciosa. Bueno... tampoco nunca la habían dominado con una sola mirada.

Perdido en el deseo que lo tenía atrapado, Matías estaba faltándole el respeto, lo sabía y eso quería. Ella había hecho desaparecer la calma de sus noches, ella le quitaba el sueño y alimentaba sus fantasías; cosa que no le perdonaba. Tiró con más fuerza de su cabello y la observó muy de cerca, a conciencia, respirando sobre su rostro y sin dejar de refregarse en ella. Vio el enojo en esa mirada marrón, también la impotencia y el deseo. Sus rodillas se aflojaban y su sexo palpitaba. La deseaba con locura, así y todo, no caería ante ella. Eso se lo dejaba a otros, a los tontos que no la conocían. Él ya había descubierto su juego.

—Eres preciosa, no te había visto bien. Lo eres.

«¿Y eso? ¡Cierra la boca!». Él solo insultaba en español y era muy grosero haciéndolo por lo que se dedicó unos cuantos improperios silenciosos después de dejar salir esas palabras. Apoyó sus labios cerrados sobre los de ella, con fuerza, aplastando las narices en el proceso y reteniendo la respiración.

Esos simples segundos de contacto desencadenaron tantas sensaciones en ambos que no fueron capaces de alargar el momento. Él se fue sin decir ni hacer nada más. Ella ensayó un «estúpido», con la poca voz que pudo sacar por su garganta seca, que él escuchó, pero desestimó con una sonrisa socarrona.

—¿Iván, estás listo? —preguntó en voz alta, caminando por el pasillo rumbo al dormitorio de su amigo.

Otra vez ella había quedado sin saber qué pensar, intentando asimilar, y ahuyentar en lo posible, su enojo y su excitación. Su instinto de supervivencia le pidió tiempo y silencio. Ella se lo dio sentándose en la silla frente a la mesa con todos sus apuntes y la jarra de café, evitando pensar en otra cosa que no fuese el trabajo. Estaba dispuesta a leer tantas veces como hiciese falta cada hoja hasta lograr la concentración adecuada, pero no le daría las de ganar a ese idiota escondiéndose en su dormitorio.

El sorbo de café le supo a gloria. Tomó su marcador amarillo fosforescente y marcó la frase que le pareció relevante. Era meticulosa y aplicada, inteligente y estructurada… tantas otras virtudes tenía…, sin embargo, ninguna la había rescatado de la situación que amenazaba su cordura. Porque lo sabía, de esa situación no saldría indemne. La soledad traería pensamientos y los pensamientos… ya se daría tiempo de tenerlos. No era el momento.

Ese beso en la cocina dejaría huellas que estaba dispuesta a tapar como fuese y no permitiría que él pensase que la doblegaba. No más.

Matías sonrió para sí mismo al verla tan ensimismada en sus apuntes, lo había logrado una vez más, podía notar que la furia bullía en su sangre y si la obligaba a mirarlo de seguro que en los ojos habría fuego, enojo ardiente y destinado en exclusiva hacia él. Ella estaba en sus manos, donde la quería. ¿Para qué? no lo sabía, no obstante, ¡qué bien lo hacía sentir! Hasta volvía a sentirse excitado.

Ella negó con su cabeza al verlos acercarse. Se dio el permiso de investigar con su mirada lo que la llevaba a dejarse dominar así. ¿Qué había de especial en él? No era gran cosa. Rostro masculino y agradable, pero guapo, lo que se dice guapo, no era. Si al menos tuviese algunos de los músculos que ostentaba su hermano, pero no, tampoco. Era más bien delgado, aunque, parecía fuerte. Suponía que eso era producto de la natación o la bicicleta, así como su espalda que era ancha con respecto a su cintura y tenía buenas piernas. Podía decir que era alto y reconocía que elegante, a pesar de la ropa casi siempre informal o deportiva.

—Nos vamos, Sabri.

—¿Le vas a decir lo de la fiesta? —preguntó Matías sin dejar de mirarla. Ella lo ignoró.

—Cierto. El sábado hay una fiesta organizada por la empresa. Tal vez te diviertas. Puedes invitar a alguien.

Esa parte no fue del agrado de Matías, pero lo dejó pasar. No era la intención de él que fuese acompañada, sino más bien molestarla y hacerle ver que había hombres que podían escapar de sus garras. Volvió a recordar que le dijo que era preciosa, sí, había sido un terrible error, pero lo olvidaría. También olvidaría todas las malditas sensaciones placenteras que ese último beso, tan casto como peligroso, le despertaron.

—Lo voy a pensar. Quizá —respondió Sabrina. Sí, tal vez era justo lo que necesitaba, mostrarse con alguien para darle su merecido a ese estúpido y arrogante infeliz... y *buenoparanada*, cobarde sin sentimientos, aprovechador e irrespetuoso.

—Sabrina, los hombres somos simples, transparentes. Solo tienes que aprender a mirar.

—No estoy de acuerdo, Julito. A mí, siendo hombre, me cuesta entenderlos a veces. Sabri, este muchachito es un tonto, no sabe lo que quiere o, pensándolo bien, sí lo sabe y eres tú —aseguró Antonio.

—¿Entonces por qué hace lo que hace? Me intimida, me presiona.

—Y te dejas y te gusta —volvió a decir con voz afeminada.

Las palabras de su amigo no intentaban culparla ni juzgarla y ella se sentía una y otra cosa.

—Creo que me gusta él... y por eso tengo que cortar con esta estupidez —concluyó con la cabeza gacha y la mirada en la punta de sus zapatos—, de lo contrario voy a sufrir.

—Ajá —susurró Julito acariciándole la mano. Su amiga era una dulce y vulnerable mujer, no sería capaz de soportar a un mujeriego a su lado, mucho menos uno carente de sensibilidad como el que describía.

Sabrina meditó muchísimo. Tuvo toda la noche para hacerlo porque el esquivo sueño no había llegado y el poco tiempo que dormitó en el sillón la hundió en una estúpida fantasía, en la que ella gozaba como loca en brazos de Matías mientras Steven los miraba y se masturbaba. Se despertó aterrada, excitada, traspirada y avergonzada. No podía creerlo.

Tal vez, si hubiese sido Steven el que la abrazaba y golpeaba con esas ganas su cadera haciéndola gritar de placer, no hubiese necesitado mantenerse despierta preparándose una jarra de café, no del descafeinado, precisamente. Tal vez, por eso el sueño no había llegado, ahora que lo analizaba mejor. Por otro lado, era una suerte porque se obligó a razonar sus acciones (o no acciones), sus sentimientos y sus enojos, entre otras cosas… por ejemplo, en intentar sacarlo todo afuera, exteriorizarlo con palabras.

Antonio se le vino a la cabeza en ese instante de decisiones y no lo dudó mucho o lo intentó. Lo dudó un poquito y concluyó que era lo mejor. Se convenció con la idea de que las extravagancias y experiencias de él poco derecho le daban a juzgarla. Se animaría, por primera vez en toda su vida, a contar sus cosas, las que fueran; en este caso, sus sentimientos. «Y que pase lo que tenga que pasar», se dijo. Era hora de aprender a escuchar consejos y críticas. Así como había aprendido a soportarlo con su trabajo, se animaría a hacerlo en su vida privada. ¿Qué tan difícil podía ser?

Había llegado a una nefasta, increíble, embarazosa, inexplicable e injusta conclusión: le gustaba Matías, mucho más de lo creíble y posible. ¡Cuánto le costaba asumirlo y reconocerlo! Se sentía traicionada por ella misma. Podía asegurar que algunas de sus ideas rozaban el feminismo, al menos eso le decían cuando defendía con vehemencia los derechos de las mujeres, y se enamoraba (no era cierto, todavía no estaba enamorada) de un hombre que jamás la había respetado y que abusaba de su supuesta superioridad ante ella, exponiéndola a situaciones espantosas. Excitantes, sí, pero espantosas de todos modos.

Ya había pasado por un desamor con Paolo y por un no-amor con aquel joven idealizado que jamás tuvo ojos para ella, y los dos habían dolido. También había pasado por la práctica de sexo sin nada de sentimientos con aquel moreno, Morris, y también había dolido, porque la hacía sentir vacía al final. Ella ya no estaba para desengaños amorosos. Era una mujer que anhelaba y disfrutaba de la paz con la que vivía sin intromisiones de extraños en su corazón. Ni siquiera soñaba con el amor que no llegaba y tampoco esperaba. ¡Estaba tan bien como estaba...!, ¿por qué todo tenía que cambiar? ¿Por qué Matías había irrumpido, así como así, en su calma y en su estabilidad?

También había pensado en hablar con él. Sin ser demasiado sincera, quería explicarle que había trabajado mucho para ser como era, para conseguir quererse y ser feliz a su modo; que aceptaba su forma de ser, pero que se alejara de ella. Que no eran bien recibidas, aunque pareciese lo contrario, sus avasallantes miradas o sonrisas o besos o lamidas... o lo que fuese que se le ocurriese hacerle cada vez que estaban a solas.

Sin embargo, después de analizarlo mejor, le pareció una mala idea. No quería ni debía exponerse a ser más lastimada. Matías era un ser despreciable capaz de hacer de su debilidad una propia fortaleza y de ninguna manera lo permitiría. Al menos ese era su punto de vista, Matías no le había mostrado otra cara más que la del despreciable y déspota hombre que tomaba lo que quería sin pedir permiso.

Esa tarde, después del trabajo, sentada en el bar de siempre y con la taza de café de siempre, esperó a Antonio. No le dio tiempo a que tomase asiento y comenzó a relatar todo, no quería arrepentirse y si empezaba con una pequeña introducción como lo había ensayado, seguro que lo hacía. Aunque al ver a Julito acomodarse también, dudó un instante, sin embargo, no les dio demasiada cabida a esas dudas y siguió hablando frente a él.

Era liberador, no podía creerlo, sentía como sus hombros se aflojaban en cada palabra pronunciada... Y ahí estaba reconociendo en voz alta que Matías le gustaba. Ese solo hecho ya le dolía como nunca nada le había dolido. Hubiese preferido atraparse cuatro dedos de la mano con la puerta del coche.

—Lo más difícil de manejar es que es el amigo de Iván. Tengo que aprender a enfrentarlo —dijo, más para ella misma que para sus amigos.

—Estoy de acuerdo.

—Por eso, se me ocurrió aceptar la invitación de mi hermano a esa fiesta. Mañana. Aprovechamos para conocer a tu amorcito y al tuyo —dijo, señalándolos a los dos—, y si alguno tiene un amigo para mí, aunque sea gay, es bienvenido.

—Me gusta la idea —afirmó Antonio tecleando la invitación a su novio. Sí, Bautista era por fin su pareja—. Mi cuñado es un divino, seguro se engancha.

—¿Cuñado?

—Sí, el hermano de Bau. ¡Te va a encantar! —gritó, alargando las letras y agitando las manos mientras giraba los ojos.

Julito se tapó la cara y rio a carcajadas, adoraba a su amigo, pero cuando se ponía tan femenino era demasiado gracioso. Y él lo sabía, por eso exageraba sus alaridos y movimientos, le gustaban las sonoras risas de Julito.

Inevitablemente el «mañana» había llegado, tal vez, un poquito más rápido de lo pretendido.

Sabrina volvió a mirarse al espejo y no le disgustaba lo que veía. Estaba más delgada, podía notarlo en la cintura de su pantalón negro. Eso era signo de que no estaba bien. Ya se lo habían hecho notar su madre y su cuñada, debía darles la razón. Por suerte ellas pensaban que el responsable era el trabajo.

—Vamos, Sabri, Matías ya está esperando abajo.

—Vayan tranquilos. Antonio pasa a buscarme —respondió, jamás iría con Matías.

Iván se asomó por la puerta del cuarto y sonrió con esa maravillosa sonrisa de niño travieso. Ella lo miró y sonrió de la misma forma, no en vano eran gemelos. Elevó los hombros en silencio, no diría nada. Que él sacara sus erróneas conclusiones y de paso, se las transmitiese al idiota, pensó. Pero se arrepintió al instante de pensarlo, Matías era un idiota, no había dudas al respecto, no obstante, ya lo había asumido, le gustaba y ella había permitido sus idioteces, por lo que no debía llamarlo así.

78

¡Qué floja era cuando de Matías se trataba!

El lugar estaba más lleno de lo imaginado. La música invitaba a bailar, por suerte, y Matías estaba seguro de que esa noche la pasaría genial. Al menos, ya estaba entonándose con dos cervezas, con alcohol esta vez. Sonrió ante la idea de tener una gran noche. Dio un par de pasos más hasta encontrarse codo a codo con Iván y Steven que parloteaban en la barra del bar. Ese era un detalle que no había tenido en cuenta: Steven. Pero bueno, no podía cambiar nada, ya vería como reaccionaba ella. La verdad era que ya estaba algo furioso con ese Antonio, otra inesperada presencia.

Había pensado mucho, demasiado para él que no solía hacerlo específicamente en mujeres. Si se le daba la oportunidad la besaría como era debido, con las consecuencias que eso conllevara. Y si ella se resistía o lo ignoraba, porque era una posibilidad, la provocaría toda la noche. Sabía cómo molestarla y lo disfrutaba. Claro que una tercera opción era la indiferencia, pero esa ni siquiera se le cruzó por la cabeza, el enojo acumulado y enardecido con sus propias ideas engañosas no se la dio como posible.

También había conseguido sacar conclusiones mientras luchaba contra monstruos en la consola. No sería la primera ni la única chica con una hermosa cara (esa que había descubierto en aquella cocina) que se colaba en sus fantasías. Eso no modificaba nada. Su excitación tampoco era inexplicable, una lengua femenina sobre labios hermosos era una imagen sensual y eso era sabido por todos los hombres, no había mucho más que pensar. Y que sus entrañas se retorciesen ante la sumisión y las miradas de esa muchachita era lógico dada su condición de dominante en la cama, le gustaba llevar los pantalones en una relación, eso no era un dilema. Todo era manejable y entendible. El único problema, si ella caía en su provocación y llegaban más allá, era su amigo. Pero si esa araña tejedora era reservada, y eso parecía, dejaría de ser un inconveniente.

Sopesando la idea de caer en la tentación, la vio entrar con tres hombres, no le asombró teniendo la idea preconcebida que tenía, y una mujer. Ya más de cerca pudo reconocer al hombre que la acompañaba en la piscina. Ese era el más peligroso, pensó, porque se le acercaba con ternura e intimidad y ella se dejaba tocar. El otro parecía inofensivo ya que la mujer estaba buscando su mano, definitivamente esos eran pareja. El tercero era la incógnita a desvelar, aunque le era familiar su cara.

Estaba atractiva, su rostro maquillado se veía más bonito, eso lo podía decir ahora que le prestaba atención. También podía decir que no le conocía las piernas, ¿ni para una fiesta se ponía un vestido bonito? Le llamó la atención el detalle, todas las mujeres o casi todas estaban con las piernas al aire, ella no. Sin embargo, su modo diferente de vestir la hacía sobresalir, tal vez todavía lo hacía a la usanza italiana o solo era su estilo particular, él no entendía de moda, solo miraba y disfrutaba cuando algo le gustaba.

Al acercarse, Sabrina no le dio un beso, como sí lo hizo con Steven, aunque lo saludó con una sonrisa y no le bajó la mirada. Increíble.

Matías se puso incómodo cuando entre los dos solteros la acorralaron y la guiaron a la pista de baile. Los vio caminar riéndose, despreocupados, apretando y tocando el cuerpo de ella como si tuviesen derecho, y tal vez lo tenían, el que ella les daba aceptándolos, suponía. Los miró un rato más y algo frustrado tuvo que reconocer que bailaba bien, le gustaba…; pero más le gustaba la morena que no le quitaba los ojos de encima y hacia ella fue. No se quedaría esperando toda la noche por si se le daba la oportunidad.

—Conozco a ese chico, va a nadar casi todos los días —indicó Bautista al ver a Matías cerca de ellos, bailando.

—Es él —aclaró Sabrina abrazándolo al ritmo de la música.

—Recuerda que solo te lo presto por esta noche —señaló Antonio, se refería al abrazo que ella le daba a Bautista y se unió desde atrás sin perder el ritmo, acariciando a su novio disimuladamente, apretándose más al cuerpo de su amiga que ahora estaba convertida en el queso del sándwich.

—¡No se toqueteen conmigo en el medio, asquerosos! Si tu hermano hubiese venido podrían hacerlo, ahora se joroban. Vamos, alejémonos que no lo quiero cerca.

Sabrina estaba de buen humor. Sentirse fuerte y decidida la ponía así. Le hubiese gustado más tener un verdadero acompañante, pero se torció todo a último minuto, el pobre chico estaba con fiebre y canceló su cita a último momento.

Después de un par de horas, no todo en la noche salía como era de esperar. Antonio no podía mantener su papel durante mucho tiempo, los grititos y carcajadas, sus exagerados movimientos de manos y su boca con brillo labial pronto lo delataron. Así como las ganas de besar a su novio después de dos tragos multicolor que se le habían subido a la cabeza. Los dejó libres, después de todo, ellos no tenían que pagar por sus culpas. La encantadora novia de Julito también quería divertirse y eso hacían bailando, para eso había ido. Fue entonces que se dispuso a disfrutar la compañía de su hermano y Steven, al menos era una ventaja que Matías se sintiese atraído por cualquier falda que pasara y fuera tras ella. No era lindo de apreciar, pero... al menos le daba la posibilidad de no tener que estar con él.

Ya se regodearía en su dolor más tarde, resguardada entre sus sábanas.

Escuchó a su hermano hablar con su amigo americano sobre una chica en particular y tomó nota mental de averiguar más, tenía el arma culinaria para hacerle contar todo. O le relataba lo concerniente a esa tal Renata o no comía, simple.

Se perdió observando a Steven. ¡Qué galán era ese hombre!, y bañado por las luces de colores, vestido tan elegantemente, con una copa en la mano y esa pose de chico malo (siendo del grupo de los buenos) era perfecto. Sin embargo, no advertía en ella ni la mitad de emociones que sentía al ver como el que sí le gustaba se comía a besos a una espectacular mujer frente a sus narices.

La sonrisa de Sabrina ya era falsa, solo para que no se notase que no tenía ganas de sonreír. Sus manos sudadas comenzaron a temblar y la espalda le ardía de calor. No le bastaba besarla, sino que se lo restregaba en su cara. Era lo esperable de él, no le extrañaba, sin embargo, le dolía más de lo que podía haber imaginado.

Matías la descubrió mirándolo, era justo lo que necesitaba. La primera opción no se había dado, pero la segunda sí. Jamás tuvo la oportunidad de estar a solas con ella, por lo que optó por molestarla y más si estaba tan cerca del perfecto niño bonito. Con su mirada fulminante le guiñó un ojo mientras inclinaba su cabeza para tener un mejor encastre y hundir su nariz en el cuello femenino de su acompañante. «¡Qué rico perfume tiene esta mujer!», pensó y ¿por qué no aprovechar que la mosquita muerta miraba para deslizar una mano traviesa por la curva de ese perfecto trasero? Demasiado había tenido que presenciar él el manoseo de esos dos personajes hasta descubrir su homosexualidad. La mujer entre sus brazos también gustaba de los hombres, la lengua en su oreja se lo confirmaba.

—Podríamos pasar un lindo rato a solas tú y yo en una habitación de hotel —le dijo a la muchacha.

Eran las desventajas de vivir con la madre, aun así, Matías no se quejaba, por el contrario, hasta le parecía menos personal y comprometedor. La idea era fabulosa, pasearía a la mujer delante de Sabrina y le haría conocer su destino.

—Creo que te equivocaste conmigo —murmuró la chica, acomodándole la mano otra vez en la cintura y alejando su cara unos centímetros para mirarlo a los ojos.

«Eso parece», pensó contrariado, aunque suponía que era lo mejor ya que Steven se alejaba de Sabrina y le dejaba espacio para actuar.

Iván miró a su hermana y vio que tenía los ojitos vidriosos, no la había visto tomar nada que no fuese jugo de fruta, por eso le pareció raro.

—¿Estás bien?

—Sí —respondió, disimulando su estado.

Iván miró a lo lejos sobre el hombro de Sabrina y le llamó la atención que aquella mujer quisiera escaparse y no lo permitiría, ya no. La amaba y ella a él, «basta de vueltas», pensó.

—Gruñona, lo siento. Necesito ver a alguien.

Sabrina suspiró y le sonrió al ver la desesperación en sus ojos. Lo empujó para que se fuera y se resignó. Estaba sola. Volvió a mirar a la pista de baile y vio lo que no esperaba. No todo estaba mal, al menos algo salía como ella quería.

—Tal vez me equivoqué contigo, sí —confirmó Matías a su compañera—. Entonces somos dos los equivocados porque tú te equivocaste conmigo.

—No lo creo, eres de esos idiotas...

—Tienes razón, soy de esos —le replicó sin problema, sonriente y dejándola abandonada en el lugar. Era su oportunidad. Sabrina estaba sola y él se ponía al acecho. Poco le importaba esa desconocida.

Le sonrió al verla cerrar los ojos cuando llegó a su lado y negar con la cabeza en silencio. Sabía que no soportaba su presencia.

—Parece una chica inteligente —afirmó ella, señalando a la mujer que lo había rechazado.

—Sí, demasiado. Me dijo idiota. —Ella sonrió y rumió un «te lo tienes merecido», casi inaudible.

Cuando Matías la vio bostezar y tomar el abrigo entre sus manos, supo que esa era una oportunidad única.

—Vamos, te llevo a tu casa.

—Me voy con Iván —respondió ella con total seguridad.

—Tu hermano esta noche no duerme en su cuarto.

—¿Cómo lo sabes?

—Lo veo con esa chica de allá... Lo conozco y la conozco. No te olvides que cuando estabas en Europa aquí sucedían cosas —reveló intrigándola. Tampoco le contaría lo que esa chica era para Iván, no era quién para hacerlo.

—¡Por Dios, no lo puedo creer! —De verdad que no lo hacía. Estaba sola con quien menos deseaba estar, sin la menor posibilidad de escapar—. Debí suponerlo de todos modos. Además de ser mi hermano es un hombre de bragueta fácil de bajar.

Matías rio a carcajadas por el comentario que, seguramente, lo incluía. No era tan tonto como para no darse cuenta de las indirectas.

—Por favor, modernízate un poco. Es una salida de sábado, es soltero, hay mujeres lindas...

—No es cuestión de modernizarme, pero... nada... ¿Sabes qué?, me voy. Es cuestión de respeto, pero tú de eso no entiendes.

Estaba furiosa, él la miraba como si estuviese loca y lo estaba, realmente lo estaba, porque deseaba que la besase y abrazase como lo había hecho con aquella mujer; si eso no era estar loca, nada lo sería jamás.

Matías odiaba que su plan fracasara por un enojo estúpido y eso parecía estar pasando. Esa boca pintada era una tentación incluso si estaba tensa por el enojo.

—No seas tan cerrada. Iván no te faltó el respeto por eso, Sabrina, en todo caso tus amigos...

—Silencio, lávate la boca antes de hablar de ellos —le dijo, elevando un dedo a modo de advertencia—. No te preocupes, me tomo un taxi.

—Te llevo.

—¡Me tomo un taxi! —gruñó sin darle posibilidad de insistir.

Matías quedó mirando su espalda. Desorientado.

La tomaría del brazo para ponerla frente a sí y la besaría con descaro y sin vergüenza, no obstante, ella le había gritado. Lo enfrentó sin ningún temor y clavó los ojos en su retina sin pudor alguno. Esta vez no había bajado sus párpados ni mostró sus preciosas pestañas en movimiento.

¿Qué estaba pasando? ¿Qué estaba cambiando? ¿Por qué no la seguía y la besaba sin importarle nada? Eso quería, eso deseaba con todas las fibras de su ser, sin embargo, se mantenía anclado en ese piso viendo cómo se alejaba de él.

Sabrina seguía temblando y no de frío sino de impotencia. No fue para nada la noche productiva que imaginó. Ver a Matías coquetear y seducir a diestra y siniestra no era una bonita imagen para conservar, aun así, no podía sacarse de la cabeza cada mirada libidinosa y cada beso que le dio a otra y le dedicó mirándola. ¡Si hasta le guiñó un ojo, por Dios Santo!

No descubría cuáles eran las intenciones de él. No llegaría a definir jamás sus motivos le diera las vueltas que le diera en su cabeza. Ella no le interesaba como mujer como le había dicho su amigo que pensaba, porque si así fuese ¿en qué cabeza cabría pasearle sus conquistas por la cara? Solo se le ocurrió una cosa que cerraba con todo lo que había pasado entre ellos. Matías necesitaba llamar su atención. Esa era la única finalidad que él tenía, ahora bien, el porqué era lo que la atormentaba. No tenía ninguna respuesta ni idea que llegase a parecer alguna posible.

Bien, su atención la tenía, ¿qué hacía con ella?, ¿qué buscaba?, ¿qué necesitaba?, ¿para qué la quería?

—¿Qué quieres de mí? —gritó en plena calle oscura, peleando con sus lágrimas.

—En principio que te sientas mejor —expuso una voz masculina a su espalda. Sabrina se sobresaltó y giró consternada y también asustada. No le gustaba la oscuridad nocturna y la soledad de las calles le daban una inseguridad a la que no estaba acostumbrada—. Perdón no quise asustarte, sin embargo, tú sí lo hiciste conmigo. Ese grito me alteró los latidos.

Sabrina sonrió ante el exagerado gesto de sostenerse el pecho a la altura del corazón y suspirar con alivio. Era simpático, no podía negarlo. Tenía cara de bueno y sonrisa encantadora, pero era un desconocido.

—¿Estás bien? —le preguntó él acercándose, pero no demasiado. Eso era para agradecer, a esa hora, en esa calle vacía y sin taxis a la vista; cualquier movimiento brusco parecería peligroso para una mujer sola.

—Sí, gracias. Tranquilo, ya no voy a gritar.

—Qué bueno, no necesito más sustos por hoy. ¿Esperas un taxi? —preguntó intrigado. Esa chica tenía aspecto de ser dulce y, fundamentalmente, de estar triste. Por supuesto, podía ofrecerse a llevarla, sin embargo, ninguna mujer en su sano juicio aceptaría eso de un desconocido como él.

Sabrina afirmó en silencio estudiando cada gesto del muchacho y asombrándose de lo poco nerviosa que estaba, ya no le sudaban las manos y sus párpados podían mantenerse abiertos para encontrar la mirada de su interlocutor. Sonrió para sí misma, sintiéndose fuerte.

—Puedo esperar contigo. Hacerte compañía —agregó él.

—No te ofendas. No te conozco, no puedo permitir que te quedes conmigo en una calle oscura, de noche. Tal vez, yo vuelva a la fiesta.

—No te preocupes. Yo me voy. Es un buen punto de vista el tuyo, sin embargo, el mío es diferente. No puedo permitir que una mujer esté sola en una calle oscura, de noche, no obstante, voy a respetar el tuyo. Al menos lo intenté, ¿no?

—Sí. Gracias —respondió Sabrina con una sonrisa y él bajó la cabeza a modo de saludo. Lo vio caminar alejándose mirándola cada tanto y saludándola con la mano.

«El mundo no está perdido si hay hombres así», pensó Sabrina. Pero estaría acabado con hombres como Matías, aunque, a decir verdad, como solía decir su madre: en la variedad estaba el gusto. Si no cómo explicaría que ella estuviese lagrimeando por el desgraciado y ahuyentando al otro.

—Taxi —gritó desesperada, ya no quería estar ahí y mucho menos cerca de esa parejita que se manoseaba y besaba sin importarles la compañía o el cielo abierto.

Hizo los pasos necesarios hasta llegar a la puerta del coche que había parado. Otra vez se sobresaltó al ver que una enorme camioneta azul se detenía junto al taxi y no pudo más que sonreír al ver el medio cuerpo que salía por la ventanilla.

—¿Mejor? —preguntó el muchacho que la había dejado sola hacía unos segundos.

—Sí, mejor. —Él extendió una mano con una tarjeta y ella se acercó a tomarla.

—Me alegro. Ahora me voy. Suerte, amiga.

«Sí, la necesitaré», pensó Sabrina sentándose en el asiento trasero y diciéndole su dirección al conductor.

Miró la tarjeta. «Agente inmobiliario. Juan Pardo...» leyó en susurros todos los datos. La curiosidad la llevó a girar el papel y buscar más identificaciones que un simple número telefónico, aunque si quisiera conocerlo con eso era más que suficiente.

Ahora que sé que estás a salvo me voy a casa tranquilo.
Llámame, quiero saber qué te pasaba. No vayas a pensar que es por ti, no, es que me encantan los chismes y si no me cuentas este no voy a poder pegar un ojo.
Seguro que sonriendo eres más bonita. Llámame, ¿por favor?

J.P.
De nada por la sonrisa.

—Sí, gracias, Juan —murmuró con una mueca que podía parecer una sonrisa.

—Llegamos, señorita. —La simpática y alegre cara del taxista la hizo ser consiente nuevamente de su tristeza.

Pagó el viaje y a paso lento subió a la soledad de su cuarto. Lo que suponía su refugio le pareció una negra cueva peligrosa que la tragaba entera. Estaba destruida y no solo era por Matías, sino por ella misma, otra vez. Por dejarse llevar, por descuidarse, por no permitirse seguir como estaba.

Su corazón había sanado y casi ni cicatrices tenía. ¿Qué necesidad había de fijarse en alguien? Y *ese* alguien, para colmo. Volvió a su mente Steven, ¿por qué no él? Al menos, con solo mirarlo se hubiese conformado. No había forma, hasta él pasaba a un segundo plano ante la inmensa, no por grande sino por notoria, presencia de Matías en su vida.

Tomó del suelo la tarjeta que se cayó del bolsillo de sus pantalones mientras se desvestía. Tal vez era una señal. ¿Por qué no verlo de ese modo? ¿Qué tan malo podía ser?

¿Desde cuándo creía en las señales? Desde nunca, pero nada le impedía empezar a hacerlo.

«Llegué a salvo, gracias por preocuparte. Espero no haberte asustado esta vez. Sabrina.», leyó en voz alta después de teclear en su móvil.

Por supuesto que envió ese mensaje y no esperó respuesta. Lo único que necesitaba era descansar, dormir y, por supuesto, olvidarse de Matías. ¡Si tan solo existiese un botón de reseteo mental! Pero no contaba con tanta suerte.

Lo que necesitaba Matías eran pruebas, porque ya no confiaba más en su cuerpo ni en su mente. En su corazón nunca lo había hecho demasiado, las dos veces le habían salido mal y no quería darle, por el momento, una nueva oportunidad. Tenía que probarse, no podía ser que esa mujer con su timidez falsa, su furia en la mirada y su arrogancia lo tuviese agarrado de ahí. Sí, de ahí.

Todavía resonaba ese tono de voz en su cabeza. «Sabrina estaba enojada», pensó. ¿Tanto le molestaba su presencia? Debería importarle poco, él buscaba eso, sin embargo, al encontrarlo se sentía frustrado, inseguro, enojado, intrigado… ¡Ah, grrr! Hubiese gritado de impotencia al sentirse tan mareado por sus pensamientos. ¡Todo le parecía tan carente de sentido!

Se puso a la búsqueda de una presa, cualquiera serviría, rubia, alta, rellenita o solo piel y huesos, daba igual, lo necesario era que le llamase la atención y que su entrepierna despertase.

«Lo importante en la mujer es la actitud, no la belleza», pensó y Sabrina volvió a su mente. Esa frase la definía por completo. Su actitud lo tenía a la espera de ella en cualquier momento y lugar, con una insensible necesidad arrasando su cuerpo. No era la mujer más bella que hubiese visto ni tenía ese tipo de cuerpo de infarto del que gustaba. Apenas si pudo adivinar sus curvas enfundadas en blusas de seda, pantalones anchos o faldas largas, camisetas grandes y horribles pijamas. Hubiese podido verla en traje de baño, pero no llegó a tiempo y solo su mente era testigo de la intriga que eso le provocaba. Solo imaginarla desnuda le producía una erección y para eso tenía que adivinar e inventar.

—Te estás volviendo loco, hombre —susurró ofuscado.

—Tal vez, si lo haces conmigo es más divertido —ronroneó una voz sensual a su costado.

—¡Laura! —exclamó sobresaltado, no la había visto en toda la noche. No era lo que buscaba ni necesitaba ni quería… aunque una segunda oportunidad, tal vez… ¿Llegaría a volverse loco con ella esta vez? Levantó la vista y sonrió. Era muy atractiva, no podía negarlo—. Podríamos probar.

Y otra vez defraudado con Laurita, aunque tuvo su premio, volvió a su casa cuando el sol asomaba.

Al menos se entretuvo jugando con las reacciones de ella mientras movía el vibrador amarillo con una mano y con la otra se tapaba con disimulo un oído. Los chillidos eran insoportables. Esos no eran gemidos, ¡por favor, qué cuerdas vocales! Recordaba (ahora con una sonrisa) que se encerró en el baño para observar las dimensiones de su sexo en plena erección. No se lo había medido, tal vez de adolescente en una de esas estúpidas noches de amigos, no lo recordaba muy bien, pero llegó a la conclusión de que no era una miniatura; tampoco era gigante eso estaba claro. Estuvo entre las piernas de mujeres exigentes y no tuvo quejas. Tal vez, alguna fingió un orgasmo o dejó a medias a otra, sí, podía ser, no se creía infalible, pero ¿que lo suplantaran por un vibrador en plena faena y después lo masturbaran…? Eso no recordaba que le hubiese pasado, bueno, no se quejó cuando lo terminó con la boca. Al menos eso fue un buen detalle.

Evidentemente, Laurita y él no estaban hechos el uno para el otro. Nada de lo que esa mujer le proponía lo excitaba ni morbo le daba. Tal vez curiosidad, aun así, no la saciaría. Poco le importaba conocerla más o encontrar ese punto de excitación conjunta.

A pesar de Laurita, él seguía sin respuestas y sin ganas de pensar. Ya no quería seguir jugando a nada con Sabrina porque no se estaba divirtiendo. Tenía claro que el juego era unilateral, aunque ella tampoco lo había rechazado. Sin embargo, si quería ser bien justo, nunca le dio lugar ni tiempo a hacerlo, pero esa noche su mirada y la carga de disgusto en su voz fue diferente… Seguía piensa que piensa mientras tomaba un vaso de agua fresca en la cocina.

—Hijo, qué bueno que estás despierto. ¿Me acercas a casa de María? No tengo ganas de manejar tan lejos.

—Mamá, son las ocho de la mañana y ¿quién es María?

—La mamá de Iván. No te conté todavía, vamos juntas a ese taller de artesanía y hacemos nuestros trabajos en su casa. Deberes que nos da la profesora —dijo sonriendo y guiñándole un ojo a su hijo—. Hoy almorzaremos en su casa, estás invitado. Pato, el marido, hace unos asados deliciosos. Eso me dijeron.

—Te llevo, pero no puedo ir al mediodía, mamá. Perdón.

No se enfrentaría tan pronto a Sabrina, de ninguna manera. Todavía no tenía claras las cosas en su cabeza y si la veía solo serviría para tener ganas de insultarla. Porque a decir verdad estaba, injustamente tal vez, enojado con ella. Otra de las tantas cosas que no podía entender. Esa mujer lo exasperaba.

«Ella no te hizo nada».

«No me importa».

Sí, se estaba volviendo loco si en su mente sentía voces y lo peor, discutían entre ellas.

Después de dejar a su madre, pensó que debería buscar una buena inversión de su tiempo de domingo, no tenía ganas de ir a nadar. Tenía miedo de pensar. Sin embargo… no era mala idea encontrarse con ese hombre que lo tenía a mal traer pensando que era otro amante de ella. Eso suponía de cada hombre que le rondaba. ¿Podía llegar a ser tan malpensado? ¿Y desde cuándo lo era? Nunca le importó cuántos hombres tenía su amante de turno, ni le interesaba siquiera saber si los tenía, no obstante, ella no era su amante y aun así...

—Estoy para el psiquiatra —susurró, dando la primera vuelta al pedal de la bicicleta.

Y ahí estaba el chico gay que supo mirarlo con ganas y él esquivaba por las dudas, pero que ahora lo ignoraba y él necesitaba que se acercase.

«Las vueltas de la vida», pensó sonriendo.

—Hola, supongo que te acuerdas de mí.

—Claro, Matías. Amigo de Iván, hermano de Sabrina, amiga de mi chico, Antonio.

—Supongo —dijo divertido y perdido entre tanto nombre. Hasta le robó una sonrisa.

Lo ideal hubiese sido preguntarle por ella sin mucha vuelta, pero con qué derecho él podía averiguar nada de una mujer que poco le importaba o, mejor dicho, que poco debería importarle.

En una breve e inútil charla solo pudo obtener un par de piropos, unos buenos chistes, algunas preguntas y la casi inservible información de que Antonio trabajaba con Sabrina. Sin darse tiempo de analizar la utilidad de ese conocimiento, también escuchó que Bautista, así se llamaba su interlocutor, cosa que desconocía, veía en ella una dulce mujer insegura, tímida, simpática y adorable.

O ese divertido muchacho tenía un problema al analizar a las personas o su propia intuición fallaba. Porque en lo único que coincidían era en la palabra tímida. Aunque utilizada de diferente manera: para Bautista ella era tímida, para él solo simulaba serlo, de eso estaba seguro.

Volvió a su casa sin haber nadado lo suficiente. Como se lo había propuesto, no quería pensar más y bajo el agua, en ese silencio burbujeante, era lo único que hacía.

Por suerte, al volver a casa, sus sobrinos inundaron el silencio con risas y gritos; les dedicó el tiempo necesario a enseñarles a jugar con su nueva consola mientras conversaba con su hermana y la intentaba convencer de ir con él a cenar con su padre. Por supuesto, una vez más no lo logró.

—Matías, no me insistas no quiero pelear contigo. Si quieres tener una relación con él, estás en tu derecho. Es el mismo derecho que el mío en no querer tener nada que ver con ese hombre —dijo Carmen, muy segura de sí misma. No había forma de que ellos tuviesen una relación. Intentase lo que intentase.

Sabrina había dormido de maravilla. No podía creerlo porque, a juzgar por sus lágrimas y sentimientos, hubiese jurado que no pegaría ojo. Al despertar vio a Iván deambular en ropa interior por la cocina, con su cabello revuelto y los ojos hinchados. Menos hinchados que los de ella, solo rogaba que él no lo notase.

—¿Qué haces aquí?

—Es mi casa también, Gruñona —respondió él abrazándola.

—No era esa la pregunta… pero tienes razón. Es que anoche te vi con una chica y pensé…

—Sí, Renata. Si todo sale como pretendo, mi novia.

—¿Y eso? —Sabrina, ya con su taza de café en mano, se sentó en el sofá con las piernas flexionadas, los talones descalzos pegados a su trasero y el mentón sobre las rodillas. Nada le interesaba más que la historia que ocultaba su gemelo, por poco tiempo, porque pensaba sacarle hasta el último detalle.

—Primero tú. ¿Por qué lloraste? —preguntó Iván, sentándose a su lado, muy pegado a ella, hombro con hombro. Jamás lo engañaría, nunca había podido, él siempre la descubría en todas sus mentiras o intentos de engañarlo.

—No. No. Primero tú, prometo que después te cuento. —Con suerte la conversación se extendía y no había tiempo, al menos eso pensaba Sabrina. No Iván que, aunque fuese en el coche camino a casa de sus padres, descubriría el motivo de la tristeza de su hermana. Por fin conocería alguno de sus tantos secretos, porque era seguro que tenía unos cuantos.

—Bien. Renata fue mi novia hasta hace unos meses. Nos separamos por una confusión que estoy dispuesto a aclarar. Ella suponía que yo no iba en serio con la relación y terminábamos discutiendo día sí y día también, hasta que cortamos.

—¿La quieres? —preguntó ella mirando a los ojos a su hermano. No recordaba la última vez que había escuchado esas palabras de él, era un adolescente tal vez.

—La amo, Sabri. Ella es la única mujer con la que imaginé casarme algún día y formar mi familia. Una vez tuvo un retraso en su período y te juro que me alegré, obvio que después del susto, pero al analizarlo... me puse muy contento.

—¿Y?

—Ella se puso más contenta cuando se acabó el susto y supimos que no estaba embarazada. —Iván suspiró e hizo un largo silencio tomando varios tragos de su café—. En toda relación lo importante es la comunicación. Ahora sé que eso era lo que nos faltaba. ¿Sabes? Ella tiene sueños y por eso no le parecía buen momento tener ese hijo, pero yo, sin saberlo antes, la prejuzgué porque no lo habíamos hablado y no me gustó su reacción. Cuando me puse a buscar departamento para nosotros, ella interpretó que yo estaba lejos de comprometerme con la relación y que pretendía seguir con mi soltería por mucho tiempo. Tú sabes que no es eso... Yo solo quiero cumplir esta fantasía por un tiempo, la tuvimos durante tantos años que pensé que podíamos hacerlo real. Tú y yo solos. Compartiendo estos momentos, reencontrándonos. Ella sacó sus propias conclusiones sin preguntarme nada. Y así seguimos hasta que se terminó porque no nos entendíamos y porque no hablábamos. Nos faltó comunicación. Así que ese fue mi aprendizaje de todo esto.

—¿Y cómo están ahora?

—Comunicándonos. Poniéndonos al día. Y quiere conocerte.

—Si todo se está solucionando, me alegro por ti.

—Eso creo —indicó Iván, sonriéndole. Era lo que siempre había esperado: su hermana escuchándolo hablar de su vida mientras compartían un café en la intimidad de su hogar.

Sabrina estaba teniendo exactamente el mismo pensamiento cuando se encontró con la mirada de su gemelo. Parecía ser una mañana de confidencias y estaba inquieta, aunque no huiría esta vez. Sin embargo, eso no suponía que no intentase dilatar su momento de hablar, al menos, por costumbre.

—No puedo con la intriga, necesito conocer a la bruja que me va a robar a mi hermanito. —Sonrieron con sinceridad y él le guiñó un ojo.

Sí, Iván tenía fe que todo se estuviese solucionando, porque habló con el corazón en la mano con Renata y ella hizo lo mismo con él.

—Bien, ahora tú. —Sabrina elevó los hombros como restando importancia a sus problemas, pero de nada serviría con su hermano.

Omitiendo detalles, era el momento de mostrarse ante él, ya estaba decidido. No le había ido tan mal con sus amigos después de todo y las cargas repartidas son menos pesadas, pensó. Inspiró profundo y por tratarse de su hermano quiso empezar desde el principio.

—Partiendo de la base de que me conoces y sabes que no soy muy sociable, además de que soy más bien introvertida y tímida, no te va a sonar raro... Mi vida amorosa tiene solo tres intentos.

—Conozco dos.

—Sí, pero ningún detalle. Paolo fue importante para mí y salí muy lastimada, él fue mi primer amor y mi primer hombre. Sí, yo entonces era demasiado mayor para mi virginidad lo sé y tuve mis motivos para esperar —dijo ante la expresión de incredulidad de Iván—. Puedo resumir y decir que cortamos porque él no pudo con mi personalidad. El italiano, mitad africano, del que te conté, fue poco más que nada. Con Morris tuve ese tipo de relaciones que ustedes, los hombres, manejan tan cómodamente.

—Solo sexo.

—Eso intenté. Quise probar y... no es para mí.

—¿El tercero?

—Nunca existió más que en mis deseos. Él me ignoró, sin saberlo claro está, porque jamás supo de mí. No me conocía y, aun así, me enamoré como una tonta. Lo idealicé, ahora lo veo claro, tal vez por estar demasiado sola y dolida por la ruptura con Paolo. Era inexperta en romances. Fue en la universidad.

—Entiendo. ¿Y este llanto, es por alguno de ellos?

—No. Es por darme cuenta que no sirvo para las relaciones. —Sabrina luchó con sus ganas de volver a llorar. Le dolían sus propias palabras, porque sin saber que las diría era consciente de que las pensaba y reconocerse como una inútil ante la gente que inevitablemente la rodeaba no era grato, lo peor de todo era que no podía modificar nada—. Me ponen nerviosa los desconocidos, me cuesta hacer amigos y me enamoro de la gente inapropiada.

—No digas eso. Eres todo lo que dices: Introvertida, poco sociable y tímida, sí, pero tal vez necesitas dejar de analizar las cosas un poco y liberarte. Antonio, Bautista, Julio y su novia, todos parecen encantados con tu amistad. Steven me dijo que le caes muy bien...

—Sabrina quería que parara ahí. No necesitaba escuchar su nombre, al menos por un día. Por eso lo interrumpió, sabía que Matías sería el siguiente nombrado.

—Alguien... del trabajo —mintió para evitar preguntas—, me gusta y no es para mí. Otra vez me equivoqué. Los años no me hacen más inteligente en esto de elegir y tampoco la poca experiencia. Es un hombre que me va a hacer sufrir. Ya me hace sufrir... No quiero que me lastimen, ¿sabes? No sé curarme. Con Paolo me costó muchos años y esta maldita personalidad mía, no ayuda.

Como era de esperar no contuvo sus lágrimas y mucho menos cuando los brazos de su hermano la rodearon.

No hay mal que por bien no venga, pensó.

Al fin, había dejado salir sus monstruos y eso era liberador. Así lo sentía y así lo deseaba. Le gustaba hablar con la gente que sabía que la entendería, eso era novedoso y gratificante. Quería mantener ese coraje para seguir aprendiendo a confiar y a pedir ayuda, por más que por el momento fuese demasiado selectiva. Eran sus primeros pasos después de todo y solo por eso eran un gran avance.

Quizás era un nuevo comienzo para su alma ya libre. Rogó por ello, quería apostar a esa idea. Solo tenía que mantenerse firme y, aunque le costase mucho mejorar y cambiar lo necesario para lograrlo, sabía que ya no estaba tan sola.

Había un pequeño cambio en su interior, podía sentirlo.

—Amigo, ni un solo día en la semana viniste —le increpó Iván al teléfono.

—Lo sé, es que estoy entrenando para ganarte —respondió Matías. Jamás le reconocería que quería evitar a Sabrina y todas las tentaciones que venían con ella.

—Matías, si es por Sabri... Hey, somos amigos y ella es mi hermana...

Matías hizo silencio para pensar unos minutos después de aclararle a su amigo que no era por ella y que salía para su casa a darle una paliza en el jueguito de fútbol.

Llegó al departamento de su amigo con una fingida sonrisa en los labios. Pero ella no estaba. De seguro la cobarde estaba huyendo de él.

«¿Cómo tú hasta hace un rato?»

«Eso no es del todo cierto.»

Su mente gritaba y discutía con ella misma mientras veía a su amigo entregarle una cerveza, con una seriedad que pocas veces le había notado.

—¿Todo bien, Iván?

—Sí. Solo es... tengo muchas cosas en la cabeza.

—Empieza por una y vemos si puedo ayudar, al menos escuchando.

—Renata. Estamos volviendo de a poco y estoy muy contento. Estamos aclarando los malos entendidos y... Mi jefe me propuso un viaje a la fábrica.

—¿A Estados Unidos?

—Sí. Cuando termine Steven aquí con todo lo suyo, nos iríamos juntos. Son varios meses, pero menos de un año. No puedo decirle esto a Renata justo ahora y tampoco a Sabri. Ella tampoco está pasando un buen momento y...

Hasta ahí, Matías escuchó con atención. El resto se le hizo complicado porque su mente tenía preguntas que no se animaba a hacer en voz alta. Iván seguía planteando sus dudas por su noviazgo recuperado y él solo quería saber sobre los problemas de Sabrina, porque estaba seguro que algunos lo incluían y no podía definirse entre sentirse contento por estar al menos entre sus problemas o culpable por lo mismo.

—...hablamos el domingo pasado —continuaba Iván—, Sabrina es tan discreta y retraída que le cuesta relacionarse. Lo habrás notado. Es demasiado cohibida como para que le sea fácil.

Matías volvió a poner su atención completa. Por fin hablaba sobre ella. Y no, notó otras cosas, no esas. O sí, lo había notado, pero ¿lo interpretó de otra forma? ¿No eran esas sus armas de seducción o provocación? Esa caída de ojos y esa sonrisa que moría antes de nacer en esos preciosos labios...

—Me contó un poco sobre sus amores. Fueron pocos y dolorosos.

—Pero en Roma debe haber tenido parejas, amantes, yo que sé, algo.

—Ella no es de amantes, Matías.

Esas palabras le hicieron eco en su mente como si chocasen en muchas paredes, infinitas veces y no quisieran dejar de sonar. ¿Tan confundido estaba? ¿Tan mal la había prejuzgado?

Elucubrando ideas, no se dio cuenta cuando la puerta se abrió y ella interrumpió la conversación interesante y aclaradora, por cierto, que tenía con su amigo.

—Gruñona, te estábamos esperando para pedir algo de comer.

Matías reparó en su presencia y en su elegante falda larga, otra diferente pero igual de distinguida y sus zapatos de tacón muy alto que la hacían lucir esbelta. Su cabello suelto y... su cara de decepción al verlo, sin embargo, para no dejar de ser fiel a sí mismo, decidió que poco le importaba su desencanto.

—Ocúpense de pedir. Yo tengo trabajo que hacer y me voy a poner cómoda. —La vio alejarse. Solo le dedicó un movimiento de cabeza a modo de saludo y nada más.

Sabrina frotó en el acolchado las palmas de las manos sudadas. No esperaba verlo, ya habían pasado tantos días sin noticias suyas que hasta se había olvidado de él.

Tal vez, Juan había colaborado, no lo negaría. Era muy simpático y le hacía olvidar sus problemas.

Con el mensaje enviado esa noche a Juan había abierto una conversación. A los pocos días él la invitó a salir y dándose un permiso inusual en ella aceptó. Estaba cansada de pensar en Matías y darle más importancia a sus dudas e inseguridades que a las posibilidades que se le presentaban.

En ese instante en que Matías volvía a irrumpir en sus pensamientos, nada más y nada menos que con su presencia, estaba pensando en el pequeño beso robado por Juan: había venido acompañado de una dulce caricia en la mejilla y palabras lindas que, tal vez, tenía ganas de escuchar de la voz de un hombre desde hacía mucho tiempo. Ese tierno gesto apartó todos los innecesarios recuerdos de otros besos, caricias y palabras dichas solo para molestar.

Claro que *apartado* no significaba *desaparecido*. Esos recuerdos estaban ahí, en algún lugar.

No podía mentirse a sí misma, pero lo intentaba con tantas ganas que juraba que por momentos lo lograba. Olvidarse de Matías y su mirada oscura e intimidante sería como pedir un milagro, aun así, no desistiría en su intento. Por eso, con su pijama y sus pantuflas caminó hasta la cocina para ayudar a poner lo necesario en la mesa, mientras Iván bajaba a buscar la pizza. Lo ideal hubiese sido que Matías bajase, pero no todo lo que deseaba se cumplía.

—Dime con qué ayudo —señaló él, sin mucho matiz en la voz. Estaba incómodo. Por una vez le tocaba a él estarlo.

—Puedes poner los vasos, están en esa puerta. —Sabrina le señaló el lugar intentando mantener las distancias para evitar roces.

—Entonces… ¿por qué nunca faldas cortas? —preguntó Matías y al instante quería golpear su cabeza contra el marco de la puerta. Intentando lograr una conversación tonta y que matase el tiempo había hecho la pregunta que tantas veces quedó sin respuesta en su cabeza al verla con esas prendas que usaba. Originales sí, pero con demasiada tela para lo que acostumbraba ver en las mujeres. Tanta era la necesidad de espiar lo que escondía debajo que hasta su mente jugaba con él poniendo en su boca palabras que no quería pronunciar.

—No me gustan m… —Sabrina hizo silencio, no tenía por qué contarle que entre otras cosas odiaba sus rodillas—. No me gustan.

Sabrina volvió a abrir el congelador para asegurarse de que el helado de frutilla estaba donde lo había dejado. Adoraba consentir a su hermano, aunque fuese en una cosa tan pequeña como comprar su helado favorito y más si él cada tanto le regalaba una rosa roja de tallo largo sabiendo que todavía era su flor preferida.

Matías no podía con sus pensamientos aturdiéndolo en silencio. ¿Ella lo ignoraba o solo le parecía? Necesitaba descubrirlo y, de paso, confirmar que ese perfume tan dulce era el suyo. Apoyó su pecho en la espalda de ella que todavía estaba frente a la nevera.

«Atrapada», pensó, así la quería. Rozando su cuerpo, provocando esa tentación divina. Notaba cómo se estaba excitando con el mínimo roce de ese precioso trasero en su entrepierna, quería que fuese un contacto más firme, pero se controlaría. Disfrutaba con todos sus sentidos esa caprichosa pasión retenida a la que ella lo sometía.

Sabrina podía sentir la punta de los pies de él pegada a sus talones y podía sentir más cosas que intentaba ignorar. Todo su cuerpo se tensó. Intentó aflojarse y poner su mente en blanco, incluso quiso recordar el rostro de Juan y hasta analizó las posibilidades de huir de esa comida improvisada. Necesitaba que su cuerpo hablase de indiferencia, que él creyese que poco le importaba su presencia.

Matías olió con fuerza y sonido, absorbiendo ese aroma tan delicado. Disfrutó del contacto y la silenciosa docilidad de ella, que suponía sería por demasiado poco tiempo.

—Es tan rico tu perfume y tú tan seductora. —Ella esperaba algunas palabras similares y no la defraudó. Era lógico que quisiese volver a molestarla, no obstante, ella ya no estaba dispuesta.

—Gracias. Ahora, si eres tan amable, ¿me das espacio? —Sabrina se felicitó en silencio en los tres idiomas, por fin, lograba coherencia frente a él. Se sintió tan orgullosa de sí misma que apenas si podía controlar su sonrisa.

Matías suspiró pegando todo su aliento en la nuca femenina que mordería con lujuria, solo para empezar por algún lado. Pero ella estaba poniendo fin a todo con su actitud. Aunque su respiración agitada, tan controlada y dulce le parecía excitante, lo dejaría, abandonaría el juego.

«Una lástima», pensó mientras se alejaba.

La comida pasó sin mayores contratiempos, cada uno sumido en sus propios pensamientos y simulando conversaciones que poco les importaban.

La noche llegó y también pasó.

El sábado era un día nuevo para cada uno y los tres intentarían subsanar lo que, suponían, eran errores.

Iván saldría con Renata y si se animaba conversaría sobre esa interesante propuesta laboral que los alejaría por un tiempo. Procuraría una abierta conversación para no perder todo lo que ya había ganado. No la perdería otra vez, no por palabras no dichas.

Matías, por su parte, intentaría llevarse a una mujer a la cama y saciar sus necesidades físicas, sin analizar demasiado las cosas. Solo quería mantenerlas fáciles, sin complicaciones, como le gustaban. Quería olvidarse de las mujeres problemáticas, con historias amorosas dolorosas, con alma de mojigatas y excitantes como el mismo infierno. A esas últimas palabras las descartó en el mismo momento que las pensó.

Sabrina le debía una respuesta a Juan, tal vez sí aceptaría conocerlo como él pretendía, de una forma más íntima. Nada se lo impedía y tenía intención de probarse a sí misma cuánto había cambiado. Además, era un hombre que le provocaba esas ganas de enamorarse que hacía mucho no tenía. Antonio la convenció, no era una conclusión sacada solo por su mente movilizada por nuevas inquietudes.

«No pasa nada si no sale bien. Eso es vivir: Intentar, y si fracasas, volver a intentar», le había dicho.

Para ella no era tan fácil eso de fracasar, de todas formas, lo haría.

—Intentar —se repitió, mientras terminaba de arreglarse y atendía la llamada telefónica—. Hola, mamá.

—Hola, hija. Qué suerte que te encuentro desocupada.

—Bueno, sí, más o menos. Estoy a punto de salir.

—Perfecto, no te entretengo mucho. Una vez que no estás pegada a tus libros...

—Mamá, no empieces. Descanso lo suficiente y trabajo lo necesario. Ya lo hablamos.

—Sí, sí, lo hablamos y no me convenzo. No digo nada más al respecto. Solo quería confirmar si mañana venías a casa.

—Domingo familiar y asado, por supuesto, solo enferma faltaría. Me perdí demasiados asados, mamá.

—Lo imaginaba, hija —dijo sonriente, María—. Volvemos a tener invitados.

—La tía, ¿volvió del Caribe?

—No, Sabri. Vienen Aurora y su hijo. —Bingo, pensó Sabrina.

Negó en silencio tantas veces como necesitó para darse cuenta de que por más que lo hiciese nada cambiaría. Y hasta era de suponer, no podía extrañarse tanto. La agradable señora que había conocido hacía una semana era la madre de Lucifer. Ups, qué grosero error, de Matías, pensó con una sarcástica sonrisa.

—Bien, mamá, no hay problema. Ahora tengo que cortar. Nos vemos mañana, te quiero, mami.

Suspiró mirándose al espejo. No tenía intenciones de comenzar a odiar los domingos, pero como siguieran así...

Ver a Matías era como ver al diablo. Sonrió. Bueno, tal vez exageraba. Él para ella significaba más de lo que quería creer y más de lo que le gustaría, inclusive.

Volvió a reparar en lo que recordaba de su aspecto, no era tan atractivo, incluso Juan era más guapo. Evidentemente, lo que llamaba su atención no era eso. Si tan solo contase con algo de simpatía y la aprovechase con una sonrisa de esas que todos los hombres acompañan con una pícara mirada. Más interesante o menos, pero todos cuentan con una se convenció. Todos menos él, que carece de mirada pícara y la reemplaza por una intensa y a veces atemorizante que hasta quita la respiración. Además, su sonrisa es inexistente y está sustituida por una inexplicable y permanente cara de culo, recordó.

—Qué horror sentir miedo por el amigo de tu hermano —se dijo en voz alta, mirándose al espejo. Porque había asumido que por momentos era miedo y no incomodidad lo que sentía.

Esa agitación perturbadora que la atrapaba solo de pensar en verlo, ese calor entre sus omóplatos y esa inseguridad de no poder dominar su cuerpo ante el efecto de la anticipación... Sentir la lengua seca y un raro retorcijón en el estómago que no podría definir de agradable o desagradable... La rigidez de todos sus músculos... Odiaba todas esas sensaciones y mucho más después de descubrir que su sueño trasnochaba recordando esa boca, cualquier palabra que le susurrase al oído y hasta con esas electrizantes estupideces a las que la sometía cuando podía. Estupideces que junto con su presencia, la mantenían en un estado de alerta permanente.

Tanta tensión al verlo no hacía otra cosa que guiarla a comportarse como no quería.

¿Cómo no tenerle miedo si dejaba de ser ella ante él y hasta su cuerpo se rebelaba?

Sin embargo, y era duro de reconocer, todo eso la hacía sentirse atraída hacia él. Demasiado para lo que le gustaría si pudiese elegir y hasta era embarazoso y frustrante no sentirse correspondida. Además, ¿qué tan bien podía hablar de ella que le gustase un hombre como Matías?

8

Era un domingo hermoso, soleado y fresco. Ideal para disfrutar de la tarde y correr tras la pelota con sus sobrinos y sus hermanos, tal vez, incluir a su cuñada en una de esas riñas de cosquillas en las que las mujeres perdían. Aunque, para Sabrina, ese domingo sería diferente a todos, al menos eso intuía.

—Hola, Sabrina.

—Hola, Aurora, qué gusto volver a verla. ¿Cómo está del dolor de espalda?

—Bien, querida, gracias por preguntar. Solo fue un mal movimiento. —Matías miró primero a su madre y luego a la mujer que intentaba ignorarlo. ¿De qué dolor de espalda hablaban?

—¿Desde cuándo te duele la espalda, mamá?

—Nada importante, Matías. Lo comenté el domingo y ella lo recordó.

—Mamá, si tienes dolores de espalda deberías...

—Matías, por favor. No fue nada —lo interrumpió su madre, golpeando suavemente su hombro para tranquilizarlo.

Matías miró a Sabrina que se regocijaba intentando ocultar una sonrisa. No quería empezar a tenerla entre ceja y ceja... Suspiró y solo para que dejase de sonreír se acercó y besó su mejilla.

—Hola, Sabrina.

—Sí, hola. Bomboncitos, busquen la pelota —les gritó a sus sobrinos casi en el oído de Matías, sin ningún reparo.

Él se alejó cuanto pudo ante el grito y se mordió el labio para no largar las palabrotas que se le cruzaban por la cabeza en ese instante. Auguraba un domingo sangriento si no empezaba a contenerse.

—Hablé con Renata —dijo Iván a su espalda y con esfuerzo, pudo sacar los ojos de la mujer que pateaba la pelota incluso mejor que alguno de sus amigos y para qué negarlo, mejor que él mismo—. Parece que entiende que es trabajo y no me va a dejar otra vez por eso. Solo me queda esperar la propuesta formal y hablar con mi hermana.

—La que no parece estar tan mal como has dicho —casi gruñó Matías al recibir el pelotazo en el brazo.

—¡Perdón! —gritó Sabrina sin mirarlo siquiera.

«Te la debía», pensó, riendo con su sobrino.

—Está entusiasmada porque conoció a alguien. Espero que eso me ayude.

—¿Conoció a alguien?

—Sí, un tal Juan.

Matías entendió todo. Su apatía, su rechazo, su mirada firme... Una espantosa sensación parecida a un golpe en la boca del estómago lo dejó sin aire. No quería analizarla, como todo lo que ella le provocaba, no se animaba a hacerlo.

—Bueno, ya se te solucionan los problemas, amigo.

—Eso parece.

El almuerzo fue un trago amargo de digerir para Matías, no por el asado o el vino que eran deliciosos, sino por la indiferencia de Sabrina y las preciosas sonrisas, incluso carcajadas que desconocía de ella, y que les dedicaba a todos, menos a él.

No era tonto, podía asumir que lo tenía muy merecido, no se había comportado con ella de la mejor manera. Jamás analizaría el motivo tampoco de esos comportamientos. No le importaba en lo más mínimo pensar o analizar nada. No fuera a ser cosa que esos pensamientos derivasen en unos nuevos y esos en otros más y llegase a conclusiones a las que no quería llegar.

Sabrina sonrió ante el mensaje de texto recibido de Juan. No le diría nada a su madre todavía. Juan era poco más que un desconocido aún, con quien pasaba lindos momentos ni más ni menos que eso. Si les contaba a sus padres seguramente ya se ponían a imaginar el vestido de novia.

El argumento del trabajo, aunque usadísimo y común, siempre resultaba la excusa perfecta y fue el que utilizó para escabullirse de la reunión familiar... con agregados esta vez. Estaba algo importunada por la presencia del hombre que, desde hacía varios días, le quitaba algunos suspiros y sueños, además de exabruptos y enojos.

Decidida a no querer sufrir por él, porque no se lo merecía, apostaba a la indiferencia. Una persona egoísta y poco sensible como Matías no merecía ni cinco segundos de su tiempo y le dolía que robase más que eso. Juan, en cambio, se merecía un buen intento. Fue atento, simpático y educado, y lo único que le robó fue un dulce y corto beso de labios cerrados, que la dejó con la esperanza que hacía mucho no tenía.

Tal vez él le podía enseñar a dejar de pensar en Matías.

—Iván, ¿me prestas el coche para volver a casa? Juan va a pasar a buscarme en un rato. Por la noche tiene un compromiso y...

—No me des explicaciones, claro que te lo presto. Me puedo ir con Matías —respondió Iván.

Sabrina tomó las llaves y después de saludar a todos, desapareció.

Tal vez más tranquilo sin su presencia, Matías disfrutó de la tarde con Iván, Francisco y los niños jugando al fútbol. La verdad, no era algo que se le diese muy bien, pero le divertía cada tanto correr detrás de la pelota.

—Me voy, mamá. Creo que ya es suficiente por hoy —le explicó a su madre y con un abrazo, disimuladamente, robó su taza de café para tomar un trago.

No pudo obviar recordar otras tazas de café en unas manos de dedos largos. Sacudió la cabeza para quitar el recuerdo de Sabrina, era inevitable asociarla con el café. Casi no recordaba verla sin una taza en la mano.

—¿Me dejas en casa? Si quieres podemos hacer un partido en la consola, no creo que mi hermana esté, se veía con su chico. —Iván no tuvo ninguna intención oculta al decir esas frases, pero a Matías le cayeron como si hubiese recibido la traición menos esperada de su parte. Tragó saliva con su garganta seca. Estaba ¿cómo definirlo?, furioso, contrariado, curioso, molesto y algo más estaba seguro, pero dejó de enumerar sus emociones.

En el viaje no hubo más referencias a Sabrina, solo una amena y divertida charla con Aurora. Al llegar a casa de Iván, después de dejar a su madre y mientras estacionaba, hubiese preferido que su amigo se mantuviese en silencio y no le dijese nada. Dicen que ojos que no ven, corazón que no siente. Era demasiado decir que su corazón podía sentir algo por esa mujer, sin embargo, algo sintió. Tal vez era... o podía ser... no sabía qué en realidad, pero algo sintió.

—No la molestes—le pidió Iván a modo de advertencia.

—¿De qué hablas? —preguntó en el mismo instante que Iván le señalaba una camioneta azul donde había un muchacho apoyado y sobre el cuerpo de ese muchacho, dato no menor, Sabrina reía y se dejaba acariciar el cabello.

Conocía esa sonrisa. Ella no era la excepción, todas las mujeres tenían una de esas que podían parecer tontas, pero eran deliciosas y dulces cada vez que un hombre les regalaba un piropo o alguna palabra incómoda, sin embargo, agradable y esperada. Evidentemente, ese tal Juan sí sabía decirle cosas que le gustaban. Tal vez, tenía el tacto que él no creía tener para llegar a ella, al menos eso había intuido.

Sus formas no eran las adecuadas para una niña con aires de princesa, pensó escondido detrás de su enojo. Desde ese lugar era más fácil ver o inventar defectos en el otro. En este caso, en Sabrina.

—Vamos a tener que investigar a este tipo —dijo, intentando controlar en vano las sensaciones que estaba experimentando. Un insoportable calor subía por su cuerpo desde los pies hasta la nuca y la tensión en sus hombros se volvió dolorosa. El calor se transformó en ardor al verla besarse con ese hombre y hasta sus dedos dolían de tan apretado que tenía el puño.

—¿Lo hiciste con tu cuñado? —le preguntó Iván, ajeno a todo pensamiento de su amigo.

—Era muy chico. Pero pude inmiscuirme en alguna cita y lograr algún regalo utilizando la amenaza de contarle a mi madre que había visto situaciones comprometidas. —Iván rio con ganas ante la cara de asco de Matías. Lo entendía, no era grato imaginar a su hermana en esa situación.

—¿Los viste? —Ya estaban a punto de entrar al ascensor.

—No, claro que no. Pero sabía que lo hacían.

Matías no quiso mirar, peleó con sus músculos todo lo que pudo, pero perdió: Su cuello giró y sus ojos la enfocaron una vez más para ver un beso de esos de boca abierta, lenguas acariciándose y dedos enredados en el cabello ajeno. Estaban muy pegados, muy abrazados y muy compenetrados.

Al entrar al departamento no lo dudó, era demasiado grande la intriga que tenía que eliminar de su mente.

—¿Dónde vas? —preguntó el dueño de casa.

—A averiguar si tuvieron sexo en tu ausencia. —Algo de su tensión se aflojó y comenzó a distenderse un poco al notar la cama en impecable estado—. La cama está intacta. Podemos quedarnos tranquilos, salvo que hayan usado la tuya —señaló sonriendo y más contento de lo que reconocería jamás.

—¡Por favor, Matías, tiene veintisiete años!

Sabrina estaba feliz o al menos eso intentaba. Juan era dulce, cariñoso y sabía pronunciar palabras agradables. La había besado después de que él le pidiese permiso para hacerlo. Le pareció un detalle exquisito e inesperado, a juzgar por sus últimas experiencias, y ante esa mirada de ojitos tiernos y sonrisa de lado le resultó imposible negarse.

Tal vez no sintió ese torbellino furioso de efectos secundarios, sin embargo, fue un beso hermoso. Ese tipo de besos que dejan una sonrisa tonta en la cara y así, con esa tonta sonrisa, entró al departamento con la emoción todavía cargada en el pecho. Estaba a punto de suspirar sonoramente cuando los vio sentados en el sofá y el alma se le cayó al suelo. Por supuesto, la sonrisa desapareció al instante. La sola visión de Matías con esa cínica mueca en los labios arruinó todo lo lindo que había sentido envuelta en los brazos de Juan.

Pero no se dejaría vencer. Un tropezón no es caída, se dijo y avanzó hasta su cuarto saludando con un simple hola.

—Te vimos —señaló Matías. No quería que se fuese, necesitaba molestarla. ¡Por Dios, cómo necesitaba hacerlo!—. Esos besos en plena calle...

—¿Me estaban espiando?

—Claro que no, para eso necesitarían haberse escondido y estaban a la vista de todos. Incluyendo la mía.

—Déjala en paz —dijo Iván, encerrándose en el baño.

—¿Sabes qué...? No te entiendo —aseguró Sabrina acercándose para que pudiese hasta oler su furia. Si tuviese el coraje hasta disfrutaría de darle una buena y sonora cachetada—. Él es mi novio y tú eres nada, no tengo que darte ninguna explicación. Esto no tiene sentido.

—Tu novio —repitió Matías con algo de sarcasmo.

—Sí. ¿Algún problema?

—Entiendo, tu novio —recalcó, con la vista clavada en el televisor.

Era el momento de la retirada definitiva de la vida de Sabrina. ¿Eso sentirían las mujeres al ser rechazadas por un hombre?, se preguntaba. Porque así se sentía, rechazado. Le costaba asumir que, a ella, él no le importaba; tanto como le costaba verse indiferente ante la nueva noticia.

—Bien —murmuró Sabrina, liberando un profundo suspiro.

—Ajá. —Si quería sonar desinteresado lo había logrado, en eso reparó Sabrina sintiendo como sus ojos se nublaban cubiertos de lágrimas. Se sentía una idiota.

—Adiós —dijo ella, encerrándose en su cuarto. No le dedicaría ni una sola lágrima más.

9

Los días pasaron. Para Matías más lento de lo usual y para Sabrina, más rápidos.

Ella tenía poco tiempo libre en el día, era casi todo consumido por un proyecto nuevo que le había llegado de uno de sus contactos de España. A eso le dedicaba horas sentada en la silla más cómoda del comedor de su casa, después de llegar de la oficina. No tenía mucho que decir al respecto, amaba su trabajo.

Juan, a pesar de promocionar su paciencia, le hizo notar sus ausencias y tuvieron una conversación que le desagradó un poco. Claro que ella era algo inexperta en eso de repartir sus tiempos porque su trabajo lo era todo desde hacía años. Su vida, su pasión, su amor, todo pasaba por esas carpetas y libros. Así había sido por tanto tiempo que no podía todavía entender que debía aprender a dividirse entre sus amores por la historia y sus amores de carne y hueso. A los que tampoco estaba acostumbrada, a decir verdad.

Eso de amores no era tan así, pues todavía no estaba enamorada de su novio. Disfrutaba de su buen humor, de su compañía, de sus besos y caricias, nada más por el momento, y no le parecía poco.

—Tal vez tiene un poquito de razón, bonita —expresó Antonio esa tarde, sentados donde siempre y haciendo referencia a su primera discusión de noviazgo, por el poco tiempo que le dedicaba al mismo.

Sabrina había hecho enormes cambios en su vida, claro que no era demasiado consciente de todos, sí de algunos. Por ejemplo, de que adoraba compartir sus inquietudes y aprendía de los consejos con buena intención de sus amigos y de su hermano. Incluso su cuñada estaba sumándose al grupo de consejeras de la nueva Sabrina.

—Supongo. Nunca tuve que compartir a la historia con un hombre. Siempre preferí la historia.

—Eso no habla muy bien de ti, Sabrina. No vuelvas a repetir esa frase, por favor —gruñó Julito, y Antonio afirmó con la cabeza y algún que otro aparatoso movimiento de manos.

Ya lo había decidido, necesitaba avanzar en esa relación porque estaba estancada a pesar de tener escasos días, y Juan tenía razón. Claro que lo sabía, era muy consciente de eso. Quería ser una buena novia porque él era un buen novio y aprendería a tener una seria relación con él. Era merecedor de todo su esfuerzo. Lo que no tenía muy en claro era cómo modificar sus costumbres sin sentirse infiel a sí misma.

Matías había tenido que hacer un viaje de trabajo de pocos días al sur del país, nada que no hubiese aprovechado. Esa distancia y cambio de aire lo hicieron recapacitar.

Al principio había sopesado la posibilidad de alejarse un poco de su amigo, por ende, de Sabrina también. Al menos, mientras sus deseos y enojos morían lentamente. Pero Iván era su amigo de verdad, no podía apartarse de su vida por una estupidez cometida con su hermana. Estupidez que, por cierto, nadie le había obligado a hacer. Era una persona adulta y como tal asumía las consecuencias de sus actos. Ergo, asumiría esta también.

Ella no había dejado de aparecer en sus noches convirtiendo los sueños en eróticas pesadillas y si hubiese podido elegir, preferiría poder odiarla por eso, sin embargo, esa mujer no era la responsable de sus pensamientos y caprichos. Nunca lo había sido.

¡Con qué claridad veía ahora las cosas!

En alguna que otra conversación con su amigo, durante esas largas noches de tertulia a las que últimamente se dedicaban, pudo atar más cabos, de esos sueltos que tenía en su cabeza. Iván estaba conociendo a la nueva Sabrina mientras le contaba cosas de la antigua, según le relató. Una mujer que contaba sus tristezas y alegrías y compartía un poco más sus intimidades como nunca lo había hecho. También le confesó que descubrió que desconocía muchas cosas, cosas que ella ahora le contaba con naturalidad y a pesar de ponerlo en evidencia como un hermano desconsiderado y ciego, de esos que no podía notar el sufrimiento ajeno, disfrutaba percibiendo el cambio de su hermana.

Iván le hablaba sin mucho detalle por supuesto, porque cuidaba la intimidad de Sabrina. Solo exteriorizaba lo que él sentía al respecto y cómo disfrutaba con todo aquello, porque su sueño de convivencia con su hermana mejoraba con cada día y eso era digno de ser compartido con su mejor amigo. Sin embargo, para Matías, cualquier detalle, por pequeño que fuese y mientras la involucrase, le servía para conocerla mejor y darse cuenta de lo estúpido que a veces podía llegar a ser.

Sabrina resultó ser una dulce mujer que no se creía fuerte ni apreciada y por eso su timidez era siempre su carta de presentación ante la gente. Era simple inseguridad o débil personalidad que estaba dejando de existir lentamente. Esas fueron algunas de las explicaciones de su amigo, tal vez no con esas palabras. Y dio a entender también que los hombres no habían sido una buena colaboración para que ella abandonase esa retraída forma de ser, sino que sus relaciones con ellos fueron el detonante para exacerbarla.

Matías sacó conclusiones propias en esas charlas, que lo subían a una categoría de idiota en su máxima potencia sin escalas intermedias. Al menos así se sentía día tras día.

Se había comportado como un maldito energúmeno con ella. Sin embargo, eso no explicaba ninguna de las reacciones de ambos. Las de ella eran un misterio y así seguirían siendo para él. Las propias podía reconocerlas como algo de frustración e impotencia ante una mujer que le gustaba. Sí, no perdía ni ganaba nada reconociéndolo: le gustaba mucho. Se sentía atraído por ella con un deseo irracional y antojadizo que había aprendido a dominar al verla, en pocas ocasiones, con su novio o sus amigos; o sola, pero indiferente.

Era una niña de papá y una mariposa frágil, después de todo. Era el tipo de mujer que él dañaría sin querer. Ella era ese cielo que jamás podría alcanzar, simplemente, porque no sabía cómo llegar a él.

Estas eran las experiencias que no tenía en su haber, esas que necesitaba para modificar algunas de sus actitudes y replantearse otras. De las que aprendía y tomaba lo mejor. Comenzaba a darse por aludido, ya no era un joven alocado que podía vivir el día trabajando y la noche teniendo sexo con alguna mujer o simplemente divirtiéndose con amigos.

«La vida debe ser algo más», pensó poniendo en marcha su coche para ir a trabajar.

«Tiene que ser algo más».

Sabrina se disculpó con Juan lo suficiente como para que él la perdonase, la pasase a buscar por el trabajo y la invitase a cenar. Pasaron una hermosa velada que bien podría terminar por fin en la cama, pensó ella. Juan lo venía pensando desde hacía tres semanas, la misma cantidad de semanas que tenía su relación. Sin embargo, los tiempos y ocupaciones de ambos habían estado conspirando en su contra desde entonces.

Juan estaba analizando cómo avanzar, ya sentados en el sofá del salón con un café en la mano, como no podía ser de otra manera si se estaba con Sabrina. Ese líquido debía haber teñido la sangre de su novia, pensó.

Juan no se sentía un experto en mujeres y mucho menos en las que eran como ella: poco demostrativas, se podría decir. Porque a todo lo demás, que él sí había adivinado sabiamente, a todas esas características que forjaban la personalidad especial de la mujer de la que parecía que se estaba enamorando, se le sumaba la poca exteriorización de sus sentimientos. Tal vez, como ella decía, era por la inexperiencia o la falta de costumbre o quién sabe por qué, pero así era, y Juan, siendo todo lo contrario, estaba intentando acomodarse.

Sabrina apoyó su cabeza en el hombro de su novio, adoraba su perfume porque era suave y poco invasivo, como él. Era inevitable comparar, cada tanto, a Juan con Matías, jamás llegaba a un punto de similitud, siempre los encontraba opuestos. Juan pedía, Matías tomaba. Juan era ternura, Matías pasión. Juan era tranquilidad, Matías un torbellino. Y si tuviese que poner un color a cada uno, Juan era blanco y Matías, negro.

Suspiró resignada, ya su mente no le respondía, Matías llegaba a ocupar sin permiso más pensamientos de los que ella pretendía. Estaba acostumbrándose a eso, no obstante, no se estaba resignando.

Sintió una mano apretando su cintura y supo que era el comienzo de lo que quería, no lo evitaría. Levantó la cara y se encontró con unos hermosos ojos marrones que la miraban con deseo. Era bonito descubrir el deseo de un hombre por ella.

Juan la besó con inseguridad al principio y ella profundizó el beso llevando su mano al cuello de él y perdiendo los dedos en su cabello despeinado y suave. Sonrió ante la respuesta sonora de su novio y de pronto se encontró recostada debajo de él.

Besos nuevos, embriagadores e implacables estaban poniendo su mente en blanco.

Sabrina deseaba con toda su fuerza sentir pasión, desenfreno, caliente ardor en su espalda, en sus mejillas y en su entrepierna ante un beso, una caricia, un golpe de aliento tibio o un susurro. Y más necesitaba olvidar aquellos que habían robado su paz hasta hacía poco menos de un mes y que añoraba como si fuesen lo único que su cuerpo necesitase para satisfacerse.

Los besos de Juan no sabían a cerveza ni sus palabras eran autoritarias ni sus labios eran esponjosos y exigentes... eran todo lo contrario.

Advirtió una mano en uno de sus pechos y un mordisco suave y electrizante en el cuello. Soltó un gemido sorpresivo y sintió que explotaba de felicidad porque su cuerpo respondía, no era indiferente, podría olvidar. Por fin una luz de esperanza. Apretó más su agarre y el cuerpo masculino se apoyó en el de ella dejando notar cuánto la deseaba, entonces ella aprovechó ese contacto enredando sus piernas en la cintura de él. Otro jadeo ante el roce le robó una sonrisa.

Juan la miró a los ojos y ella le respondió con una mirada igual de intensa.

—Hagamos que haya valido la pena la espera, hermosa.

—Bésame, no te detengas. —Quería más, se sentía insaciable, su cuerpo estaba liberando sus necesidades.

—Salía con Juan, no sé si habrán vuelto. —Se escuchó a través de la puerta y luego sonó la cerradura al ser manipulada con una llave.

—¡Demonios, mi hermano! —masculló nerviosa.

Juan se rio sonoramente sintiéndose un adolescente atrapado por el padre de su noviecita. Se acomodó en el sofá y la ayudó a ella a incorporarse. De tanta risa apenas si lo lograron. Iván, Renata y Matías entraron cuando Juan peinaba entre sus dedos el desordenado cabello de Sabrina, que no podía disimular su risa nerviosa.

—¡Por Dios, qué vergüenza! —le susurró a su novio.

—Tranquila —respondió él con un beso en la frente.

Matías entró justo para ver todo ese despliegue de ternura. Lo odió instantáneamente, no solo al despliegue, sino a Juan y a toda su dulzura. Él jamás sería capaz de hacer algo similar, ¿o sí? Era un eunuco inservible en el arte de amar, así podía definirse y se quedaba corto. Definitivamente, se tenía poca fe en ese aspecto.

—Perdón por la interrupción —dijo Renata, sentándose a un costado después de saludarlos a ambos con un beso.

—No hay problema, estábamos terminando el café. Sabrina no podía no tomar uno después de comer —señaló Juan, haciendo reír a todos y besando la mejilla de la nombrada, que todavía estaba sonrojada.

Matías reparó en ese precioso color y en sus ojitos brillantes enmarcados entre tantas pestañas. Estaba aterrado con lo que su imaginación le decía y no se equivocaba. Miró el lugar que ella dejaba a su lado con furia retenida, era inevitable que su mente la desnudase y la recostase sobre el mullido sofá y pusiese a ese estúpido sobre ella. Sus ideas no estaban tan alejadas de la realidad.

—Amor, ven —gritó Iván desde su dormitorio y Renata abandonó el salón.

—Permiso —dijo Juan, poniéndose de pie para meterse en el baño. Necesitaba recomponerse un poco.

—¿Qué tal? —preguntó Matías a Sabrina, señalando el lugar del baño con su mentón, para hacer referencia a su relación con Juan.

—Bien, conociéndonos.

—Qué bueno —expresó, utilizando todos los músculos del cuerpo para forzar una sonrisa que era incapaz de hacerla parecer sincera.

—Sí —masculló ella sin poder quitar su mirada de la de él. Esos ojos oscuros eran su perdición. Brillaban como nunca.

—Tienes... un botón... —no quiso terminar la frase, ella llevó la mano a su escote y prendió el botón rebelde con un movimiento que pudo hacerlo ver despreocupado—. Me voy. No creo que tu hermano salga de su habitación por un rato, discutieron en el coche.

—Entiendo.

—Bueno, Sabri creo que me voy —indicó Juan al salir del baño, y ella se puso de pie de forma inmediata acercándose a él. Hubiese preferido no estar a solas con los dos, pero no podía hacer mucho al respecto.

—Sí, yo también —volvió a decir Matías. El aire que respiraba de pronto se sintió espeso.

Ambos hombres salieron por la puerta después de saludarla. Juan con un beso en los labios; y Matías, con uno en la mejilla. A ella le dolía reconocer que hubiese preferido que esos besos fuesen justamente al revés. Esos eran los momentos en que se despreciaba.

Matías estaba a punto de cometer un error gigante, no obstante, le era imposible silenciar sus palabras en ese ascensor tan asfixiante y compartido con la única persona que no soportaba tener cerca.

—Una sola lágrima que derrame por tu culpa y tu bonita cara queda desfigurada —decretó sin mirarlo ni expresar ningún sentimiento. La cara de Matías era solo una muestra de rasgos sin expresión cuando Juan lo miró sin poder creer que ese hombre le había dicho lo que había escuchado.

—¿Perdón?

—Limítate a callarte, no me interesa escucharte —sentenció, pero esta vez clavando sus ojos en los de él sin la más mínima duda.

Sabía que estaba siendo un idiota, pero era preferible decir que hacer, porque lo que quería hacer era lo que había prometido: desfigurar su cara bonita.

—Mi hermano no está —avisó Sabrina sin cerrar la puerta. Esperaba que se fuese y no que decidiese esperarlo dentro. No estaba segura de querer compartir un momento con él en la soledad de su apartamento. Todavía no confiaba en Matías, a pesar de que desde que estaba con Juan no la había molestado y eso era de agradecer. Aunque debía reconocer que tampoco se habían visto demasiado.

—Lo sé, fue a casa de Renata.

—No entiendo, ¿qué haces aquí entonces?

—Necesito hablar contigo —aseguró con su voz firme, y toda la seguridad que Sabrina estaba tratando de mantener se desvaneció al escuchar esas palabras. Sus párpados bajaron y sus mejillas se encendieron. Matías se tensó y se alejó de forma inmediata, no podía permitir que esa sencilla imagen modificase nada de lo que había pensado.

Necesitaba disculparse con ella. Ya no podía con su culpa. Además, si su novio era como imaginaba, ya le habría ido con el cuento de su exabrupto y eso sumado a todo lo que le había hecho en el pasado nada lejano... Sí, debía pedir disculpas.

Sabrina debía saber de una vez por todas que él no era ese impresentable que quería ponerla nerviosa. Había tomado la decisión de mostrarse tal y como era, con sus defectos y virtudes y no esconderse en ese hombre insensible que abusaba de su vulnerabilidad por sentirse débil ante su presencia. Tal vez, en otro momento lo hubiese dejado todo sin hablar, tal vez sí. También si ella fuese otra persona, porque entonces poco le importaría, sin embargo, con sus nuevas ideas menos retrógradas y siendo ella la hermana de su amigo, debía aclarar todo. Sabrina tendría su sinceridad a partir de un buen pedido de disculpas, solo esperaba que se las aceptase.

Las palabras de Iván habían calado hondo en Matías y lo último que pretendía era influir en las debilidades de Sabrina, ella no se lo merecía.

—Sabrina. Sé que hice cosas tontas y trastadas que no fueron justas para ti. —Se acomodó en la silla. Estaba nervioso, podía adivinar en los ojos de ella la perplejidad ante sus palabras y no la culpaba—. Quiero que me perdones. Sinceramente te lo pido. Tu imagen de mí de seguro que es desastrosa, sin embargo, te prometo que no soy esa persona. En eso me transformaba para buscar tus reacciones que yo creía que eran otra cosa, no supe darme cuenta de cómo eras y te malinterpreté. Perdóname, por favor.

Le estaba costando horrores pronunciar cada palabra. No era de disculparse, de hablar con sinceridad, de expresar sus emociones; era bastante torpe en esas circunstancias y hasta se avergonzaba al hacerlo, sin embargo, esta vez se obligó y lo hizo tanto por Sabrina como por Iván y, quizá, un poco, por él mismo también.

—No sé qué decir, Matías. Yo... no —titubeaba, porque de verdad no sabía qué decir y mucho menos al no haber entendido eso de buscar sus reacciones y que la había malinterpretado... de todas maneras, no preguntaría. No era capaz de escuchar las respuestas y si las cosas mejoraban desde ese pedido de disculpas, bienvenida sea esa mejora, no lo pensaría mucho.

—No es necesario que digas nada, solo si me perdonas o no. Con eso es suficiente.

—Supongo que sí —murmuró Sabrina, no podía pensar con claridad ante la ¿sorpresa? podría decir. Sí, eso era, una sorpresa. Ese hombre que con tanta suavidad le hablaba sin quitarle la mirada no parecía el mismo que la atosigaba con sus insolencias tan embarazosas como excitantes. No se lo diría jamás, por supuesto—. ¿Entonces tengo que pensar que no eres ese idiota que imaginaba?

—Puedes pensar lo que quieras —le respondió riendo por su sinceridad—. Tal vez sí soy un idiota, pero uno que te pide disculpas.

—Bien, las acepto.

—Perfecto, ahora me voy. —Era eso o volver a dejarse llevar por la tentación de esa mirada temerosa y esas mejillas rosadas—. Antes que me olvide. Esto es muy incómodo... —dijo, caminando hacia la puerta y llevándose las manos a la cabeza, no apostaba mucho a que ese perdón siguiera siendo verdadero después de contarle—, amenacé a tu novio el otro día. Fue algo tonto, pero con buena intención. Quería pedirle que te tratase bien y me parece que no utilicé las palabras correctas.

Matías suponía que con esa mentirilla piadosa bastaría y hasta quedaría bien.

—Algo me enteré.

Los nervios que Sabrina veía en él le daban escalofríos. Esa inseguridad que desconocía en el amigo de su hermano era muy estimulante y hasta le daba gracia. Tanta que su propia risa la tomó por sorpresa. Estaba furiosa con él por lo que hizo con Juan, sí, pero prefirió ignorarlo como venía haciendo desde hacía semanas, y no le iba a hacer ningún comentario al respecto. Eso pensó, sin embargo, ante esa declaración de buenas intenciones su enojo se desvanecía.

—No te preocupes. No lo asustaste mucho, solo lo desconcertaste un poco.

Matías asintió con la cabeza. Hubiese preferido asustarlo y que desapareciese. Todo no se daba como quería y era lógico. Levantó la mano a modo de saludo y cerró la puerta huyendo de sus deseos de acorralarla contra la pared y ver de qué eran capaces sus bocas unidas.

Sabrina no se animó a ponerse de pie, sospechaba que sus rodillas no la mantendrían. Su mente no asimilaba todavía toda la información. Sus ojos se sentían pesados, hacía bastante que no lloraba y si mal no recordaba, la última vez también había sido por él. Sus sensaciones estaban tomando todos sus pensamientos. Tantas preguntas y dudas... El corazón le palpitaba tan deprisa y tan sonoramente que apenas si podía escuchar los sonidos de la calle que se oían por la ventana.

Necesitaba aclararse, poco se conocía ante situaciones semejantes. Por eso había escapado de los hombres, ahora lo recordaba, por todas esas emociones difíciles de manejar, interpretar, solucionar... ¡Qué arduo se le hacía el trabajo de poner las cosas en claro dentro de su mente!

Juan se presentó como una visión entre sus pensamientos y sonrió con tristeza. Era un buen hombre y estaba aprendiendo a quererlo. Era sano, sincero y le hacía bien, ¿entonces qué faltaba?

Tomó su teléfono y se invitó a casa de su cuñada. Necesitaba consejos. Eso ya se estaba transformando en una costumbre también, ahora pedía consejos.

—¡Bomboncitos de chocolate! —gritó de rodillas mientras sus sobrinos la abrazaban y le sacaban de las manos los caramelos que les había llevado.

—No estaría mal que una vez vengas con las manos vacías —le dijo su hermano mayor mientras la besaba en la mejilla.

—Me gusta consentirlos.

—Amanda está en la cocina, yo las dejo solas. Tengo que hacer compras.

Sabrina necesitaba esas distracciones de vez en cuando, sus sobrinos eran su alegría y pasar una hora entretenida con sus inocencias y juegos era esa inyección de energía que tanto había extrañado en la distancia, claro entre tantas otras cosas.

—Niños, vayan a jugar al jardín un rato —indicó Amanda cuando ya veía que Sabrina cambiaba la cara. Los vieron alejarse entre empujones y carcajadas—. ¿Qué pasa, Sabri?

—No lo sé muy bien. Esto de las relaciones es complicado.

—Un poco, sí, y más si piensas demasiado —aseguró su cuñada, con una sonrisa cómplice. La conocía lo suficiente para sacar sus propias conclusiones.

—No entiendo estas cosas del amor y los hombres son tan complicados... ¿Cómo te diste cuenta de que mi hermano era el indicado?

—Bueno, no lo hice. Yo solo le dije que si llegábamos a un noviazgo que superase los tres años (tiempo que nunca había logrado superar con ningún novio), significaba que era el indicado y entonces nos casábamos; él aceptó. Fue una meta personal en realidad. Supongo que el amor influyó, por supuesto que nos amamos y eso lo hizo más sencillo.

—No lo puedo creer.

—Fue así —expuso Amanda, elevando los hombros con desinterés—. Conozco historias de todo tipo, Sabri. Amores locos y apurados. Sé de algunos largos y sin compromiso aparente, pero con una lealtad maravillosa. Están los mentirosos que al principio parecen eternos y son efímeros. Y también están los simples que se toman su tiempo en aparecer y mostrarse. No hay fórmulas, solo hay personas enamorándose, o no, porque esa también es una posibilidad.

—No sé si Juan es el indicado.

—Nadie te apura para que lo sepas ahora. Mira, cuando decidí casarme, yo era muy joven, mi madre intentó convencerme de que esperara, pero nosotros estábamos enamorados y decididos, y nos impusimos con terquedad ante todos. Tu madre nos sentó a tu hermano y a mí y nos dijo que ella no estaba de acuerdo, pero que, como no era su vida, solo podía darnos un consejo basado en los años que había vivido. Recalcó que no estaba segura de estar dando el mejor de los consejos, sin embargo, era lo que como madre sentía hacer.

—¿Qué les dijo?

—Que no hagamos lo que los demás esperaban de nosotros, que hagamos lo que de verdad queríamos hacer. Que seamos fieles a nosotros mismos y no nos conformemos con poco, que vayamos por todo y que en el camino aprendamos a ver las caídas, sufrimientos o fracasos como un aprendizaje y no como una pérdida. Cuando tu hermano la abrazó, agradecido por sus palabras, ella agregó: «Hijo, no te conformes con estar contento cada día, sé feliz».

—Es muy lindo.

—Sí, lo es. Te presto el consejo si te sirve. No siempre es fácil seguirlo, te diría que dificilísimo, pero puedes intentarlo. Yo lo hago.

Sabrina dejó la casa de su hermano casi de noche.

En el taxi, camino a su apartamento, analizó de nuevo las charlas. Sí, las palabras eran hermosas y hasta parecían sabias. Incluso lógicas. Tan lógicas que no entendía cómo se podían hacer las cosas de otra manera, sin embargo, no era fácil y mucho menos si los sentimientos se enredaban tanto unos con otros y nada se veía claro.

Suspiró tantas veces que ya había perdido la cuenta. No conseguía cerrar ninguna idea.

Al llegar, se encontró con Juan sentado en su camioneta, esperándola. Era tan atractivo, a sus ojos, claro. La miraba con dulzura y su sonrisa se ensanchaba de una manera preciosa al verla, aun así, sus rodillas no se aflojaban ni sus palmas sudaban cuando se acercaba. Suponía que la costumbre de verlo y saberlo su novio influía y en eso se apoyaba para continuar investigando sus sentimientos.

—Te llamé —le informó, saludándola con un casto beso. Sabrina miró su móvil y comprobó que estaba apagado por falta de batería.

—No me di cuenta. Estaba en casa de mi hermano y conversando se nos pasó el tiempo.

—No importa, ya estás aquí. Te extrañé. Mucho. —Juan, después de decirle esas palabras, la abrazó y la besó sin demasiada pasión por estar en la vía pública. Sabrina no supo qué responder.

Subieron en el ascensor charlando de todo y nada, poniéndose al día como era su costumbre. Cuando ella quiso caminar hasta la cocina para ofrecerle algo de tomar, Juan tiró de su mano para pegarla a su cuerpo con un simple movimiento. Inesperadamente, se encontró entre sus brazos y con la mirada masculina clavada en su boca.

—Terminemos lo que habíamos empezado. No logré concentrarme en todo el día. Te necesito, Sabri.

No pudo articular ninguna palabra porque se vio invadida por una lengua tibia y considerada que acariciaba la suya con una ternura increíble. Las manos de Juan parecían estar en todos lados a la vez, no estaba respetando límites, no tenía suficiente control para eso y Sabrina no pensaba ponerlos.

—¿Iván? —preguntó Juan sin despegar los labios de los de su novia y mucho menos las manos de la cadera de ella.

—Supongo que en casa de Renata. Me dijo que no venía a co... —No pudo terminar de hablar. Rio ante la desesperación de su novio y se dejó llevar no solo mentalmente sino físicamente, porque él guiaba sus pasos hasta su cuarto—. Juan.

—Nada. Es hoy, Sabrina —dijo, cerrando la puerta con el pie sin dejar de besarla.

Ella se alejó un instante para respirar con comodidad. Necesitaba aire. Sin perder de vista a Juan que le sonreía con los ojos vidriosos y la respiración agitada desprendiéndose la camisa, se dejó caer en la cama. Él la siguió sin espera alguna, se tendió sobre ella acariciando su cabeza y sus mejillas, y volvió a besarla. Comenzaron a quitarse la ropa entre los dos, con la rapidez y torpeza propias de la urgencia.

—Por fin, Sabri. Te deseo tanto.

—Bésame, Juan. Bésame. —Quería sentir todo lo que sus cuerpos prometían. Necesitaba olvidar todos sus pensamientos, esos que la guiaban por el camino contrario al que su mente le indicaba que era el correcto.

Las manos de Juan eran tibias y suaves, la acariciaban con parsimonia y ternura. Sabrina cerró los ojos y lo abrazó para poder sentir la piel de él sobre la suya. Era una sensación deliciosa y más deliciosa fue cuando él volvió a besarla como la otra noche, obligándola a pensar solo en él o, mejor dicho, en ambos derritiéndose por la pasión de su encuentro y en ese instante que tanto estaban deseando. Nada más.

Gimió bajito al sentir una mano entre sus piernas y los labios en su pecho derecho. Sus uñas rasparon la piel de la espalda masculina y lo escuchó gruñir.

Sus cuerpos se descontrolaron, se fundieron uno en el otro y sus respiraciones se unieron ante el placer que sentían. Todo era como tenía que ser: excitante, apasionado, dulce por momentos e intenso cuando las miradas se juntaban. Acalorado y sudoroso, con gemidos y jadeos, sonoros encuentros de cadera, piernas enredadas, manos curiosas y lenguas atrevidas.

El final buscado llegó primero para Sabrina y luego para Juan que, después de tensarse y bufar de satisfacción, se dejó caer sobre la cama transpirado y agitado.

Sabrina no sintió esas explosiones que imaginó sentir, ni los rayos ni los huracanes internos que alguna vez erizaron su piel, tampoco vio las estrellas al cerrar los ojos. Su orgasmo vino sin nada de lo que sus fantasías habían inventado. Su cuerpo no fue del todo satisfecho. No era de muchas experiencias, aun así, sabía lo que el éxtasis producía en ella. Cerró los ojos con fuerza y se castigó pensando en que ella había puesto demasiada carga y anticipación en ese acto.

«La próxima vez será mejor», se dijo, abrazando a Juan que la apretó contra su pecho y besó su frente.

—¿Estás bien, Sabri?

—Muy bien —mintió. Él no tenía la culpa de nada, pensó. Él había hecho todo bien—. ¿Tú?

—Perfectamente. —Juan suspiró antes de volver a besarla, no había puesto más que deseo en ese momento y sus necesidades sí habían sido compensadas, satisfactoriamente compensadas. Le sonrió con complicidad y le guiñó un ojo.

—¡Llegué! —avisó Iván, golpeando la puerta del cuarto con sus nudillos. Era una costumbre que había adquirido el notificarle a su hermana su llegada.

—Voy, Iván. Ya voy —respondió Sabrina sobresaltada, intentando ponerse de pie. No quería que entrase y los viera.

—No va a entrar, trabé la puerta —susurró Juan impidiéndole alejarse de su cuerpo y comenzando a reír—. La próxima vez es en mi casa, esto es frustrante.

—Perdón, lo sé —respondió ella, dejándose besar por última vez antes de vestirse. Demás estaba decir lo embarazosa que resultaba para ella esa situación.

Salieron de la mano y se encontraron con Iván tomando un vaso de agua frente al televisor. Ni se inmutó al ver a Juan salir del cuarto de su hermana, lo saludó como de costumbre con un apretón de manos y lo vio despedirse de ella en la puerta del apartamento. Con los veintisiete años que contaba su gemela, por poca experiencia que tuviese, lo más lógico y normal era que mantuviera intimidad con su novio. Extraño sería que no.

—Perdón —pidió Sabrina abrazándolo por la cintura.

—¿Por qué? —preguntó él sin entender demasiado, pero no dejó de responder al abrazo.

—Por lo de Juan...

—No me molesta, Gruñona, puede quedarse a dormir, también. Renata lo ha hecho... —dijo elevando los hombros.

—No me gusta. Es incómodo para mí. —Sabrina ya estaba caminando hacia la cocina para preparar café—. Trabajaré hasta tarde y, Tonto, te conviene no decirle ni una palabra a mamá porque empieza con eso de que trabajo mucho.

10

Matías, últimamente, estaba desganado. Aburrido. Demasiado tranquilo, tal vez esa era la palabra adecuada. Concentrado en el trabajo, más de lo normal, por cierto. Apenas si había salido en las últimas semanas y solo a tomar alguna cerveza con amigos. Las mujeres seguían por ahí, en la calle, en las oficinas, en los bares, sin embargo, para él habían desaparecido las interesantes y por más que mirase a su alrededor no le atraía ninguna como para hacer el esfuerzo de soltar al perro de caza que habitaba en su interior.

La única alegría que tuvo en esas pocas semanas, además de crecer, porque así se decía frente al espejo: «Creciste, amigo, era hora» fue el haber obtenido el perdón de Sabrina. Ya podía dormir sin culpa, ahora estaba todo en manos de ella y vería su reacción esa misma noche por primera vez.

Mientras se afeitaba conversaba en silencio con su imagen en el espejo intentando no parecer ni estar tan ansioso. Pensaba que, a veces, la gente decía te perdono y eran solo palabras vacías, porque el perdón implicaba al menos la intención de olvidar y empezar de cero. Esperaba que Sabrina pensase parecido y al verlo no le gruñese o lo matase con la indiferencia como, últimamente, hacía. Pretendía tener una relación amistosa.

Retuvo unos segundos a Sabrina en su cabeza. Pocos segundos... se había prometido ahuyentarla cada vez que invadiera sus pensamientos. Igualmente, ese poco, fue el tiempo suficiente como para lograr sonreír con una enorme mueca que llegaba a sus ojos formando pequeñas arruguitas, porque su imaginación jugaba duro con él… no la recordó bailando con sus amigos con sensualidad ni besando a su novio apasionadamente, tampoco con esa falda larga pegada al cuerpo y sus ojos maquillados, no. Él la recordó ruborizada, con la vista baja y enfundada en uno de sus enormes pijamas; eso logró que su pantalón apretarse justo a la altura de su bragueta.

«Es la falta de acción», se dijo intentando convencerse, «no me vendría mal una noche de sexo».

—Nos quedamos dormidos, Juan —gritó Sabrina sobresaltada, y buscando el primer pantalón que estuviese a su mano.

—La culpa es tuya, me cansas demasiado —bufó el nombrado, estirándose desnudo en la cama de ella y mirando con una enorme sonrisa a su nerviosa novia haciendo malabares mientras se vestía rápido.

Las sensaciones al hacer el amor con Juan estaban mejorando. No todos los días eran increíbles, sin embargo, eran lo suficiente para que Sabrina le tomase cierto gusto a esos momentos y continuase con ganas de seguir buscando la perfección después de unos seis o siete intentos positivos. Lo cierto era que no había estrellas al final, pero alguna que otra explosión consiguió y eso la convenció de que era cuestión de confianza, de conocerse, de dejarse llevar y de evitar la vergüenza de mostrarse desnudos. Eso no le era demasiado fácil a ella. Juan la miraba con deseo y la recorría con sus ojos y manos de una forma intensa, incomodándola por momentos.

—Vístete, por favor, ya están llegando. Los escucho… ¡Por Dios, que vergüenza… siempre me pasa a mí!

Iván, tres de sus amigos de juegos, Steven y Matías ya estaban tomando sus posiciones en los sillones, con varios platos de *snacks* y sus botellines de cerveza en la mesa frente a ellos.

Sabrina había tenido la intención de irse a pasar el rato a casa de Francisco, pero ante la visita inesperada de Juan y varios mimos después del saludo de bienvenida, una cosa había llevado a la otra y habían terminado enredados en la cama, desvistiéndose sin pensar en la hora y después de hacer el amor, el sueño los había vencido.

—Estoy medio dormido todavía, no me apures —pidió intentando tirarla en la cama otra vez, pero ella se resistió—. Ay, no. ¿Qué hora es? —preguntó Juan de pronto, sobresaltándose y asustando a su novia en el proceso.

—Tarde.

—Me olvidé. Demonios, me van a matar.

Juan tardó dos segundos en ponerse de pie y vestirse. Se había olvidado que era el cumpleaños de su hermana menor y no podía faltar. Por supuesto, Sabrina no tuvo la menor intención de ir. Todavía no estaba segura de esa relación ni de los sentimientos que implicaba, por ninguna de las dos partes, a decir verdad. Ante su negativa, Juan solo dijo: «como quieras», simplificando las cosas. Así era todo con él, simple; entonces, de más estaba inmiscuir a personas que después podían ser el mayor escollo a la hora de separarse, porque esos sentimientos sí que crecían rápido. Encariñarse con pequeñas cuñadas y suegros amorosos no era complicado.

Ella lo miró cambiarse a la velocidad de un rayo y sonrió casi con tristeza. Era una cruel verdad que nunca había sentido la necesidad de decirle a Juan algo bonito, aunque no era de grandes palabras ni demostraciones afectivas, pero tal vez una palabra que indicase algo más podía surgir, un apodo, un diminutivo... sin embargo... no, no era así. De parte de su pareja tampoco y eso la reconfortaba.

¿Patética, conformista, insensible...? Sí, todo eso y más sentía que era. Pero tenía sus dudas y preguntas sin resolver, y si analizaba un poco fríamente la situación podía concluir que todo lo que vivía con Juan tenía un final a la vuelta de cualquier esquina. Solo era cuestión de tiempo, simplemente, porque todavía no habían llegado a *esa* esquina.

Ya listos, se besaron y sonrieron cómplices, como dos niños traviesos frente a la puerta todavía cerrada.

—¿Preparada?

—No, nunca lo estaré, pero —suspiró varias veces cambiando el aire y aflojando los hombros para disimular una naturalidad por la situación que no sentía— vamos.

Abrió la puerta y salió sonriendo de su cuarto seguida por Juan que la abrazó por la cintura y le besó la cabeza a modo de apoyo.

—Gruñona, no sabía que estaban —señaló Iván sin dejar de mirar la pantalla del televisor.

Varios saludos se oyeron juntos y confusos, pero a ninguno le dio demasiada importancia. Sabrina solo saludó en general. El único que recibió una atención diferente fue Steven que se plantó frente a ella para darle un sonoro beso y un abrazo, como era costumbre. Ya no tenía esa necesidad de observar su belleza, no podía creer que se hubiese acostumbrado a esa presencia sin inquietarse. Sin embargo, pudo sentir la tensión ante la presencia de Matías, claro que sí, esa mirada oscura y turbadora atravesaba todo lo que se interponía entre ellos.

No era inmune a él, estaba aceptando el hecho desde hacía... desde siempre.

Juan la siguió hasta la cocina después de saludar a todos con su simpatía y hermosa sonrisa, ajeno a toda la molestia de Sabrina. La abrazó una vez que la tuvo cerca y besó sus labios notándola tensa.

—Todos estos hombres tienen sexo, no te avergüences. No te juzgan.

—No es eso... es que... que puedan imaginar que tú y yo estábamos... ¡Qué horror! —susurró entre risas, escondiéndose en el pecho de Juan que reía con ella y la envolvía en sus brazos. No podía estar más acalorada y suponía, ruborizada. Al menos, su nueva y mejorada relación con Matías la alejaba de sus maléficos comentarios, pensó.

Pero a Matías no se le hubiesen ocurrido dañinos comentarios para hacer reír a todos y ponerla nerviosa a ella por más que no hubiesen mejorado la relación, su estado era un poco alarmante como para tramar algo parecido.

«Si hasta los ojos hinchados tiene», pensó, imaginando el motivo del encierro de ese par en la habitación de ella. «Desubicados».

Giró su cabeza, con disimulo, por supuesto, y los vio abrazados y riendo en la cocina. En la misma cocina que había descubierto esas tupidas pestañas, esa boca dulce de mermelada y café y ese rostro oculto por una personalidad reprimida.

«Sí, reprimida... antes, porque ahora...»

Otra vez estaba furioso con ella y con Juan. Bueno, a él lo había odiado desde el minuto cero.

Los vio despedirse entre besos y arrumacos y después escuchó el saludo general del odioso novio que, por supuesto, ignoró y no respondió. No era una actitud adulta y lo sabía, sin embargo, poco le importaba. Cuando la vio cerrar la puerta tras la despedida de ese… ese… Juan, solo entonces, liberó el aire retenido. Tal vez la sola presencia de él lo ponía nervioso, aunque jamás lo reconocería. Observó a Sabrina abandonar el salón y encerrarse otra vez en su habitación. Contuvo un bufido. Hubiese ido a conversar con ella, solo quería ver su reacción, estaba esperando eso y no había pensado en otra cosa desde esa misma mañana… Hacía días que no la veía y…

—Me voy. —Escuchó que ella decía mientras él daba un largo trago a su cerveza refrescando sus ideas—. Me llevo el coche, Iván.

—Claro.

—Te acompaño abajo. Olvidé algo en el mío —señaló Matías, sin pensar. Solo accionó su cuerpo hasta la puerta, cerca de ella, quien lo único que buscaba era huir del momento y de las supuestas miradas que la avergonzaban, o sea, ninguna. Porque todo estaba en su cabeza, nadie la observaba o juzgaba o pensaba nada, pero ¿quién la convencía de lo contrario?

—¿Cómo va todo? —preguntó Matías, ya dentro del reducido espacio del ascensor.

—Bien.

—Qué bueno. No queríamos interrumpir. —«Estúpido», gritó alguien en su cabeza, nada más y nada menos que su conciencia haciéndolo arrepentir al instante.

—No me lo hagas más difícil, Matías. Estoy demasiado avergonzada como para aguantar tus bromas.

—Perdón. Está bien, no hago bromas. Igualmente, no tienes por qué estar avergonzada, somos todos mayorcitos. —Pudo ver todo en esos bonitos ojos marrones: el pudor, sobre todo, después, una pequeña sonrisa que dibujaban sus labios tentadores y también observó sus mejillas sonrojadas. Eso le encantó, no podía negarlo.

—Cambiemos de tema —pidió ella, logrando una carcajada en él.

Sabrina no pudo no reparar en ese gesto, en ese movimiento de cabeza hacia atrás exponiendo su masculino cuello y los huesos de la mandíbula. Tan varonil le pareció la imagen, que hasta la piel se le erizó. El sudor de las manos estaba controlado porque estaban dentro de los bolsillos del pantalón. El calor subiendo por su espalda e instalándose entre los omóplatos era otro tema.

Salieron a la calle todavía sonriendo. Entonces, Matías se encontró con la mentira que se había inventado y no supo cómo reaccionar o qué hacer. Lo primero que se le ocurrió fue preguntarle a ella si quería que la acompañase, pero ella señaló el coche de Iván que estaba estacionado en la puerta y sonrió con una dulzura que a Matías le hizo aguantar la respiración.

—Como quieras, son dos o tres pasos, pero si te deja más tranquilo —le dijo, mirando sus ojos y luego su boca. Eso, Matías creyó que lo había imaginado, sin embargo y cayendo en la tentación de todas formas, la saludó con un impaciente beso en la comisura de los labios y, llevando su mano a la nuca de ella, se aseguró que Sabrina lo sintiese y no dudara de que había sido real.

Y así fue, tan real le pareció a ella, que todo su cuerpo se tensó. Desde los pies hasta la cabeza pudo sentir el maldito escalofrío que la enfrentaba con una triste realidad que no quería reconocer bajo ningún punto de vista: mientras Matías estuviese pululando a su alrededor no podría olvidar las sensaciones que su cuerpo experimentaba con un solo roce de él en cualquier parte de ella o con una simple mirada.

Ya sola en el vehículo silencioso, cerró los ojos y suspiró. Ahí estaban sus dudas, sus preguntas, sus miedos de estar engañando a Juan y engañándose a ella misma inventando y buscando algo en una relación que no tenía nada. Todo se presentó con una claridad casi brillante ante sus ojos cerrados. Juan no era importante para su corazón, al menos, no en sentido romántico. No podría jamás ocupar un lugar que estaba ocupado por la persona menos indicada.

Matías la vio encender el coche y desaparecer en la noche. Ofuscado consigo mismo se golpeó la frente con la palma de la mano.

—Dijiste que no la molestarías más. ¿¡Qué carajo estás pensando!? Idiota —se dijo en voz alta.

Sabrina intentó dejar atrás todo pensamiento, así como lo dejaba a él, que se iba haciendo cada vez más pequeño en el espejo retrovisor. Fue imposible, no pudo. Ese hombre producía en su cuerpo tantos pequeños efectos de diferentes intensidades que era incapaz de apreciarlos a todos. No era justo y por eso intentaba reprimirlos, claro que sin conseguirlo. Esos efectos eran los que esperaba con Juan, incluso también esperaba que fuese él, porque debía ser él, quien ocupase la mayor parte de sus pensamientos, no Matías.

Esperaba cosas imposibles.

Sabrina llegó al bar donde estaban sus amigos y sonrió al encontrarse entrando a un lujoso, moderno y simpático espacio adornado por hermosos sofás y mesas bajas entre ellos, luces de colores tenues y el sonido de música de la buena y a un volumen razonable, como para permitir la charla. Justo el lugar que elegiría Antonio, pensó y así había sido.

Se dejó caer a su lado en uno de los sillones. Saludó a Julito y a su simpática y silenciosa novia que estaban justo enfrente.

—Pensamos que no vendrían. ¿Y Juan?

—Tenía el cumpleaños de su hermana.

—¿Y esa cara? —preguntó Bautista, volviendo de la barra con algunos tragos en la mano.

—Es la única que puedo tener al haberme hecho consciente de que Matías gira en mi cabeza y no lo puedo sacar ni con la presencia de Juan en mi vida. Listo, lo dije en voz alta, ya no hay vuelta atrás.

—Ay, bonita, eso está muy mal. ¿Qué piensas hacer con Juan?

—No lo sé. Es un divino, pero está hecho para cualquier otra mujer, no para mí.

—Dame un abrazo, Bau —pidió Antonio a su novio al ver los ojitos vidriosos de Sabrina. Ella estaba al punto del llanto y eso mismo era lo que su amigo quería evitar esa noche. Por ese motivo, en escasos segundos la convirtió en el jamón de un sándwich hecho por él y su novio. La envolvieron con sus enormes brazos y besaron sus mejillas con sus carnosos labios logrando que todos rieran.

A veces el cariño dolía y más cuando ese cariño llegaba en forma de abrazo dado por dos hombres sin delicadeza y con fuerza, pensó la mujer. Pero agradecía el gesto, ya que gracias a ellos estaba riendo a carcajadas y olvidándose de todo lo demás.

Sabrina había hecho dos grandes elecciones en su vida, de las que jamás se arrepentiría porque esas dos maravillosas cosas la llenaban de mejores momentos, felicidad y alegría. Una era su profesión y la otra su amistad con Antonio. Gracias a él había conocido a todos los que en ese instante la rodeaban y le daban esa cuota de energía, buenos consejos y sanos sentimientos; los que le habían escaseado casi toda su vida adulta. Había ignorado la falta que le hacían esas presencias, por desconocimiento tal vez, pues ya no más.

Tres días, tal vez, cuatro si contaba las horas exactas, habían sido los necesarios para definir las palabras que utilizaría con Juan. Odiaba de verdad romper con él, porque era lo más parecido al hombre perfecto, ese que sus ideas le presentaban como el príncipe de los cuentos. Era cariñoso, buen mozo, simpático, educado, inteligente y tantas otras cosas... cosas que no era capaz de amar. Hasta culpable y desagradecida se sentía por no hacerlo.

Ese era el real motivo de su ruptura con él, no podía amarlo. A pesar de haberlo intentado, no lo había logrado.

Algo similar, palabras más o palabras menos, le explicó a Juan que ante una primera reacción, había querido convencerla de seguir un poco más.

—Juan, seamos sinceros. No me amas. Nunca me dijiste te quiero en estos meses.

—Tal vez, pero tú tam....

—Yo tampoco, lo sé. No te estoy recriminando, solo estoy siendo realista. —Después de interrumpirlo, acarició su cara y le sonrió con ternura. Era un gran hombre—. Es una frase tan común... pero te juro que sale de mi corazón. Allá afuera está la mujer perfecta para ti, esa que va a saber apreciar todo lo lindo que tienes y va a aprender a amarte como yo no pude, o mejor y más, seguramente. Ella va a caer de rodillas ante tus miradas y tus preciosas sonrisas. Eres increíble, pero no eres para mí y yo no soy para ti.

Esas fueron algunas de las cosas que se dijeron. Todas sinceras e indoloras. Hasta que, sin nada más que decir, se miraron muy fijamente y se fundieron en un apretado abrazo. Juan la besó por largos minutos y se alejó con un sonoro suspiro.

—Nunca podré olvidar la dulzura de tus besos, Sabri. —Ella solo sonrió y con un último abrazo lo vio partir—. Me haces una llamada cada tanto, solo para saber que te va bien. ¿Prometido?

—Prometido —aseguró ella al cerrar la puerta y con ese simple movimiento cerró también un hermoso capítulo de su vida que le había dejado muchas más enseñanzas de las que era capaz de reconocer.

Lo que faltaba de la semana se lo tomó como si fuese un volver a empezar. Debía organizar otra vez sus rutinas, sus preferencias y sus tiempos. Otra vez la historia ajena, tan remota y atractiva, pero ajena llenaba sus días en forma exclusiva. O no. Ya no, ahora tenía amigos y una familia que ocupaba su tiempo. No, ya nada era como antes. Ella ya tampoco era la de antes.

Era viernes por la tarde, casi noche y Matías había desafiado a su amigo a un partido en la consola. Desde que estaba de vuelta con Renata, este le dedicaba menos tiempo y no lo culpaba ni lo juzgaba, solo le reclamaba un poco. Y aunque prefería su casa a la de Iván este insistió en que estarían más cómodos en la suya (por los gritos y el sonido alto) y ahí estaba. Su madre agradecida.

—Creo que en un mes me dan la fecha.

—¿Ya se lo dijiste a Sabrina? —Conversaban sobre el viaje de trabajo de Iván aprovechando que ella no estaba.

—Todavía no. Lo haré cuando sepa el día que me voy. A propósito de mi hermana… cortó con Juan, no le preguntes por él. Es una lástima porque era un buen hombre.

Eso Matías lo ponía en duda, solo porque sí. Con todo el aplomo del mundo siguió con el control del juego en la mano y apretando los botones necesarios. Tal vez era tanta la práctica que podía hacerlo sin utilizar la mente que estaba en otro lado.

—¿Y cómo está ella?

—La veo bien. No quiero preguntar demasiado, todavía es pronto. Lo único que ahora sí me preocupa, gracias a tus ideas de tener que saber con quién está mi hermana, es que el próximo sea algo parecido a ti o a Andrés —aseguró Iván, haciendo referencia a un compañero de trabajo de treinta y seis años al que ya no le contaban las mujeres que había tenido, argumentando que no existía un número tan grande.

—Gracias por tener tan buena imagen de mí.

—No te pongas así, amigo, la verdad no ofende. Y voy a dejar en tus manos su cuidado. ¿Puedo tener tu promesa? ¿La vas a cuidar cuando no esté?

Matías todavía estaba analizando las palabras anteriores como para lidiar con esa promesa. ¿De verdad era una mujer tan frágil que con sus besos y abrazos podía romperla? No lo haría nunca, al menos no a propósito. Pero tal vez su forma de querer sí podía destrozar lo que ella estaba reacomodando, o no... Negó con la cabeza. En silencio se reprochó pensar en algo tan tonto e imposible y volvió al presente.

Cuidaría de ella, sí. Era capaz de hacerlo. ¿Era capaz de hacerlo? No lo tenía muy claro, al menos, no sabía si lo haría sin meterse en problemas, sin embargo, le debía a su amigo la promesa y el intento.

Sería sencillo, debía tener las reglas claras. Solo necesitaba mantenerse cerca, pero no tanto como para ver sus sonrojos ni oler su perfume o poder apreciar sus maravillosas pestañas, ni ponerla lo suficientemente nerviosa como para que le esquivara la mirada. Fácil. Incluso avisaría antes de llegar para no encontrarla enfundada en esos espantosos pijamas antisensuales que le provocaban una erección con solo recordarlos. Y jamás tomaría un café con ella o, al menos, si lo hacía no se acercaría, así evitaría ese intenso y delicioso olor saliendo de sus labios calientes.

—Eso no se pregunta. Dalo por hecho —respondió, sonando seguro de sus palabras.

Ese primer domingo de vuelta en la soltería, para Sabrina era diferente. No se preguntaba los motivos solo disfrutaba la hermosa sensación de creer poder con todo por primera vez en su vida. Incluso frente al espejo, al ponerse ese jean un poco más ajustado de lo normal para ella, se sintió linda, atractiva. No recordaba qué era lo que había pensado al comprar algo tan inusual para ella, aun así, agradecía haberlo hecho.

Conversando días pasados con su madre y Amanda, aseveraron que le quedaban hermosos los cambios que había tenido desde su vuelta de Roma. Sí, eso dijeron literalmente: «te quedan hermosos los cambios», porque creían que hasta la piel más luminosa tenía, la sonrisa más amplia, la mirada más clara y esa personalidad que antes ahuyentaba a la gente había mutado en una deliciosa que llamaba la atención de los demás.

La verdad era que Sabrina no creía que sus cambios fuesen físicos, aunque esas mujeres que la conocían y la querían sanamente lo aseguraban. Para ella eran palabras de madre, poco imparciales por ese mismo motivo, y de una cuñada, hija única y sin hermanas menores que, además, la adoraba desde el mismo día que la había conocido. Por lo que poca objetividad podía esperar, no obstante, no estaban tan alejadas de lo que ella misma sentía al verse y, a veces, no reconocerse en el espejo.

—Llegamos, perdón por la tardanza. Sabrina, tu tarta prometida —dijo Aurora, entregándole una bandeja con una tarta de manzanas recién horneada, después de darle un sonoro beso en la mejilla.

—Gracias, Aurora. No creo ser capaz de compartir.

—Aprendí a robar porciones desde muy chico —explicó Matías, besando su mejilla y sin abandonar una perfecta sonrisa.

Sonrisa que a Sabrina le produjo taquicardia.

Matías alejó la mano de la cintura de esa mujer que cada día que pasaba le parecía más hermosa. Su cuerpo respondía con naturalidad a ella como si le perteneciese, como si fuese el camino lógico.

Acercarse a ella, mirarla, olerla, tocarla y, por qué no, besarla ya eran una costumbre para él, claro que solo en sueños por el momento. Aunque si recordaba las palabras de su amigo, ahí quedaría esa costumbre: en fantasías. Prolíficas, creativas, divertidas, interesantes y tantas otras cosas... pero solo fantasías.

Para empezar a practicar ese «mantenerse lejos» al que estaba obligado, se sentó a comer lo más distante posible de su perdición y hasta intentó evitar mirarla. Sintiéndose tan fuerte por haberlo logrado y con la confianza necesaria para asegurar el final de la tarde en las mismas condiciones, aceptó el desafío que propuso su amigo.

—Fútbol. Sabrina, niños, y Frank en el arco, contra Matías y yo —indicó Iván, rodando la pelota entre sus manos.

—Los vamos a destrozar, tía.

—Así se habla, bomboncito —señaló ella riendo y robándole la pelota de las manos a su hermano.

Matías interrumpiría sus domingos ni cambiaría todas sus costumbres, de ninguna manera, pensó Sabrina. Si ella quería jugar fútbol con sus hermanos y sobrinos lo haría sin importarle el pequeño detalle de que él fuese su contrincante.

No buscaba gustarle y no quería provocarlo, por el contrario, ella solo quería olvidar lo maravilloso que era ante sus ojos y ser invisible ante los de él. No era mucho pedir.

Todo iba de maravilla. Hasta el gol había sido casi mágico como resultado de un enfrentamiento cuerpo a cuerpo con Iván, que Sabrina había ganado sin que le regalasen ventaja alguna. El próximo era el gol de la diferencia, solo para quedarse tranquilos y estaba a punto de conseguirlo.

Matías no estaba dispuesto a ser derrotado. Su orgullo se lo impedía. Se ubicó frente a Sabrina, quien dominaba la pelota mejor que él, de todas maneras, lo intentaría, tenía que quitársela. Puso un pie y la rodilla con la mala suerte de que en el mismo instante ella cambió de dirección y se tropezó, no solo perdiendo el balón sino el equilibrio. Y lo hizo cayendo sobre él quien, como todo hombre deportista acalorado, se había quitado la camiseta. No era un detalle menor ya que Sabrina terminó sobre su cuerpo y las manos apoyadas sobre el pecho desnudo. Su rostro demasiado cerca del de él y de la cintura para abajo todo rozaba con todo.

«Una delicia», pensó Matías.

«Una vergüenza», pensó Sabrina.

«No quisiera tener que levantarme jamás», pensaron los dos.

Sin conocer demasiado bien el motivo, Sabrina movió los dedos sobre la piel del pecho de Matías y se le antojaba demasiado suave para ser de un hombre. Ese simple toque lo obligó a él a inspirar profundo y a cerrar los ojos para disfrutar ese fragmento de tiempo tan ínfimo como intenso.

—Perdón —pidió ella, reaccionando de golpe y volviendo a escuchar todos los gritos y sonidos que los rodeaban—, pero te interpusiste entre mi gol y yo.

—¿Estás bien? —Matías solo pudo sonreír, todavía no pensaba correctamente. Apenas si recordaba que estaban jugando al fútbol.

—¡Eso fue falta! —gritó uno de los sobrinos, y se desencadenó una pelea verbal que ni Matías ni Sabrina pudieron mantener. No eran capaces de hilar dos palabras seguidas. Ni siquiera fueron conscientes del tiempo transcurrido en esa maldita, o bendita, posición; dependía del punto de vista de cada uno.

Para Sabrina la excusa perfecta para acabar con el partido fue limpiarse el raspón de la rodilla que se hizo aún con el pantalón puesto. Lo mismo pasó con la espalda desnuda de Matías, sin embargo, él no puso excusas ni abandonó el juego. No obstante, ante la única baja, la de la mejor jugadora, lo dieron por terminado. Iván, con discusiones y cosquillas a sus sobrinos, dio el partido ganado por los contrarios.

María, ajena a todo lo que entre Matías y Sabrina había, le pidió a su hija que le limpiase las heridas y le pasase un poco de desinfectante a la espalda raspada del joven ya que lo hacía con su propia rodilla. ¿Qué tanto sacrificio podía ser? ¡Si supiera!

—Sí, mamá. Yo lo ayudo. —Había sido la respuesta que todos oyeron. Los gritos e improperios en italiano estuvieron solo en su cabeza y hasta uno, irrepetible, en inglés sonó también.

Hubiese agradecido un par de guantes de esos que usan los médicos porque no quería tocarlo, sin embargo, no tenía opción. Y para qué mentir, la ilusión de hacerlo por única vez era bastante atractiva.

—Quédate quieto.

—No me estoy moviendo. —Era cierto, pero ella necesitaba un poco de distracción. Para Matías también había servido porque el aliento de Sabrina en su nuca y los dedos fríos en su espalda no eran precisamente un castigo, sino un premio inesperado que pensaba disfrutar a pesar de los efectos colaterales—. Eso arde, Sabrina.

—Sé hombre —respondió ella y sopló. Vio como la piel de la espalda de Matías se erizaba y escuchó la inspiración profunda. Ella no le dio demasiada importancia, jamás se atribuyó esa consecuencia, pero bien sabía él que ese simple soplido había originado un huracán en su interior. Lamentablemente, ahora era imposible para él ponerse de pie frente a ella.

—No te preocupes, ya está bien. Gracias. —Necesitaba alejarse o no sería responsable de sus actos—. Aprovecho, ya que estoy aquí, para ir al baño a lavarme las manos, tengo que robar una porción de tarta— «y hacer que baje este bulto en mis pantalones», eso, por supuesto solo lo pensó.

—Veremos si puedes —dijo ella sonriendo y guardando el desinfectante. Estaba ajena al peligro que corría de ser apretujada contra la pared en un acto de desenfrenada pasión. Sin embargo, no estaba ajena al hormigueo de sus dedos por haber acariciado la piel del hombre que no abandonaba sus pensamientos. Y esas hormiguitas caminaban con rapidez por su vientre y bajaban y bajaban y bajaban... las muy atrevidas.

—Gruñona, me voy, pero a casa de Renata que queda por acá. ¿Te vas con Frank o Mati?

—Yo me arreglo, no te preocupes —respondió ella, le pediría a su hermano mayor que la llevase.

—Nosotros la llevamos —señaló Matías al escucharlo, y sonó tan decidido que nadie lo contradijo. Ni ella se animó, era increíble como con unas pocas palabras él lograba en ella lo que quería.

Cuando llegó el momento de irse, Aurora dijo que se quedaba. Pato la llevaría al dejar a sus nietos en casa más tarde. Entonces el caos se produjo en el cuerpo de Sabrina que no se consideraba preparada para mantenerse encerrada en un ambiente tan pequeño como la cabina de un coche y mucho menos con su demonio personal. Su corazón comenzó con un peligroso repiqueteo que no le gustaba nada de nada.

Una sensación parecida tenía Matías, pero su problema era pelear por mantenerse cuerdo y llevarla a destino sin tocarla ni recostarla en el asiento de atrás y hacerle todo, ni más ni menos, lo que había imaginado hacerle algún día. Hasta que su amigo había dicho esa frase: «me preocupa que el próximo sea parecido a ti... ¿me la vas a cuidar?»

—Bien, entonces somos solo nosotros dos. Arriba que nos vamos —dijo, nervioso, Matías.

A pesar de la música y el sonido ambiente, a Sabrina se le hacía demasiado pesado el silencio. No era de esos silencios que se disfrutaban, sino era uno de esos tensos e incómodos que debía llenarse con alguna estúpida conversación, porque si lo llenaba de pensamientos estaba perdida.

Matías, en cambio, los llenaba con pensamientos, porque estaba organizando sus pasos a seguir. Solo le faltaba algo de valor para hablar, por miedo a que su voz sonara extraña como todas las sensaciones que experimentaba con ese perfume invadiendo su querido coche, que hasta ese mismo día solo olía a nuevo.

Aunque, a decir verdad, para ella el silencio no era tan incómodo como el contacto que él hizo en su rodilla. Una caricia seguida de un apretón suave y su mirada acompañada de una linda sonrisa, definitivamente eso era más dificultoso de sobrellevar, sí. Hasta extrañaba su eterna cara de culo, la prefería, porque su sonrisa era devastadora para ella... ¡y tenía el descaro de guiñarle el ojo!

«¡Por todos los santos! Que llegue a casa que me quiero bajar», pensó y le devolvió la sonrisa sintiéndose traicionada por ella misma.

—¿Qué tal tu rodilla? ¿Duele? —preguntó Matías, seguido de todas esas pequeñas acciones que le impidieron a Sabrina seguir pensando con claridad.

—No. No soy llorona —respondió como bien pudo, agregando una fugaz mirada y una sonrisa tímida.

De pronto toda la personalidad arrolladora que había adquirido los últimos meses se escondía y obligaba a la vieja Sabrina a presentarse, con su calor entre los omóplatos, el sudor en las manos del que estaba olvidándose y la imposibilidad de mantenerle la mirada. Cabía aclarar que solo para ella su nueva personalidad era arrolladora, porque para los demás era de normal a retraída todavía, por supuesto, que con un avance digno de felicitaciones.

«Esta es la desventaja de gustar de un hombre con un temperamento intimidante: ponerme nerviosa», pensó.

—Eso noté. Y no solo en el juego, sino en todo lo demás. Me enteré de que cortaste con Juan. —Sabrina solo asintió con la cabe-

139

za, mirando por la ventanilla. No era un tema que le gustaría compartir justo con quien había provocado dicha ruptura—. ¿Qué pasó? ¿Estás bien?

—Sí... y no sé qué pasó, en realidad. —La verdad era que no se lo quería decir—. No funcionó. Solo eso, supongo.

—Tal vez eres demasiado exigente —señaló Matías.

Era una buena oportunidad para conocerla un poco y descubrir que era una histérica de cuidado, celosa y absorbente, una novia insoportable que solo provocaba querer estar lejos. Sí, eso sería fácil y seguro porque esas odiosas características podían acabar con su deseo.

—No me considero así. Todo lo contrario. Creo que cuando las cosas no funcionan, no funcionan. Juan es un hombre increíble, pero no funcionábamos juntos, eso es todo.

La respuesta de Matías a tan simple comentario fue un suspiro. No existía la mujer perfecta, eso lo tenía clarísimo. Siempre había algo oculto... siempre. Y lo descubriría en ella también.

—Lindo coche. ¿Es nuevo?

—Sí, gracias. A él le gustan los piropos, puedes explayarte en eso —aseguró riendo, mientras ella giraba los ojos y reía también. Sabrina estaba comenzando a odiar esa risa ronca y sonora que le arrugaba todas las facciones y hasta lo hacía parecer simpático y confiable.

Ese fue el momento en que ella suspiró y se dijo que Matías no era mejor de lo que ya conocía, para nada. La primera impresión era la que valía, eso quería pensar y aunque lo había perdonado, no olvidaba lo que era capaz de hacerle. Claro que le hubiese gustado borrar de su memoria algo de todo aquello, al menos las sensaciones que experimentaba con cada acercamiento... sin embargo, el hecho de saberlo egoísta y arrogante hasta el punto de olvidarse de la incomodidad de la otra persona... eso no lo olvidaría. Porque estaba claro que ese era su escudo contra él, el que la mantenía a una distancia considerable del desastre que significaría enamorarse de un espécimen tan nefasto como ese hombre.

La atracción física tenía un punto débil, siempre moría con el tiempo, ¿o no?

—Este no es el camino a casa.

—No. Vamos a dar una vuelta. Ya que te gusta tanto el coche.

—Tampoco dije tanto, solo comenté que era lindo.

—¡Por favor!, se te notan las ganas de gritar de emoción que tienes. Y yo te entiendo.

—¡Dios mío, eres uno de esos hombres cuyo amor por el coche traspasa los límites de la ridiculez!

—Tal vez lo sea, pero solo por este en particular que me costó muchísimo y no hablo de dinero.

A partir de esa frase se dio una conversación fluida que pasó por varios temas. Algo de la niñez como gemela y esos celos por compartir todo incluyendo el amor maternal y hasta el festejo de cumpleaños. Matías contó algunas anécdotas de sus vacaciones alocadas con amigos y ella algunos de sus viajes conociendo la historia y la cultura de uno u otro lugar; sola, sin amigas.

—Es que suena aburridísimo, Sabrina.

—Lo sé, por eso me iba sola —confesó, elevando los hombros en forma despreocupada—. Aprendí a vivir en soledad, disfrutar de ella te hace más fuerte, dicen.

Sabrina creyó que sus ojos se cubrirían de lágrimas mientras contaba hasta uno y no podía permitirse ser tan vulnerable a su presencia o a una simple charla de a dos, con él receptivo a escuchar y ella a hablar.

Eso no podía pasar y no pasaría. No confiaba en Matías, no creía que fuese la persona adecuada para conocer sus inseguridades, debilidades, flaquezas o lo que fuese que tenía en su interior como producto de una vida con dudas, miedos, fracasos sentimentales y sociales, distancias... No él, jamás él.

Matías hubiese querido tener la suficiente confianza y el necesario valor, para qué negarlo, de parar el automóvil y abrazarla tan fuerte como le fuese posible. Porque, con seguridad, ese comentario tan sencillo tenía un trasfondo más profundo del que quería demostrar con un elevamiento de hombros. Al menos eso intuía y le dolía. ¿Por qué le dolía algo que ni siquiera sabía si era cierto?

La miró a los ojos una vez más y vio pena en ellos, quería hacerlo. Quería abrazarla y lo haría, al carajo con sus dudas... Puso el pie en el freno y cambió de carril para buscar un lugar seguro para ubicar el vehículo.

141

—¿Por qué ingeniería? —preguntó ella en ese instante.

Matías la miró dos veces sin descuidar la carretera. ¡Esa mujer había mutado delante de sus ojos! En un simple pestañeo toda esa pena retenida, que tal vez había imaginado, había desaparecido. Tuvo que resignarse, poco la conocía, todavía.

La conversación sobre el trabajo no le pareció ni un poquito interesante, él quería saber más de ese dolor que la castigaba. Quería erradicar cada sufrimiento de ella y convertirlo en dicha, en alegría... ¿Y por qué mierda quería eso?

—Bien, aquí estamos, sanos y salvos.

—Gracias por traerme, por el paseo y por la charla. Supongo que te debo una comida casera, no una pizza.

—Como mínimo y solo para empezar. —Fue una simple exageración simpática que podía llevarlo a pensar en varias opciones un poco más seriamente, pero no lo haría, ¿no?

La despedida fue rápida y expeditiva, ambos la necesitaban de esa forma.

Con el paseo improvisado, Matías había olvidado la cena con su padre, porque sí, ya era de noche. La conversación había durado un par de horas casi.

—Increíble —dijeron a la vez al ver el reloj. Ella en su apartamento, recostando la espalda contra la puerta y suspirando varias veces para normalizar sus latidos, y él negando con la cabeza al descubrir que el maldito perfume femenino seguía ahí, antes de volver a ponerse en marcha hacia la casa de su padre.

—Matías ya estábamos por comer.

—Lo siento, papá. Me entretuve, no me di cuenta de la hora.

—Claro, las mujeres hacen eso con los hombres, sin embargo, no deberías permitirle que interfiriese en tus compromisos —aseveró su padre al saludarlo.

Ese hombre siempre tan desubicado en sus acotaciones, comenzaba a incomodarlo de entrada. Matías estaba bastante acostumbrado a esas situaciones que no eran nada nuevas, desde hacía unos cuantos años había empezado a encontrar en esos comentarios y en las ideas de su padre una forma de pensar bastante alejada a la propia. Aunque no siempre fue así, alguna vez pensó como él y actuó en consecuencia, un horror. No obstante, era su padre y lo quería, no tenía sentido ponerlo en evidencia ni querer enseñarle nada. Ambos eran adultos y vivían sus propias experiencias sin molestar a nadie. Así lo veía él, por eso solo sonreía y cambiaba de tema...

—Estaba en casa de un amigo y se me pasó la hora —...o mentía.

—Mientras, tu madre —así insistía el padre en que Matías llamase a su segunda esposa— prepara la mesa ayúdame con el portátil. Alguna porquería se metió y tengo problemas, debe haber sido esta mujer —exclamó, señalando la puerta de la cocina adonde *su* mujer terminaba de cocinar para servirle como el holgazán que era, porque si de algo podía presumir ese señor era de ser un inútil en su casa. No sabía ni donde se guardaban los vasos y no por tener servicio de mucamas precisamente, sino una abnegada esposa incapaz de negarle nada. Cosa que Matías odiaba, pero una vez más, ¿quién era él para motivar algún cambio?

—Papá, te creo bastante capaz de haber metido algún virus sin darte cuenta, no la culpes a ella.

A eso le dedicó parte de la visita, pero no pudo solucionar todo, ese computador era un desastre. Prefirió llevárselo a casa para hacer el trabajo con el suficiente tiempo y ofrecerle un rato de atención a *esa mujer,* como le decía su padre, que tanto quería y de quien recibía tibias caricias en sus mejillas y miradas cariñosas. Nunca escuchó una voz tan dulce como la de ella. Una vez, apenas lo había conocido, le dijo que de tener un hijo le hubiese gustado que se le pareciese. Tal vez con ese comentario hecho en el momento adecuado se ganó un poco de su reticente cariño, no podía negarlo.

Casi a medianoche, por fin, regresó a su casa y puso a cargar algún antivirus en ese aparato obsoleto y después de una buena ducha, en la que recordó a Sabrina ni bien sintió el agua tibia sobre los raspones de su espalda, se acostó a dormir.

No podía decir que Sabrina no lo había acompañado a esa cama, sería mentir. Ahí estaban los dos si cerraba los ojos, pero se negaba a cometer semejante error. Ese bulto en su bóxer desaparecería solo, pensó. Era la hermana de su mejor amigo, no podía masturbarse en su honor, bajo ningún punto de vista. Eso no era respetarla, ¿o sí? Hasta creía que llevársela a la cama en secreto sería mejor que lo que su cuerpo reclamaba. Pero su mano tomó el control y se acarició con disimulo al principio, como si alguien pudiese verlo, pero una vez que su deseo se volvió urgencia olvidó sus prejuicios y recordó esa boca tan cerca de la suya, ese aroma a café que salía de los labios entreabiertos y esa mirada marrón llena de largas pestañas, además, sumó el nuevo recuerdo de las manos en su pecho desnudo.

—Mujer, ¿qué me haces? —preguntó en un jadeo explosivo mientras cerraba los ojos con fuerza e intentaba hacer el menor desastre posible en las sábanas—. ¡Chiquilla, chiquilla... qué linda eres!

Sabrina se despertó de golpe, como si alguien la hubiese llamado y se incorporó en la cama mirando hacia todos lados. Odiaba los sueños en los que él aparecía, porque siempre estaba haciendo cosas atrevidas o eróticas o excitantes. Masturbarse delante suyo por verla desnuda y desearla, había resultado ser, además de halagador, sexi... Fantasías, maravillosas fantasías.

Con esa imagen en su cabeza debía volver a conciliar el sueño. Qué todos los ángeles o las ovejitas que contaría la ayudasen a lograrlo, porque para ella era algo impensado.

—¿Estás bien, Sabri? —preguntó Iván que recién llegaba y pudo escuchar cómo se despertaba sobresaltada.

—Sí, sí. —Vio la melena despeinada de su hermano asomarse por la puerta—. Una pesadilla, pero ya pasó.

11

Tres largos días pasaron para ambos, pero fueron largos por diferentes motivos.

Sabrina había aceptado un trabajo de una gente de Roma y tenía el tiempo contado, apenas si comía. Iván dejó de aparecer en su casa porque era como estar solo, ella ni hablaba ni escuchaba solo leía, escribía y dormía las pocas horas que necesitaba. Antonio la molestaba con mensajes de texto que ella ignoraba hasta que recibía la llamada con las extravagantes y malsonantes palabrotas de su afeminado compañero pidiéndole que descansara, que la había visto con espantosas ojeras. Al menos esa conversación la distraía un rato y la llenaba de energía. Se complicaba un poco cuando la segunda llamada provenía de la novia de Julito, en ese caso, preguntándole si tenía ganas de salir de compras. Odiaba negarle algo a ella que era tan buena y generosa, pero estaba con los minutos contados, la entrega era inmediata y con la diferencia horaria la cosa se ponía peor todavía.

Para Matías el lunes había empezado endemoniado y todavía no mejoraba. En la computadora de su padre aparecieron algunos *emails* que llamaron su atención y leyéndolos rápidamente, para saber si eliminarlos como publicidad inservible o no, descubrió lo que nunca hubiese querido descubrir: era infiel. Tenía una amante a quien le daba dinero, la llenaba de regalos y le enviaba correos electrónicos algo subidos de tono, que ella respondía en la misma forma.

Sentía asco, náuseas, ganas de golpear, de insultar y, por sobre todas las cosas, de olvidar y no juzgar. Leía y releía esas palabras una y otra vez para creer lo que le parecía increíble. Necesitaba entender. No habló con nadie, sin embargo, necesitaba hacerlo con urgencia o su cabeza explotaría, porque el intento con Carmen había fracasado. No podía entender a su hermana, era su padre el que estaba cometiendo adulterio y no le había importado nada.

Tal vez Iván era el indicado, pensó, de hombre a hombre le contaría lo que pasaba por su mente y por su corazón. Estaba demasiado afectado. No se trataba de un hombre cualquiera, no era un desconocido y se lo hacía a una mujer que solía llamar mamá de vez en cuando, mujer que lo adoraba y que se desvivía por él. Claro que le perturbaba, cómo negarlo.

Tantas cosas morían con esa noticia: su admiración; su respeto; algunos ideales, ejemplos y valores; hasta consejos que en ese instante le parecían huecos, vacíos y mentirosos.

No se había animado a hablar antes con nadie que no fuese su hermana porque estando enojado podía decir cosas de las que se arrepentiría. No obstante, era eso o estallar. Ya no podía más, tenía las ideas mareadas de tantas vueltas que les había dado en su cabeza.

—Hola, Sabri —susurró algo distraído, despeinado y con cara de cansado. Nada diferente a la mujer que había abierto la puerta.

—¿Estás bien? Tienes un aspecto terrorífico.

—Más o menos como el tuyo —indicó sonriendo, y tocándole eso que ella llamaría peinado, él todavía no entendía cómo lo lograba. Del cuello para abajo no miraría porque a simple vista había percibido que estaba enfundada en esos insalubres pijamas. Al menos, para él, lo eran, demasiado insalubres.

—Lo difícil es desarmarlo —aclaró ella con respecto a su pelo—. Iván no está.

—¿Puedo esperarlo? No hablo, no hago ruido, solo respiro —aseguró, entrando y toqueteando la inmensa cantidad de papeles que adornaban la mesa del comedor y adivinando que ella estaría trabajando.

—Acabo de terminar. Estaba por preparar café y ordenar este lío.

—Prefiero cerveza y no te ayudo a ordenar, pero puedo mirar. ¿Sabes a qué hora vuelve Iván?

—No tengo ni idea. Puedo preguntarle por teléfono. —Sabrina notó cierta angustia o inquietud en Matías, una que nunca había notado desde que lo conocía.

—No, no. Déjalo tranquilo. Lo espero un rato y si no llega me voy. —La decisión estaba tomada, quería liberarse de mil ideas que había analizado sin conclusión alguna, necesitaba exorcizar esos demonios o no dormiría y una noche más en vela no era soportable.

—Matías, sé que no es lo mismo, pero si puedo ayudarte en algo. —Sus miradas se cruzaron y Matías descubrió que hubiese necesitado un abrazo de ella para poder olvidar todo lo que en su cabeza ocupaba lugar.

Suspiró resignado porque lo haría, se lo contaría, no podía no tentarse ante esos ojos dulces llenos de preciosas pestañas y preguntas silenciosas. Aunque le quedase debiendo el abrazo.

—Es algo que descubrí, que me tiene inquieto y…

Sabrina caminó con la cerveza en una mano y el café en la otra hasta dejarlos en la mesita del salón. Se sentó en el sofá más grande, apoyó los pies sobre el almohadón flexionando las rodillas y con el mentón sobre ellas se abrazó las piernas con un brazo, con la mano libre tomó un sorbo de su taza de café.

Todos esos movimientos casi automatizados atontaron a Matías, que no había podido moverse y ahí seguía de pie y mudo.

—Te tiene inquieto ¿por qué? —preguntó ella, observando sus ojos oscuros, pero no brillantes, sin notar los efectos de sus acciones.

Matías tomó asiento a su lado, después de reaccionar, y le contó lo que había descubierto, apenas pudo dominar su enojo con alguna que otra mala palabra y apretando los puños, cargándolos de impotencia. Escucharse decir en voz alta lo que su padre estaba haciendo lo ponía furioso.

—Matías, lo siento mucho. Debe ser horrible… No sé si tengo algún consejo para darte porque todos vemos y vivimos los sentimientos de diferentes maneras.

—Entiendo. Tal vez me ayuda que me escuches sin juzgar. Porque me duele decir que yo no puedo no hacerlo.

—Yo no lo hago, ni a ti ni a tu padre ni a su esposa. Aunque tengo mi opinión, por supuesto. ¿Hablaste con tu hermana?

—Se lo conté, pero no pareció importarle demasiado, como si no le pareciese raro que mi padre cometiese errores. No está tan afectada como yo. Tal vez, yo soy un exagerado. De todas formas, ellos no tienen una buena relación. Carmen era bastante mayor cuando mis padres se separaron y no lo tomó bien, supongo que se puso del lado de mi madre en su momento. No sé por qué, pero así fue.

—¿Nunca le preguntaste el porqué de su distanciamiento?

—Tal vez, no lo recuerdo. Y si lo hice no reparé en su respuesta, evidentemente. A su edad, ella era más consciente de todo lo que pasaba, yo era más inocente —dijo elevando los hombros y tomando el último trago de su botellín de cerveza—. Supongo que no perdonó a mi padre por irse, tampoco la quiere mucho a la esposa y eso que están juntos desde... —Cerró los ojos junto con sus labios.

¡No podía ser tan estúpido! No podía haber vivido con la realidad frente a sus narices y no haberla visto.

—¿Desde...? —preguntó ella para hacerlo retomar la idea, algo lo había alejado y la estaba dejando con la mitad de la historia sin contar.

—Nada, no... No, no es... No puede ser, ¿no?

—No puede ser, ¿qué? —Matías no se animaba a pensar en eso. Era incapaz de hacerlo. Antes de decirlo o siquiera pensarlo debía hablar con su hermana y su madre. Si su padre había engañado a su madre con esa mujer que él veía con tan buenos ojos y que también estaba siendo engañada todo cambiaba. Todo... incluidos sus sentimientos—. ¡Matías!

—Nada. Dejemos este tema.

—¡Ah, no!, ahora no.

—Por favor. Si seguimos hablando de esto, después retomamos entonces aquel otro que también quedó inconcluso: el de lo que tú y Juan hacían esa noche en tu cuarto.

—Eres despreciable —sentenció ella, bajando su mirada y bebiendo de golpe su café casi frío. Sabía que no podía confiar en él, pero aparentemente no aprendía.

—Es una broma, de verdad. No quise ofenderte. No quiero seguir con esto. Ya te contaré más, pero otro día. No te enojes, necesitaba que desistieses de la idea. —Matías se estaba acercando demasiado como para poner todos sus músculos en alerta. Él solo quería mostrar sus sinceras disculpas, pero esa mirada marrón de ojitos asustados estaba haciendo estragos en sus entrañas y despertando deseos retenidos y silenciados.

Sabrina fue la que puso el freno a la situación que podía volverse peligrosa para ella, desconociendo el riesgo que suponía para él también. Se puso de pie con la excusa de llevar su taza a la cocina y tirar la botella vacía en el cubo de basura.

Matías miró para otro lado, no podía permitirse verla caminar con esa parsimonia femenina que lo trastornaba. Enloquecería, aunque también lo haría si no observaba todo lo que ella ofrecía gratuitamente a sus ojos.

—¿Sabes de coquetería femenina? —preguntó sonriendo después de un exhaustivo recorrido visual. Cómo le gustaba ese aspecto aniñado y despreocupado. Moría por besarla y desnudarla de a poco para ir descubriendo lo que tanto deseaba y desconocía.

—Sí, claro que sé y la uso si es necesaria. —«Pero contigo no lo es», pensó antes de continuar—. Me cuesta mucho trabajo fingir lo que no soy. Lo que ves es lo que hay.

Y lo que veía, a Matías le gustaba. Le encantaba.

—Buen punto —dijo él, sin animarse a decir más por miedo a no poder frenar sus pensamientos, que se agolpaban en su garganta con ganas de volverse voces claras y fuertes. Tal vez un tema sin peligro podía servir para volver a terreno firme, con los hombres nunca fallaba el deporte... ¿por qué no?, pensó—. ¿Haces algún deporte?

—No. Y se nota, lo sé.

—No quise... Me parece que me malinterpretaste.

—Tranquilo, sé quién soy y cómo. No me molesta mi apariencia —interrumpió Sabrina.

—La cual es muy agradable —sentenció él.

Jamás dejaría ese asunto como una equivocación. Nada era más perfecto ante sus ojos que ella. ¿Perfecto había pensado? ¿Así la veía? Claro que no, pero el deseo creaba una telaraña demasiado enredada en la mente de un hombre como para engañar hasta las apreciaciones y a veces los sentimientos. Con esa intrincada idea se convenció.

—Es una palabra interesante la que utilizaste —afirmó ella sonriendo, tal vez más incómoda de lo que quería demostrar. No era cualquier persona con quien mantenía ese diálogo, sino el hombre que hacía que su cuerpo entero vibrase al verlo y en pocas palabras le estaba diciendo gorda o flácida o algo similar que, por supuesto, no preguntaría.

—Porque tú has usado otra interesante como apariencia, Sabrina. Yo usaría algunas como... linda, atractiva y sensual. Y podría sumar intrigante y estimulante. Tienes oculto mucho más de lo que parece y no hablo de tu físico. No eres solo la superficie. Eres mucho más que eso. —Nunca se atrevió a alejar los ojos de ella, necesitaba que le creyese. No había ninguna intención oculta, solo sincerarse, no obstante, cada palabra le aceleró el corazón mucho más de lo esperado y ni hablar de su entrepierna abultada al notar en ella esa vergüenza que le parecía tan deliciosamente erótica.

—¿Ajá? —preguntó Sabrina en un tono de lo más estúpido e incrédulo, pero escuchar todas esas mentiras piadosas de esa voz vibrante y masculina la tenían temblando y, por qué no reconocerlo, algo lerda en cuanto a reacciones lúcidas.

—Ajá —murmuró él. Perdido con sus ojos en esos labios entreabiertos y húmedos que desprendían un delicioso aliento tibio con aroma a café, ese que a veces hasta aparecía en sus sueños. No podía contener sus ganas de besarla y lo haría, aunque después tuviese que arrepentirse y rogar un perdón que, de seguro, le costaría mucho conseguir.

—Bueno, creo que es hora de que te vayas. —Sabrina ya no quería más palabras inventadas y a esa altura lo imaginaba tramando alguna de sus travesuras, podía adivinarlo por esa mirada que había clavado en su boca. Si no lo conociese, juraría que deseaba besarla, ¡qué pena!

—¿Sí? ¿Segura?

—Matías —susurró ella cuando un fuerte olor a cerveza invadió su aire y se estremeció por completo al sentir que esa mirada, tan peligrosamente inquietante, se la comía viva. El cuerpo de él estaba a escasos centímetros y podía sentir el calor que emanaba.

Una mano que parecía tímida e insegura se acomodó en la mejilla de Sabrina y entonces ella levantó la vista para ver cómo el espacio entre ellos moría en un beso descontrolado y apretado. Inspiró con fuerza y saboreó la lengua de Matías mientras él tiraba de su cabello hacia atrás para impedirle que bajase la cabeza. Un acto de demostración varonil, de poder, de fuerza que le parecía tan propio de él que no le molestó y hasta disfrutó.

Le excitaban esas acciones tan suyas..., la descontrolaban, la disuadían, era incapaz de rebelarse. Sin embargo, le dolían, porque sabía que todo ese despliegue de sensualidad era la consecuencia de una pregunta equivocada: «¿haces algún deporte?».

No tenía que dejar nada claro. Su trasero era lo que era; sus rollitos en el vientre estaban y no desaparecerían porque él la besara; sus piernas no eran estilizadas ni largas ni finas, tenían carne, la que faltaba en sus pechos tal vez. ¡Por Dios, tenía espejos! No necesitaba su lástima, era demasiado consciente de ella misma como para que él se transformase otra vez en el estúpido que le había dicho que no era e intentase convencerla de otra cosa con un beso robado.

Matías quería acomodarse sobre ella, refregar su necesidad, avanzar y avanzar y perderse en el momento. Ese beso de café lo estaba consumiendo. Besarla era mágico, lo volvía delirante. Mordió el labio inferior de Sabrina con más fuerza de la necesaria, ella lo ponía en un estado de enajenación absoluto. Se sentía con un poderío inusual y con una urgencia de dominarla, apretarla, obligarla a que hiciese lo que él pidiera.

Si pudiese le exigiría que se desvistiera frente a él, lento, sin dejar de mirarlo a los ojos y luego se arrodillase entre sus piernas y con su boca lo vaciara de todo ese deseo que tenía por ella, lo haría. Le gustaría eso, sí, claro que le gustaría... Esa imagen lo hizo gemir y sin pensarlo más llevó una mano hacia ese trasero que provocaba su morbo y lo apretó.

—Basta —pidió Sabrina en una voz cortada, pero decidida. Matías abrió los ojos sin alejarse, pero detuvo todo movimiento—. ¿Por qué? ¿Qué te hice yo?

—Nada, no me hiciste nada. —Le acarició las mejillas y besó su frente—. No te estoy castigando, chiquilla. Te estoy besando porque quería hacerlo, porque tu boca es deliciosa.

—Por favor, vete.

—Sabrina... —Deseaba abrazarla fuerte, susurrarle cuánto le gustaba, rogarle que lo dejara seguir, hacerla conocedora de su fuerte deseo.

Esos ojitos asustados le provocaban ternura, pero de la lujuriosa, algo tan contradictorio e inexplicable como la misma mujer que lo miraba como si fuese un maldito demonio.

—Me prometiste que no eras ese idiota que me molestaba con sus arrebatos. ¿Qué pasó, te arrepentiste de mentirme?

Matías la miró a los ojos y hubiese jurado que estaba a punto de llorar.

No la entendía... había sido un beso hermoso, tal vez hubiesen llegado a más, sí, pero hubiese sido consensuado. ¡No le dolería, por Dios! Ni le estaría quitando su virginidad a la fuerza... Era solo sexo, ¿qué tan malo podía ser eso? La búsqueda del contacto de lenguas y labios fue recíproca, no unilateral, no podía mentir en eso.

«Hipócrita», pensó. «Mosquita muerta, niñita de papá...», con esos tres insultos silenciosos Matías se convenció.

Se puso de pie y con un perdón susurrado, se fue del departamento.

Para Sabrina no era un buen día. Desde temprano nada le salió bien. El despertador sonó, pero ella lo ignoró y la consecuencia fue llegar tarde al trabajo. Julito era su amigo y tenía una paciencia infinita, aunque como jefe era más que responsable y tuvo su reprimenda. Las pocas reuniones para asignaciones de trabajo eran obligatorias y puntuales. No había alcanzado una disculpa frente al grupo al interrumpir con su llegada.

—Julito, perdón, sabes que no soy impuntual —expuso después, ya solos.

—No te disculpes más. No me molesta en lo personal, pero no puedo dejártelo pasar ante todos. A la tarde me cuentas el motivo, ¿tomamos el cafecito? —preguntó, imitando a Antonio y haciéndola sonreír.

—No creo, hoy no puedo. —En parte era cierto, no podía porque no se sentía bien con ella misma y sus amigos la expondrían a preguntas que no quería contestar, al menos no en ese momento.

Odiaba los días previos a su menstruación. Sus hormonas enloquecían y trabajaban arduamente en volverla loca a ella también, además de insegura y sensible. Si a todo eso le sumaba el resto de la jornada laboral con errores varios, el poco descanso de la noche anterior que hacía mella en su cansancio, los dolores de vientre, el hambre y la ansiedad que le hacían pensar en devorar una incalculable suma de carbohidratos que sabía que anidarían en sus caderas después... y alguna que otra cosa en la que no se permitía pensar, por ejemplo: besos, caricias y Matías, todo unido en una misma frase... y sí, estaba al borde del llanto.

Un llanto retenido con entusiasmo, claro, sin embargo, Sabrina era muy consciente de que su estado de tristeza y congoja explotaría de un momento a otro. Conocía su cuerpo y, a veces, lograba poner orden en esos momentos de debilidad que la avasallaban cada mes y no parecía ser el caso esta vez, porque ciertos agentes externos colaboraban para que ese sentimiento de desconsuelo quisiese fluir y derramarse en forma de lágrimas.

Para qué negarlo, esos motivos en los que no pensaba estaban ahí y eran implacables con su presencia, ese olor a cerveza, esa mano apretando su cuerpo, esos dientes mordiendo, ese aliento tibio y esa maldita mirada oscura la volvían tan loca como vulnerable.

Se puso el pijama ni bien llegó a la oscuridad de su apartamento, por suerte Iván no estaba. Con su inseparable taza de café descafeinado se sentó en el sofá y abrazó sus piernas mirando tan fijo como podía esa última porción de tarta de chocolate que Renata le había enviado con su hermano. Quería no hacerlo, de verdad que sí, pero no pudo resistirse a dar ese primer bocado y gemir sonoramente. Esa tarta debería estar tan prohibida como los besos de Matías, pensó.

Un bocado le siguió al otro y en el quinto o sexto, ¿quién podría contarlos?, sucedió lo inevitable... una primera lágrima silenciosa recorrió su mejilla y como si de una carrera de postas se tratase, al llegar al final y caer sobre su pecho como dando la señal, la catarata de llanto fluyó descontrolada.

Ya estaba hipando y con el plato vacío cuando Iván entró sin hacer demasiado ruido y la vio con los ojos enrojecidos, hecha un asco, con su pijama húmedo y arrugado porque con él se había secado las lágrimas y con su pelo atado en ese nudo que solo ella sabía armar y desarmar.

—¿Qué pasa?

—Nada —aseguró, elevando los hombros y se preguntó por qué las mujeres siempre decían «nada» cuando en realidad deberían enumerar las cosas que sí pasaban y listo. Los hombres tenían razón, las mujeres eran complicadas y se incluía entre las «mujeres»—. Acabo de comerme la tarta y no era necesario que lo hiciese —explicó y en resumidas cuentas por eso lloraba.

Todo lo anterior habían sido las gotas que habían llenado el vaso, pero se derramó con esa maldita pero exquisita porción de tarta.

—Bien —susurró su hermano. ¿Qué otra cosa podía decir ante semejante ridiculez?

—Ya sé que para ti no es nada —empezó a replicar ella, y claramente estaba por dar un discurso. Iván se sentó a su lado para escucharla y accionar en caso de ser necesario. La conocía demasiado—. Tu culo está duro y no te sobra grasa; no tienes panza y tienes rodillas, yo no veo los huesos en las mías, Iván, ¿sabes lo que es eso? Y me doy el lujo de comer esta porquería llena de calorías. Dile a Renata que estaba deliciosa, pero que no me mande más porque no soporto el escrutinio de las mujeres al verme, ya me es demasiado difícil tolerar el de los hombres.

—Shhh, tranquila —susurró abrazándola, cuando ya la voz apenas se distinguía de sus sollozos. Acarició su cabeza y su espalda con cariño y besó su frente—. Estás en esos días del mes, ¿cierto? —La respuesta de Sabrina fue un simple movimiento de cabeza, afirmativo, por supuesto—. Entiendo. Llora tranquila.

—¡No estoy loca! —chilló. Esa frase sonó como si pensara eso. «Llora, loca, llora», así había sonado en su cabeza.

—Lo sé.

—Entonces, no me trates como tal.

Matías dio dos pasos y entró, parecía que las aguas se habían calmado. No escuchó demasiado la conversación, pero la imagen le parecía demasiado íntima como para interferir, entonces se quedó afuera. Solo entró cuando creyó que todo había acabado.

Las lágrimas en una mujer le producían en la misma medida incomodidad y angustia, pero si eran lágrimas de Sabrina, había descubierto que le producían retorcijones en las entrañas y una doble, o triple, incomodidad.

—¡Otro… el que faltaba! —exclamó ella, elevando las manos en un acto de enojo descontrolado.

Parecía que el final todavía no había llegado, tenía más para soltar.

—¿Y yo qué hice? —preguntó Matías, sentándose cerca de donde estaban sus pies. Ambos sabían la respuesta, pero la callaron cobardemente. Sabrina jamás reconocería que la tarta era la excusa y que esas lágrimas llevaban su nombre. Matías no podría con su conciencia asumiendo lo mismo.

—Nada —respondió Iván, apoyando su poco aclaratoria respuesta con el universal gesto sobre sus labios de «cállate la boca y aguanta los golpes».

—Sí hizo —siguió Sabrina—, por hombres como él las mujeres como yo tenemos estos problemas. Porque solo piensan con la cabeza inútil, bueno, a veces no tan inútil, y sin darse cuenta nos llevan a querer vernos y sentirnos lindas veinticuatro horas al día así esa cabeza, que aún sin tener ojos ve, nos elige. ¡Y eso es un imposible! Me resisto a ser ese estereotipo de mujer.

—¿Feminista? —preguntó Matías, ya casi divertido y sin darse permiso a decir lo que su *cabeza inútil* veía en ella, aún sin tener ojos.

Si Iván no estuviese, otra hubiese sido la historia, le hubiese demostrado unas cuantas cosas. Sabrina no tenía ni idea de lo equivocada que estaba. Pobrecita, sufría en vano. Eso pensaba él en silencio mientras la miraba.

—Defensora del género, ¿te molesta? —Matías negó con la cabeza y le entregó una caja de pañuelos desechables que había por ahí. Hubiese besado centímetro a centímetro esas mejillas enrojecidas para secar sus lágrimas.

El silencio se apoderó del momento y apenas si se rompía con algún sollozo cada vez más esporádico.

—Mañana voy a llorar de vergüenza y arrepentimiento por haber hecho esta tonta y exagerada escena, ¿no?

—Probablemente —aseguró Matías sin mirarla.

—Seguro —confirmó Iván, sin dejar de abrazarla—. Solo voy a agregar que todo lo que dijiste son pavadas. Eres una mujer hermosa, tu cuerpo lo es también y puedes comer toda la tarta que tengas ganas de comer porque miles de *cabezas inútiles* te van a elegir igual.

—Doy fe de eso. —Claro que Matías daba fe de eso, si mantenía una erección diaria al pensarla y otra nocturna al soñarla.

—Tú cállate.

12

—Otra vez tú. ¿No tienes casa?

—Hola, estoy bien, gracias —dijo Matías, entrando al apartamento sin ser invitado y restando importancia a la cara de asco de Sabrina.

—Mi hermano no está y no vuelve hasta mañana, por lo tanto, no, no puedes esperarlo.

Matías no estaba de humor para eso ni para nada que implicase pensar en otra cosa que no fuesen sus problemas y sin darse cuenta en cómo ni por qué, a sabiendas de que Iván no estaba, terminó en ese apartamento.

Haber hablado con su hermana, descubriendo la clase de padre que era el suyo, lo tenía sumido en un enojo incontenible y doloroso. No sabía si poseía o no el derecho de juzgarlo, no era el damnificado por los actos de él, aunque si lo analizaba bien lo era en forma indirecta: vio sufrir a su mamá, lidió con los cambios de temperamento de Carmen asumiendo la separación, lloró la ausencia masculina en su hogar y llamó mamá a la mujer con la que su padre había engañado a su verdadera madre. Claro que esta juró no haberlo sabido hasta después de años de casados. Ya no podía creer en ese detalle, aunque las lágrimas sobre el rostro angustiado y la voz suave y dulce con la que le pidió perdón lo hacían dudar.

—Me enteré demasiado tarde, Matías. Tu padre me lo gritó en una discusión años después y yo... no pude separarme. Lo amo, es mi marido. Les pedí disculpas a tu mamá y a tu hermana cuando lo supe y ahora te las pido a ti. Perdóname, Matías —había dicho mientras lloraba, casi sin consuelo, al preguntárselo.

Con todas esas nuevas noticias y acumulando imágenes y rencores, aunque intentaría desecharlos pronto, nadó hasta estar exhausto y exigiéndose más de lo normal. Hasta Bautista le había preguntado más de una vez si estaba bien. Desde que se conocían por esa noche de la fiesta, tenían alguna que otra conversación sin importancia. ¿Y por ese motivo el socorrista creía conocerlo y poder inmiscuirse en sus asuntos?, pues no se lo permitiría, se dijo antes de contestarle, bastante mal, por cierto, que se metiese en sus asuntos. Era una reacción exagerada y lo sabía, era su irritación hablando, por supuesto que reconocía la buena intención del muchacho y, por eso, antes de abandonar el recinto se disculpó sin dar demasiadas explicaciones.

Ya no quería analizar más las cosas por las que no podía hacer nada. Aunque, tal vez, si podía hacer algo: extraer lo bueno como, por ejemplo, decidir no cometer jamás semejante error. Podía aprender a discernir si los consejos de su padre eran buenos o no; podía, también, no compartir sus ideas y discutirlas de frente, porque a pesar de la edad, ese hombre tenía mucho por aprender. No era tan perfecto ni tan sabio después de todo, como alguna vez había llegado a pensar. Los años solo dan experiencia, no sabiduría, haberlo sabido antes...

«Tanto orgullo y admiración repartidos erróneamente», pensó.

También debía entender que los pensamientos eran de cada uno y podían ser incluso opuestos a los propios y no por eso dejar de ser válidos, cada quien podía hacer con ellos lo que se le diese la gana. Al igual que con su vida, como hacía su padre. Aunque la transformase en una espantosa y nefasta mentira manteniendo un matrimonio con una mujer engañada, una amante que le sacaba plata y una exmujer con un enorme corazón destrozado. Eso sin nombrar a dos hijos decepcionados y dos nietos maravillosos que apenas si sabían de su existencia.

Por supuesto, que si le daba la posibilidad a su papá de mantener sus ideas él tenía el mismo derecho: pensar que eran un desastre. Entonces entendía un poco más a Carmen y hasta le había pedido disculpas por insistir en recuperar una relación que ella no quería mantener con su progenitor, como ella lo llamaba. También debía respetar eso.

Con las ideas más claras y necesitando algo de afecto, había caído en esa casa en la que no parecía ser bien recibido.

—¿Vas a tener otro ataque de llanto?, puedo consolarte.

—«Torpe, así no, así no», se dijo todavía con algo de furia en sus venas.

—Cretin...

—Shhh, perdón. Perdóname —rogó, levantando la mano y poniendo un dedo sobre los labios de ella para callarla—. Estoy nervioso y me descargué contigo.

Y para sorpresa de Sabrina, y su propio desconcierto, la apretó contra su cuerpo y la abrazó por la cintura con fuerza, por largos, eternos minutos. Tantos, que ella intuyó que ese abrazo era un pedido de atención, como había sido su explosión la noche anterior. Llevó sus manos a los hombros masculinos y sintió cómo sus cuerpos se amoldaban con facilidad hasta tocarse por completo y unificar las respiraciones.

Adoró la sensación y se odió por ello.

—Descubrí que mi padre engañó a mi madre con su actual esposa y por eso se separaron.

—No mezcles las cosas, Matías. Que engañe a su actual mujer no significa que lo haya hecho antes. —No era cómodo hablar abrazados, pero él no la soltaba.

—No las mezclo, lo confirmé. Me lo dijo Carmen, por eso ella no quiere a mi papá y no lo visita. Sabrina, soy un idiota.

—Ya lo sé. Pero eso no viene al caso —señaló, logrando que por fin la soltase, se separase un poco de ella y la mirase con una sonrisa en los labios. Hermosa sonrisa en los labios, valía aclarar, y una vez más comprobaba que para mantener su salud prefería la cara de culo.

—Te voy a besar, Sabrina.

—No, Matías, no sigas con tus juegos. No me gustan. No tienes que demostrarme nada. Tú no.

—No quiero demostrarte nada. Quiero besarte. Lástima que hoy no tomaste café, me gustan tus besos de café.

Sabrina se alejó de él haciendo un esfuerzo sobrehumano. Sentía sus mejillas ardiendo de vergüenza.

Besos de café, había dicho, si él supiera que a ella le gustaban sus besos de cerveza.

—Hablando de café, ¿preparo? —Matías levantó los hombros restándole importancia a la pregunta, solo estaba tomando coraje. No quería tomar café.

Sabrina caminó hasta la cocina. Su corazón martilleaba sonoramente aturdiendo su conciencia. Sus manos temblaban y sus sentidos estaban alertas, tanto que sintió la masculina presencia antes que el aliento en su nuca.

—Dejémonos llevar, permíteme provocarte —susurró. Matías mordiéndole el lóbulo de la oreja y jugando con su lengua como alguna vez lo había hecho en esa misma cocina. Sabrina cerró los ojos y suspiró.

—No —decretó, saliendo de ese maravilloso lugar. Pegada a su cuerpo se sentía tan bien—. Eres el amigo de mi hermano.

—Eso es una excusa y significa que no estás del todo convencida en tu negativa —le señaló, siguiéndola al comedor.

Y no, no lo estaba. Porque la idea ya estaba fermentando en su cabeza. ¿Cómo sería entregarse a Matías? El hombre que había logrado que suspirase, le soñase e imaginase, que insultase en español porque el italiano y el inglés parecían no tener los suficientes improperios para dedicarle...

—Es una locura, Matías. ¿Cómo podría volver a caminar cerca tuyo sabiendo que me conoces desnuda?

—Lo haces ahora y no dejo de imaginarte sin ropa. Además, conozco la desnudez de una mujer, sé lo que hay debajo de esto —dijo acercándose nuevamente. Para meter presión, tironeó de la camiseta anudada a la altura del ombligo, ella se alejó. Estaba bastante excitado como para dejar pasar la oportunidad. Esa mujer le gustaba mucho, a esa altura ya no podía negarlo.

—Tu imaginación puede estar muy equivocada conmigo.

—No lo creo. Sabrina, lo que digo es que un par de pechos, un trasero y un lugar tibio y húmedo donde hundirme lo tiene cualquier mujer, pero el resto, todo eso que estimula y seduce, eso que acompaña el momento proporcionando belleza, delicadeza, ganas... eso no lo tienen todas. Aunque, lo tienes tú. Quiero sentir tus manos, tus labios.

Sabrina creía morir en ese instante en que la boca de Matías susurraba junto a la piel de su cuello y él no podía creer lo que esta-

160

ba diciendo. No eran frases que utilizase comúnmente. Con un simple beso atrevido y alguna mano desubicada le alcanzaba y si tuviese que utilizar palabras, en el improbable caso que eso sucediese, solo hubiese dicho tengo ganas de tener sexo contigo y listo, tal vez en otras palabras, pero no las que estaba pronunciando, sin mentir, claro estaba, y más raro era.

—Necesito averiguar si tenerte en mis brazos puede ser algo tan maravilloso y recordable como imagino u olvidable por lo desastroso. Puede pasar, pero lo dudo, chiquilla. Lo dudo —aseguró, besándole los labios suavemente.

—No voy a poder volver a mirarte a la cara. —Ella estaba solo ganando tiempo, lo sabía, lo presentía. Dentro suyo todo gritaba un sonoro y largo «sí».

Cómo había preparado el terreno el muy canalla conociendo las debilidades de las mujeres, pensó. Y no podía culparlo porque estaba dejándose seducir como una inexperta, que por otra parte era, por mucho que quisiese mentirse.

—Vas a poder. Lo he hecho con compañeras de trabajo y está todo... Eso no sonó bien… quiero decir que sí vamos a poder. No sé ni lo que digo, perdón… es que estoy desesperado. —Mordisqueó la boca de Sabrina que todavía no se entregaba, pero no le importaba porque estaba disfrutando como loco el momento de acariciar con sus pulgares esa piel suave que se asomaba por la camiseta anudada y sentir el roce en sus labios sin comprometer todavía nada más, sin exigir. Como pensaba hacer con su lengua, invadiendo cada lugar de esa boca tentadora y conociendo cada expresión de goce de esos ojitos soñadores y vacilantes—. Quiero hacerte mil cosas, Sabrina, tenerte sin ropa y saber de lo que somos capaces juntos, para empezar. Por favor.

—Eso sonó lindo —murmuró ella, dejándolo que le ayudase a abrazarlo por los hombros, porque con su cobardía no se había animado. Él le llevó los brazos hasta allí y ahí estaban midiendo los centímetros de esa maravillosa espalda que ahora podía acariciar con disimulo.

¿Cómo resistirse?, si era lo que deseaba desde hacía tanto tiempo.

—Más lindo va a ser si lo hacemos. ¡Por Dios, cómo te deseo!
—Ya sus manos estaban debajo de la, ahora molesta, camiseta, deambulando por la espalda de ella que se erizaba ante sus caricias.

—No me digas eso —dijo avergonzada, nadie le había hablado con tanta claridad jamás y su interior ardía como el fuego vivo.

—Sonrójate para mí —gruñó Matías, apoyándose en ella, por fin, su *cabeza inútil* (como ella había dicho) la tocaba. Necesitaba sacarle la ropa—. Eso es, me encanta. Mira cuánto.

—Eres tan insolente —señaló ella apenas rozándolo, él le llevó la mano hasta ese maravilloso bulto que la provocaba entre sus piernas para que lo corroborara y no se animaba a apretar como quería.

—Dime que sí, estoy con el freno puesto, Sabrina.

—Me voy a arrepentir.

—Eso no va a pasar —afirmó, sonando convencido, pero no estaba seguro tampoco.

Nunca había estado en un lugar tan delicado como en la cama de la hermana de su mejor amigo. Sin embargo, por ella lo intentaría, porque ya no podía dormir una noche entera sin soñarla. Tenía sus reservas ante lo que estaba por pasar, aun así, sus ganas de ella eran superiores y ganaban cualquier batalla mental, propia o ajena.

Sabrina casi gemía ante las caricias y los besos suaves que no se quedaban quietos. Ya había dejado de mirarlo y solo le quedaba adivinar el próximo roce. Era demasiado para tolerar y ya nada podía hacer con su deseo.

Estaba tan necesitada como asustada de convertir su fantasía en realidad. No quería que se convirtiese en una pesadilla, pero cómo negarle a su cuerpo lo que estaba rogando con insistencia, con latidos alocados, sudor, humedad y agitación más que evidente. Un suspiro dio por perdido su debate interno.

—Está bien, solo qui...

Matías arrasó con su boca silenciándola y apretándola contra su pecho, con una mano entre el pelo la presionó más contra sus labios. Su lengua se dio el gusto de hundirse con frenesí y saborear todo lo que podía. Su respiración nasal era sonora y desesperada. Sabía que debía contenerse o todo terminaría rápido y necesitaba disfrutarla, ¡pero ella era tan dócil!, se dejaba avasallar por sus besos y respondía. Esos dedos que apenas se animaban a moverse sobre sus pantalones lo estaban volviendo loco de anticipación.

Bajó sus manos hasta las piernas de ella y la subió a su cadera para caminar hasta el sofá, de ninguna manera la llevaría a la cama. Era más excitante el salón para volver esa única vez algo fabuloso para recordar.

Se sentó apoyando el cuerpo de ella justo donde la necesitaba e inspiró con fuerza al sentirla. Estaban frente a frente, con sus miradas unidas y sus respiraciones agitadas.

Último momento para arrepentirse, pensó Matías, se jugaba a todo o nada, lo sabía, pero era más fuerte que él. Quería la confirmación.

—¿Sigo?

Demasiado excitada, asustada, abandonada a su suerte y seducida estaba, Sabrina, como para pensar en negarse. Tal vez se arrepintiese, de hecho, estaba más que segura que lo haría. Nunca, en sus veintisiete años, había siquiera pensado en cometer semejante locura. No solo era el mejor amigo de su hermano, sino el hombre que le gustaba tanto que si él se lo propusiese sería capaz de convencerla de que la tierra era triangular y para completar la cosa, conocía sus motivaciones para estar ahí y así con ella.

Para ella era una situación atípica, descontrolada y poco pensada, excitante también, eso era innegable. Sin embargo, sabía que para él era una situación más en la que la mujer decía que sí. Estaba plenamente consciente de ser un número agregado de la larga lista de amantes que se dejaba embaucar por esa sonrisa traviesa, que sí tenía después de todo. Además, y eso era lo más importante, pensaba que a Matías nada le costaba querer congraciarse por tantas barbaridades dichas y hechas hacia ella, de una manera que poco esfuerzo requería y hasta, tal vez, ganaba algo de placer en el intento. Ella seguro, él... después lo averiguaría, o tal vez no.

Todos esos pensamientos cruzaron de manera fugaz por la cabeza de Sabrina, no obstante, poco podía pensar con esa mirada brillante tan oscura como su perverso deseo de dejarse llevar por él al mismo infierno si era necesario. Precisaba de una vez por todas acabar con ese deseo y avanzar en su vida. La rebeldía e insolencia de Matías y todas aquellas provocaciones deambulaban aún en su cabeza, no se iban y le había costado ya una relación con alguien que valía la pena. Cuanto antes terminase con él antes podría olvidarlo y dejar de perder cosas valiosas.

Tal vez solo ella era consciente de lo mucho que le costaba esa decisión y cuántas cosas implicaba dada su historia amorosa. No podía decir que fuese fácil, sin embargo, con su gran cambio y sintiéndose bastante más segura de sí misma, siendo además el futuro amante su objeto de deseo, era necesario dar ese paso y terminar con toda la presión que consumía su buen humor diario.

No haría lo mismo que con su mulato italiano, no repetiría. Sería solo esa vez. Era conocedora de la amarga sensación de vacío que le dejaba el sexo sin sentimientos, reconocía no haber nacido para eso.

Siendo realista y sabiendo que jamás debería ocurrir, pero que por esas cosas de la vida ahí estaba... ocurriendo, se dejó llevar.

—Por favor, sigamos —casi gimió ante la ausencia de esos maravillosos labios en su piel.

—Eso es, chiquilla. Me encanta que quieras seguir —respondió él, ya con su lengua recorriendo el cuello femenino.

Alejó la cabeza para clavar la mirada en los ojos entrecerrados de ella y los labios hinchados. La deseaba con una urgencia que hacía mucho no tenía por una mujer. Claro que nunca había tenido que esperar tantos días solo observándola mientras ella lo seducía y lo provocaba en silencio.... y ahora estaba en sus piernas, dispuesta, lista para él... pero vestida. Sonrió de lado, cruelmente, enloqueciendo todas las neuronas despiertas de Sabrina. Con dos dedos enganchó el nudo de la camiseta espantosamente sensual que ella llevaba puesta y tironeó de ella levantando una ceja.

—Esto sobra. —Ella sonrió ruborizada, ese hombre estaba derribando tantas barreras y destruyendo tantas fronteras... Ya haría un recuento de los daños, después—. Quítatela —ordenó en un murmullo que golpeó las entrañas de Sabrina y la dejó en un lugar desconocido, sintiéndose ciega y sorda, solo su tacto servía. Su piel sensible que ardía con esa sola orden y con su ansiedad que esperaba más.

Sin dejar de mirarlo desprendió el nudo con habilidad y se quitó la camiseta. El calor invadió su cuerpo y no fue por excitación sino por vergüenza, al recordar que no tenía nada debajo. En un solo movimiento quedó desnuda.

Matías abrió los ojos fulminándola con la mirada y gruñó al tocarla con las palmas de las manos muy abiertas, abarcando todo lo posible de ella, acariciando desde el vientre hasta los hombros y deteniéndose en sus pechos que ya no se veían porque él los cubría por entero.

Otra vez, Sabrina experimentaba algo por primera vez, a pesar de sus dudas e inseguridades, ante esa mirada cargada de deseo y promesas: se sentía hermosa y tan sexi como nunca se había sentido.

—Bésame, por favor —le rogó a Matías, incapaz de seguir soportando la distancia.

Y uno de esos besos desesperados le destrozó los frenos. Sus manos se enredaron en el corto cabello negro de su amante mientras él exprimía sus primeros gemidos manoseando a discreción sus pechos, pellizcando y apretando descaradamente. No supo cómo se atrevió, pero se deshizo de la camiseta de él y en un abrir y cerrar de ojos le estaba raspando la espalda con las uñas, sintiendo cómo se estremecía y modificaba su beso ante ese contacto.

—Quítate todo, estoy hambriento de ti —volvió a ordenar Matías, poniéndola de pie y empezando a bajar sus pantalones y los propios en movimientos rápidos y torpes. No tardaron nada en volver a estar en la misma posición, desnudos.

Esta vez la boca de él quedó en esos pechos tiernos y blandos que se le antojaron bonitos, por su forma y color. Nunca había pensado en senos como bonitos, pero esos lo eran. Los besó con ternura y los acarició con delicadeza mientras escuchaba los suaves gemidos de Sabrina, que solo se dejaba hacer. Le gustaba como respondía y notaba que disfrutaba con sus caricias.

La temperatura subió a medida que la pasión de los dos se hacía presente entre suspiros y jadeos. Sabrina se acomodó, ansiosa como estaba, justo donde sus sexos se tocaban y él entendió la invitación. Entró en ella mirándola embobado, sin perder detalle de cómo cerraba los ojos y llevaba hacia atrás la cabeza, gimiendo con la boca abierta. Abrazó la cintura femenina con un brazo, rodeándola por completo y la apretó contra su pecho, la otra mano se enredó entre las hebras del largo cabello y tiró de ellas para pegarse a su boca.

Era brusco, sí. Y a ella le encantaba.

La fijó a sus piernas hundiéndose tan profundo como pudo y con pequeños movimientos, ayudado por su brazo, la guiaba dentro y fuera, enloqueciéndola, mientras mordía sus labios y los acariciaba con su lengua después, regalándole su aliento caliente y jadeante.

Sabrina gemía sin control apretándolo todo lo que podía, tirando de su pelo y rasguñando sus hombros. Apenas podía respirar de lo pegados que estaban, pero no era una queja, no. Escuchar esos maravillosos y excitantes jadeos masculinos, que solo había imaginado, era un agregado demasiado erótico al ambiente.

—¿Te gusta, chiquilla? Eso es, dímelo —exigía clavándose con furia y mordiendo toda la piel que encontraban sus dientes.

Sabrina era fuego dulce, como caramelo hirviendo entre sus brazos y lo estaba consumiendo. Nunca había imaginado esa sensación de plenitud enterrado en una mujer. No quería acabar jamás, pero su necesidad de terminar con todo era inmediata. Tan contradictorio como potente era su deseo por ella.

—Sí me...

—¡Qué bueno! —No la dejó terminar de hablar, no era necesario. La besó con furia mientras murmuraba entre sus labios. Para Sabrina era como girar dentro de un tornado, apenas si estaba consciente de sus propios movimientos—. Sí, veo que te encanta y es fabuloso porque a mí me vuelve loco.

Matías se arrodilló en el suelo y la recostó sobre la mesa baja que tenía delante, sin soltarle el cabello ni los labios. Solo la espalda de ella tenía apoyo, sus caderas seguían tan pegadas como antes. Sabrina enredó las piernas en la cintura de él para no perder el equilibrio, ya que la suya estaba en el aire y solo podía mantenerse porque él la sostenía.

Después de mordisquear y pellizcar esos hermosos pechos, Matías hundió con fuerza ambas manos en la cintura de Sabrina. Ella dejó caer la cabeza hacia atrás, su cuerpo estaba expuesto a él y no perdió tiempo en maravillarse. Era una escultura erótica: sus sexos pegados y a la vista, la piel de su vientre estirada marcando la cintura y las costillas, sus pechos erectos y expectantes, su cuello largo y fino en tensión, los brazos laxos a ambos costados. Era perfecta. Quería tomar una foto de ella en esa pose, en ese estado de total entrega y conservarla para verla cada vez que se le antojase.

Ancló con fuerza en ella y reparó en el movimiento de sus perfectos pechos, otra vez y otra. Ya no jadeaba, gruñía desesperado. Humedeció su pulgar y lo llevó a ese pedacito rosado de piel que descansaba tan cerca de la unión de sus sexos, porque sabía que la elevaría por el aire y la haría terminar con su tormento y así fue. La vio retorcerse, la escuchó gemir y no le importó, siguió torturándola, ella se dejó sin quejarse. Sin quejarse era un decir porque los gemidos inundaban todo, eran sonoros, deliciosos, potentes... Preciosos quejidos de placer.

Las gotas de sudor bajaban por las sienes de Matías, no tenía más fuerza. Volvió a incorporarla y a pegarla sobre su pecho, quería darle un cierre a todo. Ya su cuerpo ardía y lloraba de necesidad. La sentó sobre él y la ayudó a moverse: arriba, abajo, arriba, abajo, con furia, con urgencia, a un ritmo implacable y todo terminó como había empezado: de una forma desgarradoramente caliente.

Sudados, pegados, satisfechos, agitados, abrazados y callados... así estaban y así se quedarían por varios minutos. Hasta poder volver a razonar.

Sabrina tenía la garganta seca, los ojos llorosos, las entrañas retorcidas y el corazón galopando a un ritmo casi letal. Él la mantenía abrazada con tanta fuerza que hasta se sentía querida, la mano en su cabeza acariciaba su cuero cabelludo con parsimonia, con la misma que ella acariciaba la espalda suave y tersa de él.

—Guau, chiquilla. Fue maravilloso.

Sabrina había odiado siempre palabras como enana, pequeña, chiquilla, bebé, cariño... todas esas que su hermano mayor había usado para burlarse de ella cuando era una niña. Sin embargo, la forma en que sonaba *chiquilla* en esa voz cargada de pasión y ternura, al menos eso pensaba o quería creer, le encantaba.

—Sí, lo fue.

Por fin se miraban. Ya todo había terminado y era el momento de la verdad, aunque en sus ojos no había nada diferente, y entonces suspiraron.

Sabrina se quedaría con todas las sensaciones guardadas silenciosamente, las mantendría calentitas en su mente. A decir verdad, él no era un hombre dulce, sino pasional y tosco por momentos, aun así, esa pasión tenía una carga de ternura que, tal vez, solo ella veía con sus ojos nublados de sentimientos ocultos y nuevos. No había sido nunca, ni lo era actualmente, una mujer inconformista, sin embargo, por esta vez lo sería.

Matías era lo que elegiría si pudiera, lo que quería, no obstante, era realista y sabía que no lo tendría. Dolía mucho. Otra vez dolía el rechazo y la indiferencia de un hombre, porque eso tendría desde ese mismo momento en el que lo veía vestirse lentamente a su lado, no tenía ni la más mínima duda.

Estaba arrepentida, por supuesto que lo estaba, sabía que eso pasaría. Aunque, haber sentido tanto placer como había sentido la convertía en una mujer, tal vez, menos inteligente a la hora de decidir, pero más sabia y conocedora de su cuerpo. Se había sorprendido con lo que era capaz de dar y recibir y había redescubierto la pasión, la intensidad del placer y el calor extremo.

Matías estaba poniéndose nervioso ante el silencio eterno de la mujer que lo había confundido. Era una mujer sí, lo tenía clarísimo, su edad, su cuerpo y sus respuestas no permitían dudas, pero la ternura que despertaba en él lo ponía en una situación difícil. Él no tenía ese tipo de simpatía con las chicas. Jamás había utilizado un apelativo con una mujer. Todas tenían nombre ¿por qué no llamarlas así?, eso pensaba. Desde siempre había sido así, sin embargo, Sabrina era una pequeña mujer dulce y tímida que con sus ojos lo provocaba sin saberlo. Era su chiquilla de sangre caliente y mirada vergonzosa.

Se cubrió la cara con las manos y negó con la cabeza. No era suya, ni lo sería.

—Matías.

—Sabrina —dijeron al unísono—. Dime. Tú primero.

—No es nada importante, solo que… esto no debió haber pasado y de todas formas pasó. Por favor, no quiero que mi hermano se entere. —Matías tensó la mandíbula, esas palabras le sonaron a rechazo, a indiferencia y lo enojaron. Sí, tal vez tenía razón, no debió haber pasado y estaba más que de acuerdo en que Iván no se enterase, pero…

«Pero ¿qué?»

«Si ella no lo decía lo decías tú. Necio, hipócrita», se dijo.

—Dalo por hecho. Esto no cambia nada. Vamos a seguir como antes, no te preocupes.

—Sí, eso ya lo aclaraste. —Ahora, el turno de sentirse rechazada, era de ella. Nada cambiaba, era lo sabido, lo esperado. Bueno, tal vez no lo soñado por Sabrina, pero...

—Entonces, pasaron, ¿cuántos días? —preguntó Antonio, poniéndose por cuarta vez manteca de cacao en sus labios.

—Casi diez. Lo vi, sí, pero de pasada y nos saludamos bien, no obstante, no cruzamos palabra alguna.

—Bueno, veremos qué pasa hoy. ¿A qué hora vienen? No me digas, no importa, que sea sorpresa. Mientras tanto, debemos analizar cómo seguir con tu vida aburrida y monótona, darle un cambio. Estás pesada, bonita, y te vas a volver vieja y amargada si sigues encerrada en estas cuatro paredes con estos papeles frente a tus ojos, por horas y horas. Deberíamos pens...

—Silencio, por favor. Pon una coma o un punto —pidió Sabrina muerta de risa.

—Hola, debe ser muy bueno el chiste para que rías así —dijo Iván, entrando con Matías a sus espaldas.

—La verdad, no fue un chiste. Le dije que debería salir más, que estaba hecha una aburrida —parafraseó Antonio.

—Es cierto —replicó Iván.

Matías la miró de reojo acomodándose en el sofá, estaba hermosa. No podía negarlo. Haberse acostado con Sabrina no había sido un buen plan. No podía dejar de soñarla, de desearla. Quería más. Tenía en sus retinas la imagen de ella desnuda sobre la mesa en la que estaba apoyando los pies en ese instante y no podía olvidarla: Sus curvas, la piel pálida, sus pechos pequeños y bonitos, sus pestañas tupidas, sus labios entreabiertos... Cerró los ojos con furia. Estaba excitándose con solo escuchar el sonido de su risa.

—No me interesa, chicos.

—Entonces, búscate un amante, mujer. Algo que le dé color a tu vida —agregó Antonio.

—Ya tengo uno —respondió ella, y sintió la mirada de Matías clavarse en su cara. No le correspondió, ¿qué se creía?—. Mi amante libera mi pasión. Es el que me roba sonrisas, alegrías, me da felicidad y me mantiene ocupada. Pienso en él todo el día, a veces por la noche y más de una vez me hace gritar de placer cuando termino. Sé que es raro que lo entiendan ustedes, hombres, pero yo solo tengo una cabeza y por suerte es la que piensa. Mi amante es mi trabajo y es lo único que necesito.

También tenía un corazón que en ese instante palpitaba rápido no pudiendo obviar al hombre silencioso que analizaba sus palabras, mirándola fijamente, de cualquier forma, sobre eso no haría ningún comentario.

—En el reparto de genes te llevaste la mejor parte —expuso orgulloso su hermano.

Matías suspiró con alivio y aturdido por la sensación de frustración que había sentido desde las primeras palabras: «ya tengo uno». Se sentía impotente ante todo lo que ocurría ahí, quería opinar, hacer comentarios, tal vez seguir la broma y ofrecerse como amante de verdad, pero, sobre todo, tenía ganas de rogarle que no hiciese caso a ese consejo. Sí, así de egoísta se sentía. Si él no podía ser su amante, que nadie lo fuese era la otra opción.

—No hay duda al respecto, Tonto.

—Ya aparecerá el hombre que te haga olvidar a este amante aburrido, tranquila. Solo para que quede claro, como hermano no apruebo la idea del amante real. Antonio dale otro tipo de consejo.

—No necesito tu aprobación, hermanito.

Matías simulaba estar ajeno a la conversación, sin embargo, no lo estaba. Admiraba a Sabrina y notaba su inteligencia en cada respuesta, en cada broma o comentario. Sí, ella carecía de esa cabeza inútil como una vez nombró a sus genitales, era cierto, esa cabeza era la que a veces lo llevaba a pensar pavadas y a tomar decisiones erróneas, como por ejemplo convencerla, desnudarla y haber tenido con ella el sexo más comprometido e íntimo que recordaba haber tenido jamás. Sin palabras, apenas pocas miradas, solo gemidos, suspiros y entrega…, pero una entrega total y absoluta, generosa, sin reservas. Hermosa. Como ella, sí, la veía cada vez más linda. Tal vez no era la belleza típica de una mujer, pero ella tenía un… algo inexplicable que lo obligaba a girar la cabeza para volver a verla y descubrir en ese segundo vistazo que era perfecta. Una dulzura aniñada y sensual con unas curvas peligrosísimas y una mirada subyugante. Una mujer demasiado real y simple.

Matías tenía la mente atiborrada de sensaciones inexplicables que no lo dejaban pensar ni razonar. Nunca imaginó que esa mujer tan tímida y reservada encajara tan a la perfección con sus deseos. No lo había deslumbrado con sus dotes amatorias, por el contrario, solo le hizo un par de caricias, ardientes y curiosas, eso sí, también besos escandalosos y gemidos desinhibidos, pero nada más. Sin embargo, había sido perfecto. Desde el mismo instante en que le ordenó, porque así sonó su voz, que se quitase la ropa y ella obedeció su libido aumentó a niveles desconocidos, como su deseo.

Por todos los santos, ¡cómo la deseaba! Todavía lo hacía. No había alcanzado esa sola vez.

—Iván, ¡por favor! —exclamó Antonio con ese afeminado ademán de manos que producía gracia a veces—. Estamos en el siglo, ¿en qué siglo estamos? Bueno, es un detalle irrelevante, lo importante es que ella no tiene que pedir aprobación para tener un novio, amante o marido. No le hagas caso, mi vida. Con que yo lo conozca y me guste es suficiente. —Sabrina reía ante los gestos y palabras inagotables, por cierto, de su amigo. Iván no podía dejar de escucharlo, era muy divertido y entretenido.

—Los pongo a prueba a los dos, si acepto que tu amante viva con nosotros, Sabrina, ¿te casarías conmigo? ¿Soy aprobado, atrasados? —preguntó Matías, harto de ser ignorado por ella que apenas si lo había mirado una vez. Ahora sí lo miraba, no como hubiese querido, pero al menos lo miraba.

—Cuando solo actúes pensando con la cabeza inteligente, tal vez, lo piense —respondió ella con una sonrisa radiante... y mentirosa.

—De ninguna manera —dijo Iván—, ni te gastes en pensarlo. Además, él no tiene cabeza inteligente.

Antes de cambiar de tema Matías y Sabrina se miraron encontrándose de pronto, como si nadie los rodeara y sus ojos se atraparon de forma cómplice. Ambos retuvieron un suspiro y después de sonreír él le guiñó un ojo, entonces ella respondió de la misma forma estremeciéndose por completo. No era para menos, estaba recordando una vez más todo lo que ese hombre era capaz de hacerle a su cordura.

Con él había adorado sentirse mujer, tan hermosamente tratada, tan libre de experimentar el placer y expresarlo. Sabrina se había dedicado a pensar en esas reacciones y la única conclusión a la que llegó fue que el conocer de antemano que sería una única vez la había liberado de prejuicios. Gritó como nunca, expuso su cuerpo y dejó que él lo poseyera sin condiciones. Sin embargo, en ese instante, perdida en esa oscura mirada se descubrió ansiosa y expectante por escuchar que le ordenara una vez más que lo mirase, que se desvistiese o que hiciese algo que acabara con su necesidad de tenerlo otra vez entre sus piernas.

La noche llegó y a pesar de su incomodidad por la presencia de Matías pudo simular sentirse como siempre. No obstante, cada vez que él se movía lo recordaba sin ropa y cada vez que ella se movía también se recordaba sin ropa, pero frente a él y siendo recorrida con la mirada. Por eso, cuando Antonio se fue, decidió terminar con ese suplicio excitante y encerrarse en su habitación.

—¿Vas a hablar hoy con Sabrina? —preguntó Matías una vez que quedaron solos.

—Sí. Tengo que hacerlo. Al final esto de esperar tanto para contarle, me salió mal. Solo una semana tengo para prepararme. Me va a odiar.

—Bueno, no sabías que se adelantaría tanto.

—Pensé en traer a Steven para que estuviese cuando se lo dijese. Viste que se llevan bien y es más calmado que yo…

—¿Para qué? No creo que sea necesario —señaló Matías, si algo lo tenía contento era que ese niño bonito no iluminaría más la mirada de Sabrina una vez que volviese a su país. Quería a su amigo y era buena persona, pero demasiado atractivo para los ojos de la mujer que le gustaba—. Si quieres puedo ayudarte yo, ahora.

—¿Tú? Matías, no me hagas reír, casi ni se hablan. Dejemos las cosas así que te necesito para que me la cuides cuando no esté. Busca llevarte bien con ella, con eso me conformo.

—Estamos en eso —susurró con culpa.

Se levantó dispuesto a irse. Iván no sabía ni sabría jamás que las cosas habían cambiado entre su hermana y él de una manera drástica. Y era cierto que otra vez casi ni se hablaban, es que no podía mantener una conversación con ella sin mirarle los labios e imaginarla gimiendo, recostada, desnuda, con sus preciosos pechos moviéndose al compás de su cadera...

—Después te cuento cómo me fue —le informó Iván, dándole un golpecito en el hombro antes de cerrar la puerta de su casa—. ¿Gruñona, estás visible? —preguntó a punto de entrar al dormitorio de su hermana. El momento había llegado, no lo dilataría más.

Al escuchar a su hermano, Sabrina se sentó en la cama dejando a un lado su libro con el que intentaba conciliar el sueño y olvidar cierta presencia a pocos metros. Nada mejor que un sangriento policial. Nada de romance, había pensado al momento de elegir.

—Puedes pasar —le dijo a Iván, y él se dejó caer a su costado en la cama, la abrazó apoyándola en su pecho. Recordaba que con su novia los mimos habían funcionado. Claro que con su hermana utilizaría otro tipo de cariños y menos cantidad—. Dilo.

—¿Sin dar vueltas? —Sabrina afirmó con la cabeza, y después de inspirar profundo Iván la miró a los ojos—. Bien, me voy por varios meses a Estados Unidos. Es por trabajo.

—¿¡Qué!? —Sabrina lo separó de su cuerpo y se sentó enfrente. Iván sabía, muy dentro suyo, que no sería lo mismo que con Renata—. Iván, volví por ti. Estoy aquí por ti. No puedes. No, recházalo. Postérgalo.

Iván adoraba a su hermana y más cuando tenía esos caprichos infantiles e incoherentes porque era su forma de decirle que lo quería y lo necesitaba. Sabía que solo tenía que esperar a que su furia bajara y pudiese pensar con claridad. Sus enojos eran como las olas del mar, siempre terminaban desapareciendo por completo, solo había que aguantar el revolcón anterior.

—No puedo. De hecho, ya pedí una postergación porque quería pasar más tiempo contigo y Renata, pero ya no hay tiempo.

—¿Cuándo? —Le gustaba ver esa carita de angustia que originaba su ausencia, pero a la vez le dolía. Parecía una niña pequeña y no una mujer.

—En menos de diez días me voy.

—No me dejes. No te vayas —pidió llorando y abrazándolo, eso sí que no le gustaba.

Para Sabrina era todo un drama, de verdad que lo sentía así. Jamás le diría a su hermano los motivos por los que no quería que se fuese, no era solo el extrañarlo y el quedarse sola en un departamento tan grande, había más razones. Tenía miedo estando en soledad. Tantas cosas la tenían vulnerable y sensible que su distancia solo sumaría más angustia y no tenía fuerzas para soportar. Ese era su pensamiento empañado por tantas ideas que revoloteaban en su cabeza poniéndola en un estado de susceptibilidad extrema.

—Tú me dejaste, ¿recuerdas? Y por tres espantosos años. Yo no te pedí que te quedaras.

—No me chantajees. Es distinto.

—Ah, ¿sí?

—Sí, porque yo me fui, no me quedé triste y sola. Ahora es injusto.

—Entiendo. Como ahora eres la que se queda te parece injusto. Eso suena muy inteligente.

—Sí, y lo es —dijo sonriendo, mientras se secaba las lágrimas.

—Vuelvo antes de que te des cuenta de que me fui.

—No me mientas. Este apartamento es enorme para mí sola, me voy a dar cuenta que no estás a la hora de que te hayas ido.

—No busques llenarlo con amantes como te dijo Antonio.

—Eso voy a hacer, uno en mi cuarto y uno en el tuyo de repuesto y tal vez otro en el escritorio.

La conversación se fue poniendo menos sensible, entonces Iván pudo explicarle los motivos del viaje y contarle que Renata estaba triste, pero lo había entendido. Le dio el número de teléfono de ella y el de Matías para que les pidiese lo que necesitase, incluso compañía, a lo que ella respondió que no lo creía necesario.

—Matías vive cerca, mucho más cerca que mamá y Frank. Llámalo, él me prometió cuidarte, venir cada tanto. Haz un esfuerzo, no es mala persona.

—Nunca dije que lo fuera. Solo es que… ya estamos mejor —«tanto que hasta tuvimos sexo en el salón», pensó. Como también pensó que sería la última persona a la que recurriría en caso de necesitar ayuda, por más que a su hermano lo dejase tranquilo diciéndole que lo haría. Si él quería tratarla como una adolescente lo dejaría, era su forma de demostrar su cariño y le gustaba.

Como casi nunca las cosas se daban como Sabrina esperaba, a primera hora de la mañana de camino al trabajo recibió una llamada de Matías. Claro que hubiese desconocido el número si su hermano no se lo hubiese grabado la noche anterior como un contacto.

Sus manos sudaron al instante y sus omóplatos sintieron ese calor amigo. Su voz estaba por quebrarse, pero sin pensar demasiado los motivos de por qué estaba viendo ese nombre en la pantallita de su móvil, apretó el botón.

—Hola.

—Hola, Sabrina, soy Matías. Tengo tu número porque tu hermano me lo dio y quería que guardases el mío.

—Ya lo hice, Iván me lo dio anoche.

—Bien. —El odioso silencio invadió el momento, se escuchaban nada más que las respiraciones—. Bueno, era solo eso. Sabrina, no dudes en llamarme. Puedo llegar a tu casa en cinco minutos.

—Lo sé. Gracias.

—Sí, de nada. —Matías estaba mordiéndose los labios, quería decir tantas cosas y nada salía de su boca—. ¿Te dijo cuándo se va?

—Sí. —Ella estaba a punto de llorar, no solo por recordar que su hermano la dejaba sola, con todos sus miedos y dudas, sino por la poca comunicación que tenía con la persona que le gustaría poder comunicarse como si fuese algo natural—. Estoy llegando al trabajo y…

—Entiendo.

—Bien.

Ambos cortaron la llamada sin saludarse, eran incapaces de decir nada. Matías quería invitarla a tomar un café para que le contase cómo se sentía, pero, recordando las palabras de su amigo no lo hizo.

«Mientras más lejos mejor», pensó.

Ella era toda una tentación después de lo que habían compartido y si quería cumplir las promesas de cuidarla (que le realizó a Iván) y la de mantener la relación como siempre a pesar del sexo (que le aceptó a Sabrina) debía empezar a alejarse.

Y eso hizo durante los días restantes, al menos se mantendría así hasta el día de la partida de Iván.

La semana pasó a una velocidad incomprensible. Entre maletas, compras y cenas de despedida Iván estuvo tan ocupado que apenas si pudo conversar con su hermana. Sabrina ya había elaborado su despedida, empezó a hacerlo desde el mismo día en que se lo dijo, por lo que poco necesitaba conversar. Era mejor así. Prefería que el día llegase y pasase de una vez para empezar su nueva vida, otra vez. Pero esta vez estaba más armada y había vivido algunas experiencias que le enseñaron bastante sobre ella misma, incluso por primera vez, estaba acompañada de afectos seleccionados, no los que la vida ponía en su camino y ahí quedaban.

Tal vez pocos la entendían, era una mujer adulta sí, pero apenas había empezado a vivir. Oculta en su cueva de timidez y soledad, poco conocía de las actividades sociales y de las relaciones, tanto sean amistades como romances. Eso la dejaba con pocas herramientas ante la vida que nunca paraba y presentaba sus batallas incansablemente. Batallas que ella debía aprender a esquivar o enfrentar según fuese el caso. En esas decisiones bien podía errar y esquivar lo que no era necesario y enfrentar lo que hubiese sido mejor dejar pasar. Ese, exactamente, era el caso con Matías, que vagaba por su cabeza de noche y de día metiéndose con crueldad entre sus sueños y pensamientos, incapacitándola y dejándola distraída como para pensar en otra cosa. Contrariamente a lo que pensó y por lo que aceptó esa seductora propuesta. O tal vez fue una excusa estúpida solo por poder abrazarlo, besarlo y sentir todo el placer que había soñado sentir en sus brazos.

Si pensaba que se había arrepentido el día después, por amanecer con sus piernas adoloridas y su corazón oscuro por el desengaño, se había equivocado. Arrepentida estaba ahora que las consecuencias pesaban como un collar de plomo cada vez que lo veía. Sin embargo, así estaban las cosas y no tenían solución, al menos ninguna por el momento. Y ella tenía que aprender a vivir con eso.

Como todos los días llegaban sin tener que esperar más tiempo del necesario, ahí estaba el último día de su hermano cerca suyo. Todos reunidos otra vez en el aeropuerto, pero esta vez no era una llegada, sino una partida.

—¿Por qué somos las únicas dos que lloramos? —le preguntó Renata a Sabrina en un susurro, una vez que Iván y Steven se habían ido.

—Debemos ser las únicas que lo quieren —respondió en broma elevando los hombros.

—A ver si nos entendemos, es la oportunidad para poder librarnos de este pesado por unos meses y ustedes lloran, ¿quién las entiende? —dijo Francisco, atrapando a cada una con un brazo. Renata tenía ya un lugar en la familia. Iván la había presentado como su novia oficial.

Matías se unió al grupo saludándolos con una sonrisa. No le gustaba quedarse sin su amigo tampoco. Lo peor era que en vez de uno se habían ido dos de sus mejores amigos y sabía que los echaría de menos, ya que no estaba pasando por sus mejores días y no era solo Sabrina quien irrumpía en su paz mental, sino por todo lo que descubrió de su padre, su madre y ese pasado espantoso que le habían negado. Aunque, a decir verdad, cada día que pasaba más se convencía de que no era su vida y poco podía hacer al respecto. Obvio que tomaba partido para el lado de su madre y se resignaba, cada vez, más a sentirse defraudado por su padre, ese hombre que le había parecido enorme e intachable y ahora veía como un fiasco. Como le gustaba sacar siempre lo bueno de cada situación, rescataba el compromiso de su hermana mayor para con él, porque se solidarizó con sus sentimientos y estaban más unidos que antes.

—Te llevo a casa, Sabri —le dijo, acercándose lo suficiente para que lo oyera.

—Gracias, Matías. Me ahorraste el camino —dijo Francisco, haciendo que Sabrina cerrase la boca con la que pensaba agradecer y decirle que no.

—Nada más que hablar. No me agradezcas, no me cuesta nada. ¿Vamos?

Saludaron a todos y se fueron. Matías observó que Sabrina conservaba el reflejo de la sonrisa que sus sobrinos le habían ganado y le volvió a parecer preciosa. El viaje pasó casi en silencio, no demasiado incómodo porque la música los acompañaba, sin embargo, algo era necesario decir.

—Entonces... ¿Cómo estás? —preguntó él por fin, sin alejar la mirada de la carretera. Como toda respuesta ella elevó los hombros y enfrentó las lágrimas que la amenazaban. No eran todas por su hermano sino por el maldito momento embarazoso que estaban pasando.

—¡Me lo prometiste, Matías! —dijo casi en un grito, ya cansada de todos sus pensamientos.

—No entiendo —susurró él, y al mirarla vio las lágrimas. Sus entrañas se retorcieron. Cerró los ojos unos segundos y suspiró. Había llegado el momento que tanto quiso evitar—. Tienes razón, es solo que...

—Yo te lo dije... Antes de empezar, te lo advertí, pero tú insististe.

—Lo sé, pero no te obligué, Sabrina. —Habían llegado y estaba estacionando, tal vez la conversación durara bastante o tal vez solo unas palabras más. Poco conocía a la mujer que lo estaba enfrentando con la realidad de la que quería escapar como para adivinar sus movimientos.

—No, claro que no me obligaste. Pero como soy la que no sabía cómo se manejaban estas cosas de sexo rápido, convenciéndome como lo hiciste, fue algo parecido... Ahora que Iván no está no quiero verte, no quiero saber nada de ti. No me hace bien, no estoy cómoda a tu lado. Gracias por traerme y adiós, Matías.

Sabrina abrió la puerta dejando a Matías desorientado, tal vez hasta algo enojado y frustrado. Él hubiese preferido un enfrentamiento más lógico, una discusión de adultos. Tal vez hasta hubiesen llegado a un acuerdo.

Movió la palanca de cambio y aceleró. Ella tenía razón... Ahora que no estaba Iván...

—¡Adiós, loca! —gritó furioso, golpeando el volante y subiendo la música para aturdir sus pensamientos.

Sabrina lloró en silencio, tirada en su cama. No la había obligado, claro que no, ni siquiera la había tratado mal y ese era el problema.

Ella se sintió tan bien en sus brazos que hasta quería más.

De lo que no quería más era de su indiferencia, de sus escasas miradas, de las casi nulas palabras dirigidas a ella. Estaba tan dolida por eso que necesitaba lastimarlo y tal vez hasta lo había hecho ya con lo que le había dicho. La verdad, estaba tan harta de pensar en Matías que poco le importaba. Odiaba sentirse tan atraída por un hombre como él.

13

Sabrina estaba en uno de esos lugares de moda a los que se solía ir a bailar, no a mirar alrededor como lo hacía ella.

—¿Entonces no? —negó con la cabeza rechazando la invitación a bailar de un desconocido.

—Ay, bonita, si seguimos así... —empezó a decir Antonio.

—No te enojes, pero no quiero estar aquí. No tendría ni que haber venido. Diviértanse ustedes. —Antes de que Antonio y Bautista pudiesen emitir alguna queja Sabrina estaba saliendo de la disco con la llave del coche de Iván en la mano.

No tenía humor ni ganas para estar apretujada y peleando por mantener una estabilidad que peligraba en cada empujón debido a sus tacones altísimos. El olor a alcohol, cigarrillos y sudor mezclados con tantos perfumes, era casi insoportable. Ya no estaba para esas cosas o, tal vez, nunca lo había estado.

Dejó el automóvil en la cochera que les pertenecía y subió casi evitando respirar, hasta su pelo olía feo. Tomó una ducha rápida y se disponía a comer unas galletitas, se sentía famélica, cuando su timbre sonó. Miró el reloj, no era hora de visitas, era de madrugada. Asomó el ojo por la mirilla de la puerta y vio a Matías.

No dudó en abrir la puerta porque verlo así la había preocupado, no tenía una apariencia nada buena. Al hacerlo él perdió el equilibrio y casi cae a sus pies.

—¡Matías, estás completamente borracho!

—Eso parece, chiquilla —dijo entre risas, dejándose caer en el sofá.

—¿Qué haces aquí?

—¿Eh...? Ah, sí. Bueno, la verdad es que no lo sé. Tal vez esta sea la dirección que le di al taxista.

Y así era, no mintió, como todo borracho solo decía la verdad. Había tomado de más y fue por culpa de la endemoniada mujer que lo miraba con los ojos entrecerrados. Aunque ya no recordaba su enojo ni los motivos por los que estaba justo en ese lugar y en ese estado.

Una semana y cinco días llevaba sin verla, sin animarse a llamarla y contando los días.

Pasó por varios estados, hasta especuló con la posibilidad de pedirle disculpas, no sabía muy bien por qué, pero quería hacerlo. Pensando en ella, se había quedado dormido vestido más de una vez. No le gustó aquella última discusión y si bien la llamó loca..., bueno, también histérica, mentirosa, necia y alguna que otra cosita más los primeros días, mientras su enojo daba lugar a la razón, una vez que había pensado la entendía y se disculparía. Si ella necesitaba eso, lo haría. Tal vez Sabrina tenía razones que él desconocía, entonces si se daba una charla coherente, le preguntaría el motivo de su enojo.

Él no estaba molesto con ella, sino con la situación, tal vez un poco con él mismo por desear más de aquello que ya no se animaba a nombrar. Un deseo loco, atrevido y posesivo que llegaba a los límites de hacerlo soñar despierto mientras desayunaba o trabajaba. Si hasta empezó a odiar el café porque su aroma se volvió afrodisíaco recordándole sus besos.

Y para sumar más problemas porque parecían ser pocos, Iván llamó pidiéndole que la visitase porque sabía que no había pasado por la casa de sus padres en todos esos días, y recalcó que ella no era de las personas que pidiesen favores por más que los necesitase y que por eso estaba preocupado.

«Por favor, amigo. Date una vuelta por casa y mima a mi hermana. Cuando la llamé sonaba rara, triste, apagada...». Sí, así había terminado la comunicación con Iván.

«Mimar a su hermana, ¡qué más quisiera!», pensó.

Volvió a enojarse esa misma tarde gritando: «¿¡por qué eres tan complicada, chiquilla!?» y esa palabra, que solo decía refiriéndose a ella, lo puso en tensión al instante y mirando su entrepierna vio cómo su erección crecía sin poder hacer algo para evitarlo, mucho menos si no se animaba a quitar de su cabeza la imagen de ella y su cuerpo desnudo tendido en aquella pequeña mesa por miedo a olvidarlo.

Esa misma noche había decidido cambiar todo y mandar al carajo sus demonios y los recuerdos. Lo intentó cuanto pudo hasta ese momento en que acodado en la barra del *pub* en el que pasaba el rato con sus amigos vio a una mujer hermosa. No, no era hermosa, era perfecta: rubia, alta, con falda corta y pechos grandes

«Por fin una mujer hermosa con poca tela por ropa», pensó.

Tenía unos increíbles ojos celestes y una boca perfecta para besar, después de deleitarse con su sonrisa. La miró varias veces hasta descubrir si estaba sola o con compañía masculina y entonces atacó, tal vez con algo de falta de práctica, desde hacía poco más de un mes que no salía ni estaba con ninguna mujer, bueno, no estaba con una desconocida.

Ya pegado a ella pudo reafirmar su idea: era preciosa, sus ojos lo miraban de una manera encantadora y hasta su voz era dulce. Pero después de diez minutos, cada vez que la miraba se le venían a la mente unos simples ojos marrones, pero con unas pestañas enormes y tupidas que se cerraban muy lento reaccionando a cada piropo, convirtiendo esa simpleza en algo maravilloso. Se dispersó tantas veces que la señorita en cuestión se aburrió y lo dejó solo. Ese fue el comienzo del desastre. Una cerveza más, tal vez seis o siete, a decir verdad, y algún que otro tequila, le gustaba el tequila también.

Para entonces su borrachera lo tenía diciendo pavadas, sus amigos habían escuchado el nombre de Sabrina acompañado de varios improperios y muchísimos adjetivos y no todos buenos. Debería agradecer que nadie conocía a Iván porque entonces su secreto hubiese quedado expuesto de una manera bastante desagradable.

Cansados de escucharlo despotricar contra la mujer que lo tenía enloquecido, sus amigos lo habían subido a un taxi y ahí estaba… en el destino menos pensado.

Levantó la mirada y la vio preparando café en la cocina. Miró su trasero oculto en esos gigantes pantalones de pijama, pero él sabía lo que había debajo y era una espectacular combinación de caderas voluminosas y cintura pequeña que animaba la libido de cualquier hombre que gustase de las mujeres. Ese pelo de un recogido confuso y húmedo era perfecto para tironear y exponer el cuello de piel blanca y suave y morder con fuerza… Cerró los ojos y negó con la cabeza. Estaba loco. Sí, loco por ella.

Al escucharla caminar hasta él con las dos tazas de café en la mano, se sentó para darle espacio a su lado y entonces vio la mermelada casera que ella comía y las galletitas dispuestas en la mesita donde había estado su cuerpo desnudo. Todas las imágenes se sumaban perturbándolo demasiado. Sonrió de lado y gruñó sonoramente, estaba entregado, no podía batallar más.

—¿Estás bien? —preguntó Sabrina, ajena a todos los fantasmas que acechaban a Matías, y este asintió con la cabeza, bebiendo de un trago todo el café que podía sin quemarse. La vio tomar el suyo con cautela y sin dirigirle la mirada, entonces él le guio la cara con un dedo en el mentón.

—Mírame, Sabrina —ordenó. Ella se estremeció y lo hizo, sin embargo, confusa. Pero firme en sus convicciones como siempre o casi siempre había sido, se rebeló a sus deseos.

—¿Para qué, por qué? ¿Qué quieres de mí, Matías?

—No lo sé —dijo, elevando los hombros, perdido en esos ojos marrones preciosos y esas mejillas sonrojadas. No podía ser tan franco y decirle que lo único que buscaba era más de ese fantástico sexo que lo dejó añorando aquella sensación de gloria que sintió cuando se dejó ir en su interior, apretándola contra su pecho.

—Aléjate de mí, ¿por qué no me dejas en paz? —Sabrina no quería llorar otra vez por ningún hombre que no mereciera sus lágrimas y él no las merecía.

—Porque no puedo. No fue suficiente para mí. Te miro y solo sé que necesito más, chiquilla.

—Me duele verte, Matías.

—Perdón, no quiero eso. No pretendo lastimarte.

—Pero lo haces. Me lastimas.

Matías sonrió tristemente, no quería hacerla sufrir, sin embargo, si no la besaba el que sufría era él. Egoístamente, puso en una balanza su necesidad y la de ella y, por supuesto, la suya fue la que pesó más. Estaba en desventaja, su razonamiento no colaboraba, su borrachera le impedía pensar y su deseo más.

Acercó su cara con rapidez y mordió el labio inferior de ella robándole un gemido. Solo eso le bastó para enredar los dedos en el cabello suave de Sabrina y perderse en esa boca con un beso rabioso y urgente.

Sabrina sentía que levitaba, deseaba esos besos exigentes y esas manos firmes que lo tomaban todo. Pero sabía que después dolía, que esos labios y esas caricias dejaban huellas marcadas en carne viva. Con ambas manos le tomó la cara y lo apartó, odiaba hacerlo porque lo necesitaba demasiado, pero...

—Déjame, por favor. Aléjate. Déjame vivir.

—No... no puedo... no quiero. No lejos de mí. No sin mí.

—¿Eso que significa, Matías? Me confundes.

—No lo sé. No tengo ni idea. Solo... quiero estar así. Quédate cerca —le pidió, abrazándola con brazos seguros, apretándola contra su cuerpo, sin embargo, no le alcanzó, no fue suficiente. Entonces la levantó y la sentó sobre sus piernas. Cuando todo ese maravilloso cuerpo femenino estuvo en contacto con el suyo, recién entonces exhaló el aire retenido y cerró los ojos.

Sabrina le acarició el cabello oscuro, tan oscuro como sus miedos de volver a hundirse ante un amor no correspondido justo cuando estaba empezando a flotar en un mar calmo. No entendía nada de lo que estaba pasando y no se animaba a hacer ningún tipo de conjeturas. Matías era un hombre borracho, sin coherencia entre lo que decía y hacía, se dijo varias veces mientras le permitía dormirse entre sus brazos con los labios pegados a su cuello. Cuando lo sintió absorbido por el sueño, se alejó sin mirarlo para evitar la tentación y se encerró en su dormitorio con llave.

Matías intentó abrir los ojos, los sentía pesados, así como sus piernas, en realidad, su cuerpo entero. Intentó incorporarse ante los ruidos no muy lejanos y su cabeza se hizo notar con un agudo dolor. No soportaba las resacas, de todas formas, le había sido imposible no tomar esas primeras cervezas.

Miró a su alrededor y cerró los ojos con fuerza llevándose el pelo hacia atrás, estaba enojado consigo mismo, otra vez. Estaba donde no debía estar y no recordaba nada de lo que había pasado.

—Buenos días, ¿cómo te sientes?

—Demasiado mal —respondió, intentando sentarse sin quejarse. Sabrina puso los desayunos en la mesita baja frente al sillón y le sonrió.

—Empieza con los analgésicos.

—¿Qué hice o dije?

—Nada. Solo viniste sin decir ni hacer nada y te dormiste —mintió ella, porque si él no recordaba, ella no lo ayudaría a hacerlo. Algunas de esas palabras también estaban olvidadas para Sabrina, por su propio bien.

Últimamente, estaba hecha toda una mentirosa.

Matías la miró unos segundos y por supuesto no le creyó. Él era, ahora, consciente de su enojo de anoche, su frustración por no poder ver más allá de esos ojos que lo miraban todavía con rastro de sueño. Claro que recordar todo lo demás era una tarea casi imposible. Algún que otro fragmento aparecía sin conexión, algunas palabras sueltas y claras, miradas y ella entre sus brazos. Inhaló aire, todo el que pudo para evitar hablar y otra imagen perdida: un beso de café de esos que lo vuelven loco. No aprendía más, aunque tampoco sabía si quería aprender.

Analizó la postura de Sabrina y casi sonrió. Ella era toda inteligencia, sabía cómo dejar el tema atrás, sin darle vueltas y disimulaba como una experta. Bien, así sería, pensó.

—¿Cómo llevas la soledad en casa?

—Este apartamento es demasiado grande para mí sola. A veces pienso en irme a casa de mis padres, pero es tan lejos y soy bastante mayor ya para ir a cobijarme como un pollito bajo el ala de mamá gallina.

—Bueno, no creo ser el adecuado en dar ningún consejo al respecto. —Ambos se miraron y rieron—. Vas a estar bien.

—Sí, supongo que me acostumbraré —dijo y encontró esa mirada negra que adoraba, tan brillante como le gustaba. Justo en ese instante, él sacó la cuchara de su boca con la que probó la mermelada y entonces sus ojos bajaron tentados por el sutil movimiento de los labios masculinos y se asustó. Cerró los párpados y maldijo por lo bajo.

Matías ardió con esa chispa, esa mirada tan inocente para él era el fuego mismo de la pasión que lo consumía sin poder hacer nada más que dejarse llevar. Tomó más mermelada en la cuchara y la llevó a la boca de ella. Sabrina negó con la cabeza sin mirarlo y él sonrió. Preciosa, era tan dulce y apocada... Matías apoyó la cuchara sobre los labios de ella y luego sobre la mejilla y el cuello y por último en el escote que se dejaba ver a través de la camiseta.

No tardó nada en pasar la lengua con suavidad por cada lugar y limpiar esa piel blanca y suave. Sabrina gimió bajito, con los ojos cerrados, inmóvil.

—Quiero esto, Sabrina. Tenerte boca a boca. Se me corta la respiración cada vez que me miras así y necesito tocarte. Poner tu cuerpo pegado al mío.

Sabrina negó en silencio, quería gritar que sí, a todo que sí, pero estaba muy decidida a no ser la amante del hombre que empezaba a amar a pesar de no querer hacerlo. No era solo el miedo a sufrir, sino las repercusiones que podían ocasionar más de un problema, ¿Acaso él no las veía? Su hermano era el amigo, sus madres también lo eran... no, definitivamente no. El sexo arruinaba las amistades.

Volvió a sentir la lengua y los labios húmedos y tibios en su cuello, la sensación era maravillosa, y entonces los dientes mordieron con esa pequeña fuerza extra que la alejaba de la sensatez. Esa mano dominante en su cabeza estaba pudiendo con sus fuerzas, sus brazos seguían apretando la taza vacía, tenía total conciencia del beso inminente que su boca ya saboreaba, anticipando el roce.

—No, Matías —susurró entrecortadamente.

—¿Por qué? —Si al menos alejara sus manos y su boca de ella, tal vez, podría contestar sin temblar. Era difícil, pero lo lograría, se dio ánimo. Ella podía con eso. Había podido con otras cosas, no era tan difícil.

—Por mi hermano, por nuestras madres...

—No pensemos, dejemos a todos fuera —pidió él, besando por fin sus labios. Matías no podía contenerse ante ella. Era imposible no transformarse en el ser más egoísta del mundo si la tenía entre sus brazos y tan cerca de su boca—. Ausentémonos un rato de la realidad.

—No. No soy... —le atrapó los labios con fuerza y ella reaccionó. Ese era el momento justo o ya no lo lograría—. ¡No quiero ser tu amante, Matías!

Se puso de pie haciendo que él perdiese el equilibrio y cayese casi recostado en el sillón sobre el lugar ahora vacío que ella había ocupado.

Matías tomó conciencia de esas palabras y no era lo que quería, sin embargo, era lo que parecía. No podía negarlo. Su confusa mente no llegaba a conclusiones de ningún tipo, solo la deseaba, ahí, en ese momento, (en realidad en todo momento) y eso nublaba su juicio, sus buenas intenciones, sus decisiones. Todo.

Demasiado necio había sido ya como para no ver ese punto del mismo modo que ella. Sí, así se veía su propuesta, como la de un amante ocasional que solo quería satisfacer su urgente deseo.

Se puso de pie también y acercándose a Sabrina para acariciarle la mejilla volvió a decidir acabar con todo. Ya había perdido la cuenta de cuántas veces lo hizo.

«Un intento más, viejo, el último», se dijo.

—Perdóname —murmuró en voz muy baja antes de cerrar la puerta.

Como todo rutinario pero entrañable domingo, Sabrina estaba en casa de sus padres rodeada de su familia. Iván se comunicó con ellos, con cámara incluida, desde la computadora y mostró el apartamento donde vivía. Steven estaba con él, tan guapo e imponente como siempre y con su maravillosa sonrisa. A través de la pantalla incluso parecía un actor de cine.

El almuerzo, el postre, la sobremesa y los juegos con sus sobrinos eran lo que necesitaba para olvidar la noche anterior y las palabras arrastradas dichas por una persona intoxicada de alcohol y deseo.

Así quería pensar, pero Antonio le había recordado eso de que los borrachos y los niños decían siempre la verdad. Claro que no necesitaban que se lo recordasen, sin embargo, empezaba a descreer de esa frase. Así era más conveniente.

Sonrió al acordarse del gritito de su amigo cuando le había contado por teléfono el episodio de su escape de las garras masculinas y cerrando los ojos imaginó sus movimientos, y como si hubiese estado ahí, incluso adivinó el gesto de Bautista al verlo. Eran una pareja perfecta, aunque eran tan opuestos en algunos aspectos. Bautista parecía serio, caballero y bien masculino. En cambio, su maravilloso amigo, afeminado, extrovertido y un poco payaso, con andares divertidos y exagerados, y su ropa, ¡por favor...! su ropa y todo su estilo, empezando por el pelo hablaban de que el mundo le había quedado chico, que nada podría con él, que su vida le pertenecía y nadie lo haría dudar jamás de nada, que viviría solo bajo sus reglas. Tan seguro de sí mismo estaba que era admirable. Sí, admiraba a su amigo.

Siendo tan diferentes se complementaban a la perfección, eso la llevó a pensar una vez más en Matías, tan distinta a ella, tan contrario a veces, tan...

«¡Basta!», gritó para sí misma en el silencioso cubículo del coche de su hermano y puso música.

Matías había nadado y pensado, pensado y pensado. Miles de vueltas le dio a todas sus ideas llegando siempre a las mismas conclusiones. Ya era tiempo.

Algún día dejó de creer que la vida daba más si se le pedía, no sabía con certeza cuándo había pasado. También olvidó que tenía muchísimas oportunidades para tomar, pero había que estar atentos y tal vez él no lo había estado. Pues ahora sí lo estaba o eso quería creer.

¡Cuánta razón tenían su madre y su hermana!, de verdad le faltaba madurez, crecer, hacerse hombre, dejar de jugar a vivir y hacerlo de verdad, con compromisos y seriamente. Tenía todo lo que proyectó un día, claro, lo que podía pagar o comprar. Le había resultado agotador, pero bastante fácil si pensaba que lo que hacía era su pasión. Le gustaba su trabajo y por eso ganaba el dinero que gastaba en lo que quería, no en lo que necesitaba, porque ya hacía bastante tiempo que no necesitaba nada, tenía de más. Ambiciones cumplidas y sueños hechos realidad.

¿Qué le faltaba? Algo intangible que no pudiese pagar el dinero, que ocupara su tiempo, su mente, que supusiese un compromiso y una decisión, nuevos retos, sueños y proyectos.

Le faltaba una pareja, un amor. Tal vez había dejado pasar alguna buena mujer por no creer que necesitaba una, no obstante, ahora entendía que no era cuestión de necesitarla sino de quererla, de desearla, de disfrutarla. No dejaría pasar ni una más. Porque esta vez no solo la quería y la deseaba, sino que la necesitaba. ¿Para qué negarlo? ¿Para qué mentirse? Ya no soportaba no poder verla, hablarle, besarla o abrazarla.

Necesitaba a Sabrina en su vida.

Se sentía muy capaz de mantener una relación seria con ella, porque ella era diferente, inteligente, lo entendía, lo sentía, lo guiaba y le exigía. Daba y pedía. No se callaba nada, pero no gritaba. Respetaba y se hacía respetar. ¡Qué demonios! Si hasta parecía enamorado.

Si fuese un sentimiento conocido para Matías, podría asegurarlo, pero lejos estaba él de saberlo todavía. Mucho menos decirlo. Nunca jamás había dicho te amo a una mujer y tal vez nunca lo haría, tampoco decía te quiero, sin embargo, eso no significaba que no lo sintiese. Eran dos caminos diferentes, sentir iba para un lado y decir para el otro y para él nunca se cruzaban.

Enseñanzas antiguas que todavía estaban clavadas en su interior. «Hijo, los hombres no se muestran sensibles o vulnerables, los hombres no hablamos de amor». Sí, su padre sí que le había dado buenos consejos cuando estaba formando su personalidad. Estas eran las espantosas consecuencias, por supuesto, él no era consciente de ello. Él sólo sabía que no sabía hablar de amor.

Sabrina, su chiquilla, esa escrupulosa mujercita que lo miraba con desconfianza y suspiraba por sus besos, esos que le robaba despiadadamente y lo ponían en la cima de su deseo, se había convertido en su próximo reto, su sueño, su necesidad, su... tantas cosas. Había ganado varias batallas, si por batallas entendía el mantenerse lejos de ella, pero no creía poder con una más. Sería como atravesar un desierto sin agua. Pensándolo mejor, quizá, con un gran sacrificio podría, tal vez, pero no quería. Con esa terrorífica mañana bastaba. Ese rechazo con la voz quebrada susurrando un «no, Matías» había hecho un desastre en su interior.

¿Cómo no? Sí. Sí, Matías, sí. Eso quería escuchar.

Con ese propósito había detenido su *último sueño comprado* frente al edificio para verla llegar, a sabiendas de que estaría en casa de sus padres. Cuando la vio entrar a la cochera no demoró ni dos segundos en salir a su encuentro y enfrentarla. Podría decirse que ella no tomó demasiado bien su presencia y era de esperar, dada la mañana que habían tenido.

—No, Matías —pero Matías estaba dispuesto a sacar un sí.

—Sabrina, necesitamos hablar. No te voy a tocar, te lo prometo. No si no me lo pides o veo que quieres que lo haga —agregó, porque si todo salía como pensaba, nadie podría alejarlo de sus labios y no quería empezar una relación con ella prometiendo algo que no podría cumplir.

—No tenemos nada que hablar —señaló ella intentando huir, pero con él era imposible. Ya estaban los dos encerrados en el ascensor. Mientras ella miraba los números pasar, seria; él la miraba a ella, sonriente.

—Yo tengo mucho que decir. —Sabrina entró a su casa y lo dejó pasar. ¿Qué otra cosa podía hacer?

—Que sea rápido y de lejos.

—No, no, así no. Va a ser a mi manera. Sentémonos aquí. Cerquita.

—No quiero tus juegos, Matías.

—No estoy jugando, chiquilla —afirmó, sentándola a su lado, como había dicho, muy cerca. Sus miradas se buscaron—. No puedes resistirte más, yo ya no lo hago y se siente bien. Inténtalo. Sabes que entre nosotros está pasando algo... raro, impensado, algo que no podemos frenar porque parece ser más fuerte que nosotros mismos. Dejémonos llevar.

—No quiero más de esto, ya te lo dije. No me gustan las relaciones sin nombre ni compromisos y solo de sábanas arrugadas. No me gustan y mucho menos contigo. No. A mí me gustan las relaciones de a dos, no siendo espectador de la vida del otro sino formando parte de ella. Lo siento, no soy lo que buscas —dijo y se levantó.

—Shhh, ¿adónde vas? —preguntó, volviéndola a sentar, impidiéndole que lo dejase con la palabra en la boca—. Pensé mucho en esto y quiero lo mismo. Te dejo entrar en mi vida y compartirla, si me dejas entrar en la tuya.

—No, por supuesto que no. —Su corazón hacía demasiado ruido como para poder pensar. Esas palabras dichas por un personaje irresponsable y egoísta como él no podían significar lo mismo que si ella las decía. O no la había entendido o estaba intentando convencerla para meterla en la cama, al menos eso pensó Sabrina.

—¿Por qué no?

—Somos… distintos, *distintísimos*… Incompatibles. No es… —Soltó el aire retenido y cerró los ojos, negando con su cabeza. Era tan obvio, para ella al menos—. No, lo siento. No podríamos.

—Ya no sé cuántas cosas me pueden sorprender de verdad a esta altura, Sabri, pero te aseguro que mis pensamientos lo hicieron cuando te vi, vaya que sí. Me sorprendí desde el mismo día que te conocí y no dejé de pensarte, hasta que esta tarde llegué a la conclusión de que te quiero en mi vida. Y sé que me quieres en la tuya. No me mientas, soy quien te roba suspiros, ¿o no? ¿Puedo equivocarme tanto pensando eso?

Sabrina negó con la cabeza, otra vez. Cómo negar algo tan verídico, tan contundente. Esos pozos oscuros eran como dos luces enceguecedoras que la transformaban en el más tonto de los mosquitos y hacia ahí volaba embobada. Se dejó acariciar y disfrutó el tibio aliento de él en su cara.

—Seamos algo, Sabrina. Estemos juntos. Intentemos una relación.

—No lo sé, no quiero sufrir otro desengaño. Soy muy diferente a ti. —Matías besó sus labios, apenas un roce.

—Y eso me encanta. No voy a hacerte sufrir, al menos no si puedo evitarlo. Y sé que tú tampoco lo harías. ¿Entonces?

El silencio lo acaparó todo, la espera fue un suplicio para Matías hasta que, por fin, los labios de Sabrina se movieron:

—¿Noviazgo? —preguntó ella, después de esos interminables minutos.

—Si así lo quieres llamar, sí.

—Puede ser.

—Eso es. Así me gusta. Valiente, mi preciosa —susurró Matías, finiquitando el trato con un beso de esos que solo él sabía dar, y Sabrina cerró los ojos.

Dudas, miedos, inseguridades, preguntas... todo estaba oculto tras el torbellino de sensaciones que llenaba su pecho en ese instante.

Matías... su novio. No lo esperaba, ni siquiera lo había imaginado. Cómo atreverse a semejante cosa, sin embargo, era una idea perfecta.

Matías era como esa sacudida que había necesitado para despertar de un letargo, tal vez, provocado por ella misma, de una forma inconsciente o no. Él la exponía a situaciones desconocidas, emociones nuevas, diferentes y hermosas, también excitantes y aterradoras. Ponía su moral en jaque cada vez que la miraba, la tocaba o la besaba. La llevaba a límites inexplorados.

—Quiero llenarte el cuerpo de besos —murmuró su ahora novio, sin dejar de mordisquearle el cuello.

—No digas esas cosas.

—Como no hacerlo si la respuesta es tu vergüenza que me pone cachondo y demente.

—Eres un insolente —balbuceó, cerrando los ojos y sintiendo sus mejillas a punto de ebullición.

—Esa carita, chiquilla, es una delicia. ¿Me dejas?

—¿Qué cosa?

—Llenarte el cuerpo de besos, Sabrina. —En un arranque de locura, de esos a los que él la llevaba, le arrancó la camiseta de un tirón y se quitó la propia—. Gracias por la sorpresa. Voy a hacer algo que es el equivalente a pisar el acelerador en una carrera de coches.

—¿Me pongo el cinturón de seguridad?

—No va a hacer falta, solo agárrate de mí —dijo, hundiendo su boca en la piel de los pechos femeninos y caminando hacia el dormitorio de ella.

Se dejó caer en la cama con ella debajo y la besó con todas las ganas retenidas. Refregándose para sentirla, tan necesitado como estaba poco más podía hacer. La piel tibia y suave de Sabrina con la suya propia eran la combinación perfecta. En pocos segundos la tuvo desnuda y en el lugar justo. Y fue entonces cuando se hundió en ella, pidiendo perdón por su apuro entre jadeos y suspiros, y prometiendo una próxima vez más lenta y con preliminares.

Se fundieron uno en el otro, se regalaron su placer sin límites hasta llegar al final esperado y una vez allí, estallaron en mil pedazos, abrazados, húmedos por el sudor y pegados por la pasión.

—Viste lo bien que nos entendemos. Cómo desperdiciar esto —expresó Matías, incorporándose con los codos para ver la mujer que yacía debajo suyo con el cabello enredado, los ojos brillosos y las mejillas enrojecidas, los labios hinchados y la blanca piel de su pecho irritada por los besos y mordiscos. Hasta una marca en el cuello tenía. Esa maravillosa mujer le sonrió conmoviéndolo hasta lo más profundo—. Voy a tener que acostumbrarme a tener novia. Hace mucho que no tengo una.

—Me da miedo esa aclaración —dijo Sabrina, empujándolo para poder respirar con libertad—. Me lo prometiste.

—Y voy a cumplir. Lo de acostumbrarme lo digo porque quiero volver a hacerte el amor por las dudas de que no vuelvas a dejarme otro día, pero eso no va a pasar, ¿cierto? Porque eres mi novia y puedo seducirte a cada rato y tú estás obligadísima a dejarte seducir.

Sabrina estaba pronosticando una persistente sexualidad con su novio. Jamás se quejaría, todo lo contrario, porque con él no solo sentía explosiones, huracanes y veía estrellas, sino que encontró en sus orgasmos un volcán interior, tormentas tropicales, maremotos y hasta vio el arcoiris justo en esa altísima cumbre de la que había caído en picado, sintiendo el vértigo de la caída como el más delicioso placer.

—Estoy obligadísima a dejarme seducir —repitió observándolo y disfrutando de esa maravillosa sonrisa que le había ocultado durante tanto tiempo.

Definitivamente, su nuevo novio era arrogante, egoísta, engreído, insolente, rebelde y autoritario, pero a ella le gustaba todo eso de él.

Los pocos minutos que se quedaron en silencio, desnudos y abrazados bastaron para adormecerse y no era para menos, después del frenesí de la actividad sexual con toda la descarga de ansiedad y pasión que eso conllevó, más la propia acción física..., pensó Sabrina.

Prefería analizar eso que dejarse llevar por la placentera sensación de dormir en brazos del hombre que la había hecho sufrir, llorar y enrabiar hasta hacía dos horas atrás.

De pronto todo ese trato indecente y provocador al que Matías la había sometido volvió a su mente y una incómoda sensación de que aquel dolorcito, que nacía de la furia y la angustia de no poder frenarlo y defenderse, ocupaba un espacio innecesario en su memoria la atacó por todos los flancos. Miró a su ahora novio, pareja, hombre y... ¡Por Dios cómo había cambiado todo!

Claro que estaba feliz, pero el cuerpo y la mente tenían sus tiempos y las lágrimas estaban ahí buscando salir sin permiso y ella necesitaba eso. Quería liberarse de todo lo que había sufrido, en parte por el propio accionar de Matías y en parte por sus pensamientos que alimentaban ese malestar. Eliminar rencores, eso era lo que necesitaba. Y los quería eliminar con lágrimas.

«El agua limpia, purifica, las lágrimas son agua...», recitó en silencio y aguantando todo lo que podía.

Se levantó con sigilo para encerrarse en el baño con la excusa de darse una ducha. Pudo llegar, pero no sola, Matías la siguió y al atraparla, después de admirar su caminar, besó su cuello y sus hombros. Necesitaba estar sola y alejar sus demonios, aunque él parecía tener otra idea.

Matías había mantenido demasiada distancia de Sabrina, ya no más, la necesitaba cerca. Adoraba sus besos y la urgencia de sentir esa piel bajo sus manos y esa mirada en la suya era lo que lo había mantenido despierto durante noches eternas. Ahora que podía disfrutarla lo haría.

—¿Qué pasa, Sabrina? —preguntó, intuyendo algo oculto en ella, que apenas lo miraba.

El miedo de que se hubiese arrepentido lo golpeó duro y tuvo que sentarse para mantener una firmeza que no sentía, porque él ya no quería dar marcha atrás. Encontró un buen lugar en el borde de la bañera y cruzó sus brazos y piernas a la espera de la respuesta, solo logró que ella le esquivara la mirada.

—¿Sabrina? —reforzó ese tono imperativo que con ella funcionaba de maravilla otras veces, como para probar suerte. Se puso de pie pegándose por completo a su silenciosa novia, incluso sus labios estaban rozándose—. Dijimos que vamos a tener una relación, que denominaste noviazgo, ¿cierto? Bien, de esas relaciones se espera mucho, por ejemplo, conocerse, hablarse y contarse cosas. Si no me dices lo que pasa no puedo saber qué hacer para solucionarlo o modificarlo.

—Matías yo no...

—Déjame terminar la idea, por favor. Sabri, tal vez no soy el indicado para pedirte que me hables de todo, pero lo pido. Yo voy a intentar hacerlo también, sin embargo, quiero que sepas que no sé hablar bonito y no encuentro nunca las palabras necesarias.

—Sí, las encuentras —le aseguró, acariciando su rostro y suspirando—. Tengo tantas emociones aquí —se tocó el vientre y él llevó una mano hacia la de ella—, necesito sacarlas y explotarlas o la que va a explotar soy yo.

Matías le secó una lágrima con su pulgar, entonces Sabrina se dio cuenta de que lloraba. Para él las emociones de ella eran poco entendibles..., tal vez, si las comparaba con las suyas llegaba a alguna conclusión. Las ganas de tenerla en sus brazos y saber que podía hacerlo le daba a su cuerpo una fuerza interna y una seguridad que llenaba su pecho de aire, y entonces la miraba pestañeando varias veces para poder creer que era ella y estaba ahí, desnuda entre sus brazos. Si eso era lo que a ella le pasaba, era hermoso y si bien molestaba un poco era algo que se podía disfrutar.

Al menos eso creía, demasiado lejos de la verdad o no tanto, porque detrás de toda esa angustia retenida, Sabrina sentía todo eso y más. Adoraba a Matías con sus defectos y virtudes, no obstante, todavía no podía disfrutar la sensación de saberlo suyo.

—Hace mucho tiempo que espero esto —dijo ella señalándose y luego a él.

—¿Y tu chico? Juan...

—Fue un intento de borrarte de mi cabeza. Una distracción que no sirvió.

—Esa distracción me puso entre la espada y la pared y me obligó a comenzar a ver lo que me perdía por torpe. Ahora sé lo que quiero.

—Basta —rogó, rompiendo en un sonoro llanto.

Ni en sueños había esperado esas palabras y mucho menos que curaran sus heridas sin más. Matías pensó que era más bonita con una sonrisa en los labios que con su carita llena de lágrimas. Recibió su mirada húmeda y sonrió por fin al ver que él la miraba.

—Grita si necesitas explotar. Así... —le pidió y gritó con fuerza. El grito rebotó en todas las paredes y se escuchó por más tiempo del esperado. Sabrina lo siguió con uno más medido y ante su risa e insistencia volvió a hacerlo—. Más fuerte, con ganas.

Ese último grito sumado al abrazo, las palabras anteriores, la risa de Matías sonando con eco a su alrededor y ese beso en su cuello la liberaron de toda la tensión y se centró en lo bueno.

Su hombre de ojos oscuros y peligrosos era su sapo convertido en el príncipe de sus sueños.

Todas esas malas impresiones que anidaban en su alma se convirtieron en recuerdos interesantes. Solo eso.

Sin saber cómo habían llegado ahí, bajo la ducha y abrazados, suspiró para pegarse más al desnudo cuerpo de Matías. Lo abrazó por la cintura con las manos abiertas abarcando más de su espalda y recostando la cabeza en su hombro con la boca pegada al cuello masculino. Él la apretaba fuerte y le besaba la frente sin despegar los labios de su piel.

Matías se sintió torpe, no era un hombre de grandes abrazos ni demostraciones de cariño, sin embargo, ese era demasiado íntimo. Le gustaría tener mil palabras que decir, pero no encontraba ninguna con la cual sentirse seguro. Hubiese pagado para que alguien le enseñase a expresar lo que sentía. La forma en que notaba que Sabrina se metía en su corazón era algo que hubiese querido contar.

Furioso con su incapacidad de expresar sus sentimientos tiró del cabello de su novia para que lo mirase a los ojos y después de varios segundos de navegar en ese marrón precioso que le decía lo que él callaba, la besó con pasión.

Ella se sobresaltó, pero se dejó asaltar por esa presencia única, regia y prepotente, y respondió al beso con la misma intensidad. Estaba tan enamorada que le parecía imposible oponerse a un beso, fuera brusco, suave, lento o vertiginoso...

—No sé decir te quiero, chiquilla —murmuró, enojado y lleno de frustración, mordiendo toda la piel que encontraba y apretando su puño entre las hebras del largo cabello de su novia.

—No me importa.

—Soy inexperto en esto de demostrar afecto —explicó, devorándole los pechos bajo la ducha caliente mientras ella acariciaba su pelo y lo guiaba para sentirlo más y mejor.

—Estamos a mano, yo lo soy en el sexo.

—Mi primera novia me dejó porque esperaba que le dijese te amo o tuviese algún detalle que se lo demostrara y no los tuve —dijo, tomándole la cara entre las manos y besándosela completamente, con muchísimos besos. Necesitaba decir todo de una vez—. No le di lo que necesitaba y yo la quería. Mi segunda novia tuvo más suerte, repetí cada detalle cursi que vi en las películas y afirmaba cada vez que me preguntaba si la amaba. Aunque tampoco funcionó, no me culpo, porque al menos lo intenté.

—Matías yo no te voy a dejar porque no me digas te quiero. —Tuvo que alejar sus labios para poder continuar hablando, entonces él volvió a sus pechos, estaban entrando en un huracán de deseo que solo él podía crear manteniendo una conversación interesante y seria—. No te voy a preguntar si lo haces y tampoco quiero los detalles de las películas. Quiero que me lo hagas saber a tu modo, solo así podrás decirlo y yo sabré escucharlo.

Matías la miró a los ojos y acercándose otra vez a su boca negó con la cabeza, era perfecta después de todo, sí lo era, al menos para él.

—Esta es mi forma.

—Lo sé.

La apretó con fuerza para besarla con dulzura, pero le fue imposible. Hubiese querido tratarla como esa suave mariposa frágil que una vez imaginó que era, sin embargo, ella despertaba tantas cosas en él que no podía no manifestarlas con la misma intensidad que las sentía. Incapaz de creer que realmente se la merecía, la tocó con sus rústicas y torpes manos. Tenía terror de dañarla, sin embargo, también tenía toda la intención de no hacerlo jamás. Suspiró y besó otra vez esos dulces labios, con aroma a café la mayoría de las veces, no esa vez.

—Eres deliciosa, exquisita.

—Yo también te quiero.

Deprisa, como si el agua fuese ácido en la piel se secaron y se volvieron a tirar en la cama dispuestos a hacer el amor con desenfreno como ellos sabían. Matías recordó que le debía a Sabrina la promesa de llenar su cuerpo de besos y eso hizo a pesar de las quejas y todos los sonrojos provocados con palabras subidas de tono. ¿Para qué negarlo?, le encantaba verla en ese estado, lo provocaba, lo cargaba de un apetito voraz por ella y jadeante de placer la engullía. Era simple causa y efecto.

Sabrina se entregaba a todo lo que sus deseos pedían, era perfecto ver como se expresaba con el cuerpo. El éxtasis la tragaba como una marea revoltosa y la llevaba quién sabe dónde para revolcarla y dejarla sin habla por segundos.

Matías, al verla, quería seguir besando, mordiendo, lamiendo... continuar y continuar como si no fuese a parar jamás y ese suave cuerpo respondía maravillosamente.

Sabrina todavía se contorsionaba gimiendo agitada por el placer de un arrasador final, pero él no paró, su lengua quería más y con una simple estimulación consiguió que ella volviera al *ring* para dar una nueva lucha.

Entonces, otra vez Matías la veía y la escuchaba encendida entre sus labios. Incapaz de tolerar tanto estímulo se agarró su erección con una mano para aliviarse. No serían más que simples caricias, al menos, hasta no ver otra vez a su mujer disfrutando de goce, librándose de la tensión del deseo que él mismo producía.

Sabrina sentía su cuerpo arder, cualquier roce la enardecía y esa boca no rozaba, devoraba. No entendía muy bien por qué su cuerpo no respondía a su pudoroso pensamiento, estaba refregándose contra él como una descarada. Incluso había apoyado los talones en el colchón para levantar la cadera y poder moverse contra él con más libertad. Se escuchaba gritar, gemir y él seguía con la maravillosa tortura hasta que dijo basta. Sus manos tomaron la cabeza de Matías y después de moverla a su antojo, explotar y ver estrellas lo alejó como si del demonio se tratase.

—Basta. Basta —le exigió, levantando un dedo al ver que él sonreía y volvía a acercarse. Su cuerpo era un sinfín de sensaciones, estaba encendida, extasiada, febril.

—No me vas a dejar así, chiquilla. —Su mirada se volvió fuego, rio alto al ver como ella se alejaba cuándo intentaba subirse a su cuerpo—. Te va a encantar. Tu piel está ardiendo, estás perfecta para mí.

Sabrina no creía que pudiese resistir un roce más, su piel le ardía sí, como si estuviese en carne viva. Él sabía lo que estaba haciendo, la estaba exponiendo a un límite que desconocía, jamás había llegado tan lejos. Él le tomó sus brazos y los apoyó sobre la almohada y sin mediar palabras, solo una mirada fuerte de orden silenciosa fue lo que le dedicó para pedirle que ahí los dejase y su boca volvió a atacarla, esta vez llegó a sus pechos.

Ella no quería gritar, aun así, no podía no hacerlo. Mucho menos cuando él se deslizó con fuerza en su interior y comenzó a moverse sin perdonar ni un gemido. Estaba abrumada, mareada, cansada... y deseosa de todo eso que sentía por primera vez. Era mucho de todo, no podía explicarlo.

Matías, exhausto como estaba, jadeaba pegándose más y más a la mujer que le robaba sus sueños y fantasías desde hacía meses. Era suya por fin y todo lo que había imaginado se lo haría. Todo. La miró y sonrió, era un flan en sus manos, dócil y vencida por el placer. Era preciosa. La besó en los labios aminorando su ataque y ella abrió los ojos.

—Hola. ¿Estás conmigo?

—Sería imposible estar en otro lado, Matías, me estás consumiendo.

—Sí, chiquilla, eso hago. —Y su ataque fue más intenso, si eso podía ser cierto. Duró escasos minutos, pero el final duró eternos segundos. Devastadores y letales segundos que desencadenaron un grito tras otro.

Mezclaron sus gemidos y fundieron sus corazones. Sus sueños se hicieron realidad.

Después de toda tormenta llega la calma y en eso estaban, tratando de encontrar esa calma.

Definitivamente, no eran las posturas más delicadas para estar desnudos en la cama, sin embargo, les era imposible moverse y lograr alguna más o menos decorosa después de lo vivido. Sabrina yacía con las piernas abiertas, un brazo sobre su abdomen y el otro sobre su cara. Matías tenía casi la misma posición, pero una pierna estaba sobre la de ella y una mano descansaba en el abdomen femenino.

—Fantástico —susurró él, todavía jadeando.

—Ajá —fue lo único que ella pudo murmurar en respuesta, y la carcajada de él se oyó por todos lados. La abrazó contra su cuerpo y besó su cabeza.

—No puedo quedarme, mañana trabajo y no tengo ropa para cambiarme.

—No te invité, de todos modos.

Sabrina lo miró seria, él sonrió y le guiñó un ojo. Estaba preciosa, era una ruina de ella misma, pero una preciosa ruina. Matías se levantó como pudo, sin ganas ni fuerzas y después de besarle los labios, los pechos y el vientre a su recién estrenada novia comenzó a vestirse lentamente.

—¿Cómo seguimos? —preguntó ella, tapándose con el edredón. De pronto estaba asustada por verlo en esa situación, dejándola tendida sobre la cama, desnuda, después de haber hecho el amor. Recordaba aquella otra vez en la que no hubo un después. Matías la miró y descubrió temor en esa maravillosa mirada que lo atrapó hacía tanto tiempo y por culpa de su necedad no lo había asumido.

—Te llamo cuando tenga ganas, tal vez cientos de veces al día y si no puedo dormir a la noche también. Igual puedes hacer tú. ¿Te busco mañana en el trabajo o nos vemos aquí? Podemos cenar juntos y me quedo a dormir. Sabrina, chiquilla, somos novios. Vamos en serio.

—Vamos en serio —repitió ella en voz alta, para creérselo de una vez y dejar de ver fantasmas donde no había. Se incorporó para ponerse su camiseta y sin explicar ni pensar lo abrazó—. Te espero aquí y voy a preparar algo rico.

—Perfecto.

—Vayamos despacio, Matías.

—Esas cosas no las entiendo. No sé ir despacio o rápido, sé ir, Sabri. ¿Qué quieres decir, exactamente? —preguntó abrazándola por la cintura.

—Que probemos sin incluir a la familia, primero seamos solo nosotros dos. Sin madres al principio. Con mi hermano es diferente, aunque al no estar, tal vez podemos esperar también. Matías, si no sale bien, de esta forma hay menos damnificados.

—Va a salir bien, no seas negativa. Somos el uno para el otro.

—No estoy tan segura.

—Yo sí, mi chiquilla. Yo sí.

Y con esas palabras, un par de besos, de esos exigentes e implacables que él daba, algún abrazo y un par de nalgadas seguidas de apretujones, se fue.

El apartamento parecía en calma, tal vez lo estaba, pero el interior de Sabrina era un desastre. Podría compararlo a una tempestad, aunque creía que se quedaba corta con la comparación.

Desconfiaba de ser el uno para el otro. Eran tan diferentes, tan opuestos, sin embargo, atraídos el uno por el otro encajaban como un rompecabezas. Eran dos piezas de encastre perfecto.

El tiempo diría todo y ella dejaría que dijera lo que tuviese que decir.

La verdad era que no sabía cómo vivir esa relación, hacía años que no tenía una. Era apenas una adolescente cuando cortó con Paolo y también cuando se enamoró de ese desconocido. Juan no era parámetro porque, si bien era una persona increíble, nunca había podido sentir ni la mitad de lo que había sentido por los otros dos o sentía ahora por Matías. Además, con Juan hizo las cosas muy mal, por lo que no servía como ejemplo tampoco su accionar como novia. Él le había reclamado con justa razón que diera más y tal vez no lo consiguió porque nunca hubo más.

Con Matías sería diferente, ya desde el inicio ese *más* era demasiado poderoso. Y por eso con él, Sabrina solo sería ella, sin disfraces, sin intención de convencerlo de nada o mostrarle lo que no era. Solo ella. Mientras más desnudase su alma y su cuerpo para él, mejor se sentiría si el final llegaba. Al menos, eso pensaba.

No sabía qué hacer primero... Saltó riendo como una niña, gritó apretando la almohada después de olerla... Tomó el teléfono, y si bien hubiese preferido llamar a Iván, a su madre o a Amanda, terminó saludando a Antonio.

—Te desperté.

—Obvio, bonita. ¿Acaso se te averió el reloj? Es broma, no, no me despertaste, a decir verdad, estaba mirando una película con Bau. Eso es mentira también, estábamos besuqueándonos un poco, tal vez hubiésemos terminado en la cama si no nos hubieses interrumpido.

—Demasiada información, sinvergüenza —exclamó interrumpiendo, mientras escuchaba las risas de Bautista a lo lejos—. Dile hola.

—La niña bonita te dice hola, mi amor.

—¿Mi amor? Mi amor, ¿en serio, Antonio? —Una vez que podía burlarse de él lo haría, ya sabía que Bautista era su amor, se le notaba en las miradas que le dedicaba.

—Silencio, mocosa. Sí, lo amo. ¿No es cierto, cuchi-cuchi? —Bautista reía sin disimulo y Sabrina lo seguía.

—No le dices cuchi-cuchi. Por favor, Antonio, dime que no le dices cuchi-cuchi.

—Le digo lo que se me viene a la cabeza y es un santo que no se queja. El otro día en el supermercado le dije «bizcochito calentito» y la cajera le acarició la mejilla compadeciéndose de él, ¿puedes creer?

—Sí, puedo. ¿Estás sentado?

—¡Ay, me da algo...! Espera, ahora sí. Dilo lentamente... Sabrina tiene una noticia, agárrame fuerte *papuchín* —gritó como solo él podía y escuchó a Bautista saludar del otro lado del teléfono.

—Chicos, tengo novio y es Matías. —El silencio fue arrollador. Sabrina dejó de respirar.

—¡Qué envidia, mujer! Ay, eso duele —gritó Bautista, después de un sonoro golpecito. Sabrina supuso que Antonio, ante sus celos, le había dado un «correctivo».

—Solo te voy a decir que si fue sincero y estás contenta, me alegro por ti, pero si llega a hacer algo que te provoque una sola lágrima, yo... bueno, yo no, Bau; okei, dice que tampoco. Iván seguro que sí lo pone en su lugar o tu otro hermano y podemos buscar colaboración en Julito, aunque no creo que se apunte. Igual la idea es clarísima: conseguimos a alguien y se las verá con él, ¿estamos?

—Estamos. Sin embargo, no creo que haga falta porque fue sincero. No lo asustemos. Nos queremos, creo.

Y empezó a detallar algo de lo que entendía que sentía. Era todo tan grande y surgía tan imprevistamente, sin premeditarlo siquiera, que apenas si podía disfrutarlo.

Matías llegó a su casa con una sonrisa poco disimulable y cantando a viva voz.

—Hola, hijo. ¿Comiste? —preguntó su madre.

Claro que sí, había degustado a una deliciosa señorita que lo tenía cantando como un adolescente. Pero comida no y estaba hambriento. Negó con la cabeza y se sentó en la silla frente a un plato vacío que su madre llenaba de comida.

—¿Fuiste a ver a Sabrinita?

—Sabrina, mamá. Es una mujer ya crecida. Y sí, vengo de ahí.

—Parece que te fue bien, entonces. Esa chica es un amor. Tráela uno de estos días. Cuando la conozca Carmen va a quedar encantada, yo le conté algo. —Matías la miró como si de pronto su madre tuviese dos cabezas o algo peor. ¿Qué había contado a quién y por qué? Ella elevó los hombros, se dio media vuelta para buscar su taza de té y sentarse al lado de él—. Matías, mi amor. Que seas un hombre no te hace dejar de ser mi hijo. Te conozco, te parí, ¿recuerdas? Esa mujer te tiene mal y se te notaba cada vez que la mirabas, la peleabas, le hablabas… ¡Ay, hijo!, el amor se ve.

Matías rio con ganas, su madre era única. Cómo negarle algo con esa carita de buena.

—No quiere que te cuente todavía. Por las dudas que no nos vaya bien. Ella no quiere que estropeemos tu amistad con María o la mía con Iván.

Y entonces le contó lo que podía, teniendo en cuenta que era su madre la oyente.

Dos horas más tarde, con una sonrisa tonta en la cara le enviaba a su novia un mensaje de texto con alguna broma para incomodarla y una foto de él desnudo, solo tapándose su sexo con la mano. Hasta podía adivinar la cara sonrojada de ella al abrir el mensaje.

La respuesta no se hizo esperar, pero fue solo un emoticón de carita asombrada. Matías rio a carcajadas y se metió en la ducha.

Sabrina volvió a mirar la foto, ¡era tan buen mozo! ¿Desde cuándo le gustaba tanto? Esa cara de niño travieso haciendo una maldad era tan excitante que a punto estuvo de devolverle el favor y sacarse una foto atrevida para enviársela. No lo hizo, le faltó valor, solo le alcanzó para uno de esos dibujitos redondos y amarillos.

Volvió a mirar la foto por décima vez. Seguía sin atreverse a más, acercó sus labios fruncidos como en un beso a la cámara y sin pensarlo ni dos segundos apretó el botón de enviar.

—Espera. Despacio, Julito, despacio. Le agrego la salsa antes, entonces.

—Sí, antes, y después lo pones al horno para mantenerlo caliente. Cuéntame cómo salió, Sabri, me interesa saber qué tan buen maestro soy.

—Prometido, ahora te corto que ya se me hace tarde —dijo Sabrina colgando la llamada.

Se puso manos a la obra. No era lo ideal probar una nueva receta para agasajar a su novio, sin embargo, apostaba a que saldría bien y si no... la pizzería estaba cerca.

Preparó la comida y puso la mesa con algún toque romántico, como un par de velas y una rosa que había comprado. Que su novio no fuese romántico o de detalles dulces no significaba que ella no lo fuese... o intentase serlo. Lo cierto era que tampoco era demasiado demostrativa y su timidez no colaboraba mucho con sus palabras y atenciones, pero no estaba de más intentarlo.

Matías avisó a su madre que no iría a cenar y como buena preguntadora le sacó mentira por verdad. Entonces estaba al tanto de dónde y con quién estaría, la verdad era que también estaba enterada de que pasaría la noche fuera de casa. Qué podía decir, no era bueno esquivando las preguntas exactas de su madre, ella sabía qué vueltas dar para llegar a destino.

Llegando a casa de su novia recibió la llamada de su hermana, por supuesto, atendió como de costumbre, pero...

—No me dijiste nada, ¿todo tengo que enterármelo por mamá?

—¿Enterarte de qué, Carmen? —Bueno, parecía que los saludos se saltearían.

—Que estás de novio. Hace... ya no sé cuántos años que no lo estás ¿y no me lo cuentas? ¿Qué clase de hermano menor eres?

—¡No lo puedo creer! Carmen, el tema es que Sabrina no quería que lo contásemos todavía. Su madre y la nuestra son amigas y es la hermana de Iván. Si no sale bien..., no quiere que tengamos problemas.

—Lo sé y lo entiendo. Pero no me importa, la quiero conocer.

—No.

—Matías.

—No, por ahora. Hasta que ella no quiera. Mira... —suspiró resignado, eso de ser el único entre dos mujeres chismosas era todo un tema—, Carmen, no hice las cosas bien desde el comienzo con Sabrina y prefiero seguir sus directivas antes de volver a meter la pata. Por lo que, llámame sometido, pero si ella no quiere, no quiere.

—Sometido —rieron juntos. Matías ya se había detenido en la puerta del edificio—. Mati, sé que ella es importante, de lo contrario no serían novios. Esa parece una palabra significativa para ti así que me alegro de que estés enamorado.

—No estoy enamo...

—Estás enamorado, me lo dijo mamá.

Sabrina volvió a mirar la bandeja del horno, todo estaba en las mismas condiciones. Tenía buena pinta, ya sabría qué tal el sabor.

Cuando el timbre sonó su corazón se salteó un latido, sus palmas comenzaron a sudar y sus omóplatos se calentaron. Era una sensación maravillosa. Esa tensión previa al beso, al abrazo, a encontrarse con esa mirada oscura... Sí, era maravilloso.

—Hola —susurró, y la sonrisa de Matías derritió todos sus fusibles. Bajó los párpados y se dejó abrazar.

—Hola, chiquilla. Te extrañé. —Sabrina sintió los dientes presionar en su cuello y se estremeció. ¿No podía solo darle un beso corto y seco en los labios?—. Mírame —pidió con esa voz mandona y le comió la boca de un beso—. Huele delicioso. Sabías que no como carnes de ningún tipo, ¿no?

—¡No! —se lamentó ella llevando las manos a su boca. Sus ojos abiertos, tanto como podían estar, casi se llenan de lágrimas ante la impotencia y la furia. Dos horas preparando la carne para tirarla a la basura, no se le había ocurrido preguntar. Qué tonta—. No lo sabía.

—Era broma, Sabri, perdón. No te pongas así. —Matías debía conocer primero a su novia antes de soltar su ácido humor. Sonrió con ternura y la abrazó pegándola a su pecho y besando su frente—. Era la broma ideal, no me digas que no, con este olorcito... era perfecto.

Sabrina entrecerró los ojos rabiosa pero divertida. Sí, era la broma ideal si no estaba destinada a ella. La dejó pasar porque no tenía con qué devolvérsela, ella no era muy bromista en realidad y si las disculpas eran acompañadas con algunas demostraciones de la ternura que escaseaba en su novio, bienvenidas eran las bromas, entonces.

La comida estaba deliciosa y la conversación mechada con besos y caricias. Matías era todo un seductor y ella estaba perdida, entregada de lleno a esa seducción. Juntos levantaron los platos y lavaron todo lo que habían utilizado.

Matías no podía creer estar haciendo algo relacionado con la limpieza de la casa, por lo general, solo se quedaba sentado conversando o mirando algo que lo entretuviese. Eso también había sido una enseñanza paterna que parecía estar desapareciendo.

Matías preparó café mientras ella se ponía su pijama. Jamás había estado nervioso ante una mujer, pero no sabía cómo empezar ni una tonta conversación con la única que lo tenía embobado. Tanto que ya no recordaba ni cómo era sentirse así. No se quejaba, le gustaba esa ambigua sensación, sensible y turbadora, porque sus sentidos estaban en alerta total y cada movimiento, olor o sonido producía un efecto placentero en su cuerpo. Eso pasó exactamente cuando ella se acercó por su espalda y susurró cerca de su oído.

Los efectos de esa sencilla acción dieron de lleno en su cuerpo atento. Una sensación de electricidad le recorrió la espalda y se posicionó en su nuca. Sintió cómo los vellos de sus brazos se erizaban y su sexo se erguía orgulloso y expectante. Un jadeo escapó de su boca entreabierta y cerró los ojos con fuerza intentando contener cualquier arrebato de locura.

La pregunta había sido si el café estaba listo, sin embargo, su cuerpo había respondido como si le hubiese preguntado algo similar a ¿quieres que probemos todas las poses sexuales que conozcas?

—Listo y servido —dijo, carraspeando y mirándola de arriba abajo. Ese maldito pijama no ayudaba.

Caminaron hasta el salón, Sabrina se acomodó en su rincón preferido del sofá y en esa postura acurrucada tan sexi. Al menos, eso pensaba él, pero sin ser del todo objetivo, claro estaba.

—Cuéntame cómo van las cosas con tu padre.

Su libido quedó relegada, momentáneamente. No era un tema que Matías quisiese conversar en ese momento, pero los noviazgos eran eso: un poco de conversación interesante, conocerse, mostrar sus sentimientos, compartir problemas y solucionarlos juntos, apoyarse en el otro y ser sostén. El amor no solo era sexo… ese punto lo aprendió solito, el resto eran cosas que su madre le había enseñado a él y a su hermana. No aquello que aprendió viendo a su padre: cosas como «la mujer te sirve, te mima, espera que la lleves a la cama y la hagas gritar, y si deja de tener el efecto que esperas descártala y búscate otra». Algunos puntos eran agregados por su enojo. Porque sí, todavía estaba enojado con su padre, y ese sentimiento no tenía fecha de vencimiento aún.

Evidentemente, en su personalidad tenía un poco de su madre y otro poco de su padre, porque si bien sentía que amaba y deseaba con pasión arrasadora y sentía que su corazón palpitaba con más ímpetu en presencia de Sabrina, no era capaz de decirlo o demostrarlo con caricias y abrazos o con besos menos intensos. Su cuerpo le pedía que la tumbase en el suelo, la desvistiese y le diese placer robándole un poco para él. Así demostraría el amor que estaba sintiendo por esa mujer de cara dulce, un poco vergonzosa y muy inteligente.

No se opuso a contarle su enfado, tampoco escatimó detalles y le describió la conversación con su hermana, además de la nueva unión que había entre ellos. También, le dijo que habló con su madre y que ella, con un llanto más medido que el de su madrastra (ahora era un título que le gustaba emplear), le dijo que debía mantenerse al margen, que no eran sus problemas y que su padre no le había faltado a él, sino a ella. No fue una orden, fue un ruego que él, momentáneamente, no podía atender porque por más que quisiese hacerlo, sus enojos no lo dejaban ver a ese padre que, si bien no estuvo todo lo presente que hubiese querido, no daba los mejores consejos y mucho menos los mejores ejemplos, se mantuvo en su vida con todos sus defectos y virtudes. A su modo.

—No es que no lo quiera, Sabri —aclaró, acomodando el cuerpo de su novia en su pecho que, de improviso, se acurrucó entre sus brazos. Sus manos comenzaron a moverse acariciando el largo pelo y la mejilla de ella, que lo miraba con mucha concentración. La misma que él estaba perdiendo—. Es que no puedo aceptar los hechos, todavía no estoy preparado.

—Con el tiempo... no te apures.

—Eso espero.

—Y yo espero un beso —señaló ella a punto de avergonzarse por pedirlo. La sonrisa de Matías no se hizo esperar. El beso sí.

—Primero toma tu café. —Después de cumplir su pedido, Matías invadió su boca con toda esa carga lujuriosa que atravesaba cualquier recodo de prudencia. Sabrina se aferró al cuello de su novio gimiendo bajito y pegó su pecho al de él—. Estos besos me van a volver loco. Maldigo el café y tus labios tibios... Y tu lengua caliente... O debería bendecirlos, ya no lo sé.

Matías nunca dejó de besarla mientras hablaba y Sabrina no dejó de sonreír hasta que esos besos bajaron y llegaron a atormentar uno de sus pechos mientras con una mano le apretaba el otro.

La cosa se ponía seria.

Y la mañana llegó para Sabrina, pidiéndole el mismo permiso que había pedido el intruso que dormía en su cama: ninguno. Ningún permiso pidió Matías para asaltar así su cama ni su vida, sus pensamientos o sus sentimientos.

Se concentró para apreciarlo con todos los sentidos que pudiese utilizar. La vista no era posible porque lo tenía a su espalda, pero los demás estaban atentos y eran suficientes para hacerla consciente de ese brazo que apretaba su cintura; del aliento que rebotaba en su sien; del sonido extra de una respiración, esa que jamás pensó escuchar tan cerca de su oído. Ese pie tibio que rozaba su pantorrilla y esa cadera que acoplaba a la perfección en la suya, rozando su trasero tan íntima y naturalmente, como si así debiese ser.

Como pudo se puso de pie sin despertarlo. No quería eso, demasiado tenía que lidiar con sus emociones (todas despiertas ya) como para agregar a Matías y todas sus autoritarias formas. De las que no se quejaba y de las que disfrutaba enormemente, pero no en ese instante en el que solo quería soledad.

Necesitaba respirar profundo, retener el aire, suspirar tal vez también. ¡Por Dios, por sobre todas las cosas necesitaba gritar! y era lo único que no podía hacer. Giró su cabeza, lo miró unos pocos segundos y sonrió. Tenía tantas ganas de abrazarlo y besarlo, apretarlo contra su piel otra vez y pedirle que se quedase así por horas, pero se resistió y caminó hasta la cocina sin volver a mirarlo.

—Café, Sabrina, necesitas café —se dijo en voz baja y se carcajeó.

La felicidad se escapaba de los límites de su cuerpo, no podía retenerla más. Estaba tan enamorada que apenas podía creerlo. Sentía una fuerte presión que comenzaba en el vientre y subía por el pecho obligándola a inspirar profundo y soltar el aire después, lentamente. Ese sentimiento dormido se despertaba con tantas ganas que ella apenas podía contenerlo.

Volver a sentir amor era estupendo.

Volvió a pensar en ese hombre largo y delgado que ocupaba su cama... Recordaba con tanta claridad la última vez que durmió toda una noche con alguien. Cómo olvidarlo... Nunca. Nunca había compartido una cama con un amor. Matías era el primero.

Estaba asustada, para qué negarlo. Ese hombre era un poco peligroso para ella y todo su bagaje de dudas, miedos, inseguridades, inexperiencias, y su corazón ya repiqueteaba asustado de solo imaginarlo lejos. Era impensado volver a ser nada, ya no. Su novio era ese tipo de hombres que tomaba todo lo que podía en un solo paso y ella se había puesto en su camino, para bien o para mal. No pudo resistirse a sus encantos poco delicados. Estaba atrapada.

Preparó el desayuno sonriendo. Sí, tenía miedo, pero la vida era tomar riesgos, eso le habían enseñado sus amigos y había aprendido demasiado bien.

—¿Qué comes? —preguntó una voz adormilada, ronca y perezosa que le erizó la piel. Ni hablar del beso en el cuello y las manos rodeando su cintura desde atrás.

—Nada todavía. Te estaba esperando para desayunar.

—Mermelada casera de ciruelas, mi preferida —señaló Matías, ensuciando su dedo y llevándolo a los labios de su novia, sin dejar de sonreír con picardía. Ambos tenían demasiado fresco ese recuerdo.

—No hagas que vuelva a odiarte como ese día. Porque te odié, Matías.

—Lo sé, tanto como me deseabas —afirmó él ya con el dedo rozando su propia lengua y el labio de ella.

Una deliciosa combinación para el desayuno, pensó Matías cerrando los ojos por un segundo y en ese instante ella abrió la boca e introdujo ese dedo y esa lengua para saborearlos a ambos de una sola vez. Él suspiró y no se perdió el movimiento ni su mirada, que no se la negaba. Maravillosa mirada marrón que hablaba de dulzura y pasión controlada.

Matías veía en cada reacción de ella, inesperada, a decir verdad, la perfección. Respondía a sus estímulos, fuesen cuales fuesen los que le presentara, ella accionaba una respuesta y todas eran increíbles y sorprendentes, naturales. Su entrepierna las disfrutaba, pero sin interrumpir a su corazón que galopaba desesperado ante semejantes imágenes.

Matías sentía muy dentro de su ser que esa mujercita de exterior dulce e interior amargo, era lo que siempre había necesitado para estar completo. ¡Cuánto tardó en aparecer! No importaba, ya no, porque ahí estaba y su presencia era despiadada. No osaría resistirse a ella.

Con ambas manos le tomó la cara, se pegó a su cuerpo aprisionándolo contra la pared más cercana y la besó con un beso que se volvió impaciente, ardiente y urgente. Ambos cuerpos respondían entregándose al otro, reconociéndose y deseándose. Era una deliciosa sensación, nueva y voraz. Irresistible.

211

Suspirando dentro de su boca, Matías mordió el labio inferior de ella con fuerza y robó el gemido que quería. Sonrió y se alejó unos centímetros.

—¿Cómo dormiste? —le preguntó, ayudándola a sentarse para compartir el desayuno.

—Muy bien —dijo ella, sintiendo que su cuerpo flotaba. ¿Cómo podía él hacer esos cambios tan bruscos? Ella todavía estaba inmersa en el ardor que el beso había estimulado.

—Sabri, mamá y Carmen ya saben de lo nuestro —expuso él, sabiendo que la bomba explotaría, aunque dispuesto a recibir las esquirlas.

Apenas la miró, siguió untando su tostada y midiendo el silencio de su novia que lo estaba atravesando con su mirada. Podía sentir como pinchaba, era como una aguja filosa y caliente. Sonrió por dentro, conocía su temperamento, algo ya había padecido de él.

—Me dijiste que no dirías nada, Matías. —Sabrina estaba conteniendo su furia. De pronto todas esas dudas de saber si hacía lo correcto confiando en la persona que menos confianza le había dado en su vida, la volvían a acechar.

—Yo no dije eso, chiquilla, fuiste tú. Yo solo asentí. De todas formas, no dije nada. Fue mi madre que se dio cuenta.

—Mentira.

—No miento. No te enojes, es una tontería.

—Sí, voy a enojarme y no, no es una tontería. Es importante para mí. ¡No me toques! —chilló ante la mano que estaba a casi nada de la suya.

—Ven aquí, gruñona. Déjame darte un besito para que se te pase. —Matías la siguió mientras ella intentaba alejarse.

—No me toques… No entiendes nada. ¿Sabes lo que puede pasar si cortamos?

—Nada va a pasar. Y no vamos a cortar.

—Ahora mismo quiero hacerlo —mintió Sabrina al verse enredada entre los brazos del enemigo.

—Hazlo. En diez minutos vuelvo a preguntarte si quieres ser mi novia otra vez y volvemos. ¿Qué te parece? Y hasta tenemos una reconciliación.

—Eres muy tonto.

—Puede ser, son los efectos colaterales de enamorarse.

El silencio abarcó todo lo que los rodeaba. Ellos se mantuvieron abrazados y con la mirada fija. Sabrina no podía creer lo que había escuchado, jamás hubiese esperado una declaración de él, fue avisada desde el comienzo. No obstante, si había alguien que no podía creer que esas palabras fuesen pronunciadas, era el mismo Matías. Sabrina elevó las cejas y Matías los hombros. No se sentía tan mal decirlo, aun así, no lo repetiría. La soltó y se alejó algo perturbado, no arrepentido.

—Ahora merezco el perdón, un abrazo y un beso.

—Sí, te lo mereces. Ven aquí —le pidió ella. Matías ya estaba más cerca del sofá que de ella.

—Ven tú. —Ella se negó con la cabeza y él la miró con esos ojos brillantes y profundos con los que le doblegaba las intenciones—. Ven tú, Sabrina —ordenó y ella sonrió de lado, sintiendo como su cuerpo se estremecía caminando los tres o cuatro pasos que los mantenían alejados.

—¿Qué me vas a hacer? —preguntó con timidez y Matías, que no tenía otra intención más que abrazarla y besarla para después invitarla a nadar, de pronto se encontró pensando otras opciones. La desnudaría y después le haría el amor ¿en el sofá, en la cama o en la mesa?

—Todo lo que quieras y si sabes pedir, lo que me pidas, chiquilla.

—Jamás te pediría algo.

—Lo sé. Voy a tener que adivinar, entonces.

—Tengo más inhibiciones de las necesarias, perdón. Intentaré ir ahuyentándolas de a poco.

—No te preocupes —dijo él ya sobre el cuello de ella, sus dientes se clavaron ahí y luego su lengua alivió la molestia—, yo te voy a ayudar. Voy a comenzar besándote despacio, lentamente, con dulzura, así. Bien suave, hasta que los besos tengan sabor a pasión y cuando lleguen a ese punto de tu cuerpo, ahora solo mío, voy a lograr que hasta el mismo demonio se ruborice con tus brutales gemidos.

—Matías, por favor.

—Sí, por favor me vas a pedir —señaló, sacándole el pijama en el medio del salón. Caminó con ella hasta el cuarto mientras, cómo podía, se quitaba el bóxer, única prenda que tenía puesta.

No llegó hasta el dormitorio como pretendía, la apoyó sobre la pared del pasillo refregando su necesidad en el maravilloso trasero de su novia. Ella afirmó las manos en la pared y se aseguró de no ser aplastada por el excitado cuerpo de Matías. Las manos de él eran poderosas y demandaban. Una de ellas tiraba su cabello para exponer su cuello y sus labios, él los quería a su merced y ella rogaba que así fuese; la otra mano estaba acariciando su interior con poca sutileza y con mucha precisión, robando algunos gemidos.

No tenía experiencias tan excitantes ni con hombres tan... tan Matías. Ella no tenía una palabra para abarcar todo lo que él era. Porque era mucho, tanto.

El placer de Sabrina era inmenso e incomparable, literalmente. Su respiración estaba descontrolada. Su trasero se movía con torpeza contra el sexo erguido de Matías mientras él la torturaba con los dedos y la lengua sobre el cuello y oreja, llegaba a su boca de labios entreabiertos, los mordía y sonreía jadeando sobre ellos.

—Caliente, chiquilla, eres caliente. —Sabrina ardía de placer y vergüenza con esas palabras y esas miradas. Matías disfrutaba de tenerla así de entregada en sus manos. Bebería con gusto todo ese deseo una y otra vez. Era maravilloso verla así, derretida, sin darse cuenta de toda la sensualidad que desprendía con esos movimientos, con esos sonidos, esas miradas y su boca rogando besos.

Matías la tomó de la cintura y la elevó unos centímetros, ella quedó en puntas de pie batallando con su equilibrio y su necesidad. Era apremiante el final, no obstante, disfrutaba el esfuerzo de llegar. En esa incómoda postura tenía que trabajar más, su cuerpo pedía, imploraba, se contorneaba y rebotaba contra el de su novio que jadeaba y se refregaba deseoso de todo lo que ella daba. El detonante había llegado en forma de pellizcos en sus pechos y palabras roncas.

—Tu culo me está volviendo loco.

Ella sonrió, podía sentirlo pegado a su piel, frotándose con desesperación. Podía escuchar sus maldiciones y sus exhalaciones. Su cuerpo comenzó a tensarse y los espasmos de su cadera hicieron el resto. Los dedos de Matías, conocedores de qué hacer y dónde, no detuvieron su empeño. Cerró los ojos y llevó la cabeza hacia atrás, él mordió su oreja y apretó las dos manos. Estalló. Explotó. Gimió brutalmente como él pronosticó y entonces se aflojó en ese abrazo considerado y egoísta que recibía.

No le extrañaba que él siguiese con el intento de aliviar su deseo, tampoco le molestaba.

—Terminemos con esto también, Sabri. Ayúdame —pidió moviendo su mano con fuerza sobre su erección. Ella giró y quedó prendada de la vista. Era todo un lujo poder observarlo en esa situación tan íntima. Cada fibra del cuerpo masculino estaba en tensión. Su cuello, sus brazos, su pecho, su mandíbula, hasta su mirada era pura llama, pura urgencia.

—Estás muy atractivo haciendo eso —dijo sin quitar la vista de todo lo que tenía delante. Matías puso cara de arrogante y sonrió. Podía ver las mejillas sonrojadas de su novia por haberse atrevido a decir algo tan poco decoroso.

—¿Te parece? —preguntó y siguió moviendo su mano con rapidez. Jadeó ante el mordisco de ella en su hombro y las caricias en su pecho—. Me gusta que me acaricies mientras yo me masturbo. Hazlo —ordenó. Cerró los ojos, no podía más, ella pellizcaba sus tetillas y rasguñaba su piel. Se pegó al vientre de Sabrina y se dejó ir sobre la piel de ella. Una delicia, pensó. Sabrina lo abrazó fuerte y le susurró al oído algo que él no pudo escuchar por estar perdido en el placer que había sentido—. Si este noviazgo va ser así... va a ser increíble.

14

Sí, era increíble. Era un noviazgo firme, preciso, decidido, fiel, apasionado.

Todo lo que Sabrina nunca tuvo.

Matías tampoco.

Ambos sentían mucho por el otro, aunque no eran capaces de decirlo, tal vez tampoco era necesario. Sin embargo, ahora sí Sabrina se animaba a llamarlo Mati, lo hacía de forma cariñosa e íntima. Ese pequeño detalle, para ella era enorme pues había sentido la necesidad de crear algún sonido diferente que mostrase su afecto, era un simple diminutivo del nombre, no obstante, para ella era un avance gigante si recordaba que con Juan no tuvo esa necesidad en los varios meses que mantuvo una relación con él. En cambio, con Matías, a escasas semanas de noviazgo ya lo había conseguido.

Acariciando su cabello, absorta en la imagen de tenerlo tan cerca, tanto que con solo estirar sus labios podía besarlo, se perdió en las vistas. Su pelo no tenía un corte moderno, era simple y corto, tomando la forma de su cabeza; parecía ondulado y era tan oscuro como sus tupidas cejas y esos maravillosos y brillantes ojos que al observarlos hasta le parecían soñadores. Sus labios eran finos y rosados; y la nariz, masculina y personal. Todo le gustaba, el amor tenía el poder de poner belleza donde antes no había, suponía ella.

Adoraba sentarse a horcajadas de él, acariciarle la cara y mirarlo mientras le contaba sus cosas. En ese preciso instante, sabía que hablaba, pero ella estaba concentrada únicamente en mirarlo. Vio una sonrisa y algunas arruguitas en los costados de los ojos y otra más sobre la mejilla que le parecieron deliciosas. Amaba su aspecto a pesar de todo lo que lo había aborrecido antes.

217

—Sabrina, ¿me escuchas?

—No, perdón, me distraje —dijo, acercándose muy lento para besarlo, demasiado se había controlado ya.

Ese primer contacto la hizo suspirar y cerrar los ojos con fuerza. Matías no esperaba el beso ni el suspiro. Le costó muchísimo decir algo similar a un te quiero (disfrazado entre muchas palabras y algunas bromas) y parecía que ella no lo había escuchado. Sin embargo, no le importaba si la interrupción era un beso como ese, tan cargado de ternura y tantas otras cosas que no podía definir y hacía cosquillas en sus entrañas. Maravillosas y desconocidas cosquillas. Cerró los ojos después de ella. Nunca se perdonaría no haber reparado en la belleza de esa mirada o en esa boca de dientes perfectos mucho antes.

—No importa. Distráete todo lo que quieras siempre que tu boca se pegue a la mía.

—Eso sonó romántico y no es muy propio de ti. ¿Estás bien? —No pudo contener la risa ante las cosquillas. Apenas si podía respirar con el cuerpo de él sobre el suyo—. Eres tan guapo —le dijo cuándo el silencio se presentó ante las miradas profundas que se dedicaron.

—¿Soy guapo? —le preguntó acariciando las mejillas de su novia a la que tenía aprisionada debajo de su cuerpo. A veces descubría que, con la torpeza propia de la novedad, era capaz de acariciar con dulzura—. Tú eres linda.

—¿Cómo es eso? —Sabrina sonrió ante el gesto de incomodidad de su novio, él la presionaba en la intimidad ella lo haría también. Tenía derecho a molestarlo un poquito. Vio que se incorporaba y volvía a sentarse. Ella lo imitó, pero tironeo de él para lograr que apoyase la cabeza en sus piernas. Eso hizo y le tomó una mano para empezar a jugar nerviosamente con sus dedos.

Matías estaba decidido a dar más de sí, todo por y para ella. No podría perderla por su incapacidad de demostrar cuanto la amaba. Sabrina no pedía más de lo que él le daba y lo agradecía, aun así, sentía que se lo debía. Suspiró sonoramente... Su novia era especial, tan cariñosa y apasionada... Cerró los ojos ante las caricias en su cabeza y en sus mejillas, obnubilado con su cariño.

—Tienes una cara preciosa, tus pestañas le dan a tu mirada una pureza y una timidez que puede conmigo, y si tus mejillas se ponen coloradas, ¡madre mía! Me gusta tu vergüenza, me excita.

—¡Matías!

—Tú me lo has pedido, ahora me escuchas. Me gusta esa actitud de niña curiosa, atrevida a la vez que cohibida y peligrosa por su sinceridad. Por eso eres mi chiquilla. Un día pensando en todas estas actitudes tuyas, en tus tibios besos de café y en otras cosas salió ese apodo ideal para ti.

—¿Otras cosas?

—Sonrójate —pidió entre risas a sabiendas de que eso pasaría—, me gustan tus pechos, mucho, son redonditos, blanditos y pálidos. Preciosos.

—Mati, los pechos no son preciosos.

—Los tuyos sí. Cuando me acerco y los veo cambiar frente a mis ojos... ¡ah! Tienen un efecto alucinante en mí —dijo, abriéndole la camisa y bajando la copa del sostén. Con sus dedos la acariciaba con suavidad y su sexo despertaba de la misma forma.

—Veo —susurró ella con gesto travieso. Sin dejar de acariciarle la cara y los labios.

—Y tu trasero es... ¡terrible! Me vuelve loco cuando veo tu cintura y tu cadera... es un conjunto perfecto. Sabrina esto se está poniendo peligroso —indicó incorporándose y llevando su boca a los pechos desnudos. Se tomó unos minutos para deshacerse de esa ropa molesta que ella llevaba y se puso serio—. Me olvidaba. Esto es un secreto... tus pijamas. Me vuelven libidinoso tus pijamas.

—¿Mis pijamas? ¿Los que me ponía para evitar que te sintieses atraído hacia mí y con los que quería demostrarte lo poco que me importabas?

—No lograron su objetivo. Así entrabas en mis sueños más calientes, chiquilla —expuso, caminando con ella hacia el dormitorio y tendiéndola en la cama.

—Eres raro, Matías. ¿No vas a preguntarme qué me gusta de ti?

—No lo necesito. Sé que soy un encanto. Ni Steven se compara conmigo. —Ya estaba recostado sobre ella, riéndose de tantas tonterías que decían y avivaban el fuego de la pasión que los consumía.

—¡Por favor, tu ego es tan grande...! No puedes compararte con Steven, Matías. Él es... —La miró fijo a los ojos y ella hizo silencio inmediatamente. Le encantaba esa sumisión. Falsa y excitante sumisión.

—¿Qué dijiste, Sabrina? —La voz ronca y firme llegó a las entrañas de ella y se retorció debajo de él.

—Que eres mejor que él —dijo con la vocecita apenas audible, sonando atemorizada. Mentirosa, atrevida..., pensó Matías.

—Me vuelves loco. Desnúdame.

Sabrina sonrió y lo empujó hasta recostarlo en la cama. Intentó sacarle la ropa, pero se entretenía con cada partecita de piel que aparecía y él se quejaba con jadeos sonoros, reprimendas y gruñidos. Ella se sentía toda una diosa, una irresistible mujer deseada, eso provocaba Matías en ella.

Sabrina no tenía ni idea de los efectos secundarios que la presencia de ese hombre, tan diferente a todos, tenía en ella.

Quienes la conocían notaban los cambios, sus nuevas seguridades la hacían ver diferente, claro que ella no lo notaba como los demás. La familia cuchicheaba a su alrededor y se preguntaba qué pasaba, qué modificaciones había en su vida, qué ocultaba. Esperaban noticias, porque estaban seguros de que las había, sin embargo, conociendo el recelo con el que guardaba su intimidad seguían esperando, ansiosamente por supuesto, a que ella contase algo.

Sabrina siguió con su trabajo hasta tenerlo desnudo y en sus manos, no dudó en acariciarlo. Matías apoyó los codos para mirar la acción de esos dedos largos y finos sobre su cuerpo.

—Mírame, Sabrina —le pidió y una vez que logró esa mirada se puso serio, con la necesidad dibujada en cada rasgo tenso—. Con la boca, chiquilla.

Esa orden puso en tensión a Sabrina y se dedicó en cuerpo y alma a satisfacerlo. Lo escuchó y lo vio disfrutar de sus atenciones. Se pegaba a su boca y gruñía su nombre, tiraba de su cabello y bajaba su cabeza pidiendo más, estaba a punto de caer y ella era la responsable.

—Súbete a mí. Siéntate aquí —rogó, clavando sus dedos en la cadera de su novia y al sentirla apretándolo, jadeó con los ojos cerrados. Después de quitar el aire de los pulmones de su novia en dos o tres fuertes embestidas, comenzó un ritmo seguro y potente al que ella se acopló.

Gemidos, gruñidos, jadeos, más golpes de cadera, todo eso junto estaba colapsando la razón de ambos que no dejaban de mirarse y besarse con impaciencia.

Estallaron unidos, uno primero y el otro lo siguió. Ella pegó su frente a la de él y suspiró sonriente y agitada. El silencio se sostuvo algunos segundos.

—De ti me gusta tu rudeza mientras me haces el amor, tu mirada intimidante, tu escasa dulzura que a veces aparece temerosa y torpe. Tu cara de chico común, aunque arrogante, y esa voz firme que con una sola palabra logra que mi corazón se acelere. Tu forma de abrazarme fuerte y dolorosa a veces y tus caricias sinceras. —Después de enumerar todo eso levantó la cara para encontrarse con la mirada de él y su sonrisa—. Y mi secreto es que me provocan tus besos de cerveza.

Sabrina era todo sorpresas para Matías. Todavía lo sorprendía, gratamente, por cierto. La dulce y tímida mujercita que miraba con ojitos dudosos le decía que le gustaba su manera de hacerle el amor, justo cuando él estaba planteándose la idea de volver ese acto un poco más sereno, tal vez menos intenso, menos visceral. Había sopesado probar una vez para ver qué pasaba... pero ella era quien provocaba todas las sensaciones de posesividad y desenfreno, casi era imposible poder dominarlas. Ella era su musa inspiradora solo con su actitud y su presencia. Ese cuerpo curvilíneo que se ponía en sus manos, libre de todas esas inhibiciones que tenía en su mente y que se derretía y se retorcía de placer, era perfecto. Y sus respuestas... Adoraba sus respuestas, sus miradas, sus sonrisas pícaras y retraídas, su excitación ante las palabras firmes y demandantes. Eso era solo la parte sexual, pasional, carnal, cualquier nombre servía.

Si pensaba en todo lo demás... en sus charlas, sus bromas, sus declaraciones de amor camufladas y sin utilizar ninguna de las palabras que todo el mundo usaba, sus caricias, sus silencios, su forma de compartir la vida y meterse en la de él... Definitivamente estaba enamorado y no estaba seguro de haber amado tanto alguna vez.

Si tuviese que razonarlo, tal vez, pondría la excusa de la edad, la experiencia, la madurez. Sí, eso podría ser. Nadie amaba de la misma manera a los veinte que a los treinta y él no era la excepción. Pero para Matías la respuesta era un nombre, Sabrina; y una persona, ella.

Amaba de esa manera, sin límites ni condiciones, con cuerpo y alma, solo porque era ella. Ella, que esperaba solo lo que él le podía dar, que no pedía y, sin embargo, ofrecía. La misma que sin tener una gran experiencia lograba que estuviese pensando en hacerle el amor día y noche porque lo ponía como un demente libidinoso. La que decía que la coquetería era trabajosa y mentirosa y tenía la sensualidad a flor de piel. Esa misma mujer con rostro aniñado que usaba pijamas espantosos y lo ponían cachondo. La hermana de su amigo que había logrado que tirara por la borda todas sus reglas... claro, todo visto con los ojos del amor. Con los ojos de Matías.

Se enredaron en la cama y suspiraron cansados del trajín semanal y de la pasión compartida.

—Buenas noches, chiquilla.

—Buenas noches, Mati.

Sabrina sonrió ante el beso en la sien y los brazos que la encerraron con más fuerza. Demasiada fuerza, tal vez un poco menos sería más agradable, pero ¿quién le pediría a Matías que aflojara su abrazo? Él hacía lo que quería con ella y ella no se quejaba jamás. Adoraba sus modos. Estiró la mano hacia atrás y le regaló una caricia en la mejilla, él besó la palma de su mano y cerró los ojos.

Sabrina comenzaba a pensar que algo bien había hecho en la vida para merecer un amor tan profundo y sincero. ¿Eterno? No lo sabía, no lo pensaba ni lo analizaba. Sin haber esperado ni pretendido nada, lo que tenía era más que suficiente. Un amor sorpresa, inesperado, diferente y divertido, especial... Un amor, punto. Cuántas veces se dijo a sí misma que no lo necesitaba... y no era falsa su postura, así vivía, con esa creencia. Como tantas personas que sufrieron por amor le huía, lo ignoraba y hasta lo había creído poco importante.

Hoy, si bien no se arrepentía, tenía otro punto de vista. No necesitaba ese tipo de cariño, pero era maravilloso si aparecía y se entregaba para vivirlo intensamente y si volvía a sufrir, bueno... esperaba que hubiese valido la pena.

Un nuevo fin de semana y una nueva noche juntos, entre sus brazos. Sabrina casi se estaba acostumbrando a despertar así. Se movió para no sentirse tan aprisionada por esas garras posesivas, necesitaba respirar y su pecho apenas podía expandirse.

—Quédate quieta —susurró Matías, en ese ronco tono de voz adormilada que a ella la estimulaba inevitablemente.

—Entonces no me aprietes tanto.

—Este cuerpo me pertenece, hago lo que me da la gana —afirmó riendo, y ella respondió de la misma manera acomodándose mejor y más cerca—. Ahora me estás provocando con tu culo.

—¿En qué quedamos, me alejo o me acerco?

—¡Gruñona, sorpresa! ¿Estás despierta? —La voz de Iván sonó demasiado clara como para pensar que la habían imaginado.

—¡Oh, mi Dios! No, no, Dios mío. Me quiero morir. Esta no era la forma. Así no.

—Tranquila, chiquilla, tranquila. Estoy contigo. Va a entender —susurró Matías.

—¿Estás visible? —preguntó su hermano, tan cerca de la puerta que Sabrina pensó que no tendría tiempo de terminar de ponerse el pijama.

—No lo va a entender. Le fallamos, Matías.

Iván se asomó como era su costumbre con su pelo revuelto y su sonrisa pícara y feliz. Vio el medio cuerpo de su amigo desnudo y a su hermana acomodándose el nudo de la camiseta. No era un error. No podrían decir: «No es lo que parece.»

—¡Lo sabía! Lo intuía. ¡Cómo te conozco, Matías! —gritó ofuscado.

Iván lo había pensado una vez. Al presentarlos vio a Matías observar a Sabrina de una forma diferente y aunque no le gustó, lo dejó pasar porque después lo vio seguir su vida de libertino como siempre. No obstante, algo raro hubo en esas últimas llamadas llenas de silencios y cambios de tema. Ambos, su amigo y su hermana, estaban igual de esquivos al teléfono. Al principio no le llamó la atención ella, ya que no era de compartir demasiada información, sin embargo, una sospecha había crecido para con él.

—Iván, déjame hablar —pidió Sabrina, con los ojos cargados de lágrimas—. Te lo queríamos decir.

—Pero no lo hicieron.

—Porque no nos diste tiempo. Aquí estás de sorpresa y...

—¿Por qué ella, Matías? Mi hermana, ¿por qué?

—Iván soy mayorcita, sé lo que hago —recriminó ella, sin saber cómo sentirse.

—Pero él no —gritó, señalando a Matías como si del diablo se tratase—. Perdóname, amigo, pero tu historial es...

—Sabri, me dejas a solas con Iván. —Ya estaban en el salón. Los hombres se sentaron enfrentados en los sillones y ella se encerró, atormentada, en el dormitorio.

—No te das una idea de las ganas que tengo de pegarte. Ella no es cualquiera. Es una mujer de verdad, para valorar, para querer... No para un rato. Y si no lo ves de esa manera, ¡entonces solo quédate con que es mi hermana, carajo! ¡La hermana de tu mejor amigo!

—No sabes todo lo que lo pensé. Día y noche, semanas sin dormir, batallando con todo lo que sentía. Y no eres el único que se da cuenta de lo que vale una mujer. Yo también lo noto. Veo en ella todo lo que ves y mucho más, porque la miro como hombre y no como hermano. No pude evitarlo, lo siento, y me dolería que no lo entendieses, pero me tiene fascinado. No voy a dejarla.

—Fascinado. ¿Fascinado? ¿Eso qué significa? —Matías no respondió, las palabras no salían. Levantó una ceja y los hombros como toda respuesta, sin dejar de mirar a los ojos de su amigo—. Matías, sé que son mayores y no puedo meterme, pero... tú y mi hermana. Te conozco. Te quiero, te lo juro, pero te conozco.

—No, ya no. Ella me cambió. Pregúntale si le mentí o le falté. Esto es en serio. Somos novios, no amantes, Iván.

—¿Te enamoraste? —Otra vez la respuesta de Matías fue sin sonido, bajó la cabeza a modo de confirmación y sonrió como un tonto. Iván no podía creerlo. Matías enamorado de su hermana era lo último que hubiese imaginado. Si alguien le pidiese imaginar algo raro que pudiese suceder, tampoco se le ocurriría, lo descartaría por inverosímil, sin embargo, parecía que no era así—. ¿Y ella?

—Pregúntaselo —señaló el novio, poniéndose de pie y llegando con pocos y decididos pasos hasta el cuarto de Sabrina.—. Listo, chiquilla. Ven aquí, no llores... —murmuró, apretándola contra su pecho al ver su cara llena de lágrimas—. No llores. No parece enojado, solo sorprendido.

—No quería esto —aseguró, abrazándolo por la cintura y dejándose secar las lágrimas. Odiaba fallarle a su hermano y lo había hecho. Analizó tantas veces la forma de contarle... No quería hacerlo telefónicamente, prefería mirarlo a los ojos, dejarle claro que estaban bien y que eran adultos que entendían la situación.

Para ella, la amistad de los hombres estaba por sobre todo lo demás... Ahora todo se había ido al traste con la maravillosa sorpresa de su visita.

—No seas cobarde, Gruñona. Da la cara —gritó entre risas Iván.

Sabrina salió de su escondite seguida por Matías que sonreía, conocía a su amigo. Ya todo estaba en calma. Iván abrazó a su hermana en silencio y besó su mejilla.

—Quise darte una sorpresa, pero me ganaste con la tuya.

—Siempre supimos que soy la mejor de los dos —dijo en broma, para distender el ambiente—. Te lo diríamos a tu vuelta. Queríamos estar seguros de que funcionaría para que no tuviesen problemas ustedes dos si no salía bien.

—¿Qué dice mamá?

—Nadie sabe, solo mis amigos.

—Y mi mamá y Carmen —agregó Matías sonriente y ya sentado muy cómodo y relajado.

—¿Aurora lo sabe? Ya tienen fecha de casamiento entonces.

—Hey, ella no es así. Pero está loca de contenta y Carmen quiere conocerla. Estábamos esperando... bueno, ella estaba esperando, yo no quiero esperar nada porque estoy seguro de que esto funciona. Parece que ella es la que no. Todavía no le dijo a tu mamá ni a tu hermano o a Amanda, ya no sé qué pensar.

—Tal vez no te quiere.

—Será. Eso es doloroso, amigo, que tu chica no esté segura de quererte...

—¡Matías! —Sabrina estaba muerta de la vergüenza, ¿cómo podía hablar así con su hermano delante? Y este le seguía la charla como si fuese el tema más interesante del planeta. Los dos la miraron sonrientes y fue Matías el que la abrazó.

—Ahora, en serio, ¿qué demonios haces aquí? —Matías soltó a su novia y abrazó a Iván palmeándole la espalda.

—Mi mamá me dijo que esta mujercita aquí presente estaba rara y me preocupé, entonces la utilicé como excusa para viajar y de paso visitar a Renata.

Iván no podía dejar de mirar a la pareja. No quedaban mal juntos, pero... Volvió a negar con la cabeza. Sabrina y Matías eran una pareja.

Nada parecía haber cambiado, aunque todo lo había hecho.

—¿Próximo paso? —preguntó Matías, abrazando a Sabrina, ya solos. Iván había ido a casa de Renata.

—No entiendo.

—Mañana es domingo, está Iván y me parece una buena idea que yo me aparezca en tu casa como tu novio, al que invitaste a comer ese delicioso asado que mi suegro prepara.

Y así pasó. El domingo, Sabrina apareció de la mano de Matías mientras todos miraban en silencio pidiendo una explicación. Iván sonrió y golpeó el hombro de su amigo.

—Bienvenido a la familia, cuñado —dijo para romper la tensión del momento. Claro que podía comprenderlos a todos, estaban sorprendidos, tanto como lo había estado él el día anterior.

—No lo puedo creer. ¿Matías? —preguntó incrédulo, Francisco, acercándose a ellos—. No tengo que decirlo, ¿no?

—No.

—¿Qué cosa? —indagó Sabrina, no entendía demasiado esos códigos masculinos, si es que eso era uno, claro.

—Tu hermano mayor quiere saber si necesita amenazarme o solo me doy por aludido, en pocas palabras, si te lastimo él me da unos cuantos golpes.

Sabrina rio a carcajadas pensando en las palabras de su amigo. Tendría que avisarle que ya no tenía que preocuparse, que Frank se encargaría de vengarla en caso de que Matías metiese la pata.

Como era de esperar, su cuñada no tardó en buscar la oportunidad de conversar a solas, le debía una explicación.

—Lo siento. Primero tenía que enterarse Iván.

—Lo entiendo. No me enojo. ¿Cómo estás?

—Feliz.

—Parece que este sí te emociona. Tiene pinta de ser un buen hombre, sin embargo, tengo comentarios de que fue un mujeriego y no le gustaban los compromisos.

—No es así conmigo. Pasamos juntos todos los fines de semana, me busca por el trabajo, salimos a divertirnos y no escatima en abrazos y besos cuando estamos fuera, no me oculta. Hablamos mucho... ¿Qué te puedo decir, Amanda? Le creo, lo quiero y estamos perfecto juntos.

—Y te hace muy bien. Cambiaste tanto..., con tus padres y Frank lo hablamos mucho. Estás radiante y si eso lo logra este personaje, que nada de lo que digan los demás te importe.

—¿Sabes que tu marido lo amenazó? —Amanda soltó una carcajada y miró a Francisco, quien corría tras la pelota y sus hijos.

—Lo creo capaz de cualquier cosa por su hermanita o cualquiera de la familia. Pero pegar... déjame dudarlo.

Sabrina rio con su cuñada mientras miraba a su novio, que estaba enfrascado en una conversación seria con Iván.

—Entonces, ¿cómo va el trabajo allá? —preguntó el observado.

—No es lo importante, solo te digo que va bien y rápido, pero tengo para unos meses más. Dime cómo estás con lo de tu padre.

—Uh, eso... bueno, ahí va. Tengo que dejar pasar el tiempo, por ahora solo veo sus errores. Lo visito poco, casi nada. No le dije que me enteré de sus amoríos, que siga jugando a la casita con una, mientras derrocha plata en otra. A mí no me importa eso. Lo que me importa es lo que le hizo a mi mamá y la forma en que me mintió a mí.

—Entiendo.

—Iván. Te aseguro que jamás engañaré a Sabrina, jamás. Antes la dejo. Pude ver lo que pasa del otro lado, vi a mi madre llorar, sufrir, lidiar con nosotros dos a pesar de su dolor y seguir adelante. No soy tan poco hombre ni soy un cobarde.

—No hables así de tu papá. No quiero que te arrepientas más adelante. —Un silencio abrupto los preparó para el cambio de tema que Matías necesitaba hacer.

Había extrañado a su amigo. Sus charlas eran tranquilizadoras, sus puntos de vista eran tan diferentes a los suyos que le abrían los ojos más de una vez. Lamentaba que sobre el caso de su padre no pudiese agregar nada más, todavía tenía rencores dolorosos y poco agradables por su progenitor.

—Con respecto a Sabrina... lo intenté. Quise alejarme, pero...

—Te dije que te sorprendería.

—Ajá —masculló, embobado con la vista de su mujer sentada en el suelo en compañía de sus sobrinos y riendo como una niña.

Habían pasado pocas semanas, casi un mes, que estaba con su novia. A decir verdad, era mucho más el tiempo que estaba con ella, aunque en pensamientos, en fantasías y renegando con él mismo porque así fuese, además de rogando por olvidarla. Si su amigo supiese cuánto había tratado..., aun así, había sido en vano porque esa mirada, esa sonrisa tímida y mucho menos el bello cuerpo desnudo sobre esa mesa, después de aquella primera vez, no salían de su mente.

Si no la hubiese convencido, si no hubiese insistido y prometido que todo seguiría igual a pesar de saber que no, tal vez, las cosas hubiesen sido diferentes.

Sí, tal vez, pero eso ya no importaba y por nada del mundo se arrepentía. Cómo hacerlo si ella le había demostrado que era capaz de amar. Era un pequeño detalle el que todavía no fuese capaz de decirlo, pero sentirlo sí, y era un amor enorme que ella entendía.

El domingo llegaba a su fin disfrutando de su nueva familia. ¿Por qué no decirlo? si eso era y así lo habían tratado, como a uno más. Hasta empezaba a ver los domingos como un gran día.

Matías no quería dejarla todavía, estaba tan hermosa con sus enormes sonrisas y brillante mirada... Cómo no aprovechar un rato más de esa felicidad contagiosa. Una noche de sábado sin compartir cama no era lo pensado y la había extrañado, con la presencia de Iván poco podía hacer y lo peor era que tampoco esa noche dormirían juntos. Lo entendía, de todas formas, no le gustaba y por ese motivo alargaría el día todo lo posible.

—Vamos a visitar a mamá —indicó, subiendo al auto sin mirarla para no darle la posibilidad de replicar. Ella lo intentó de todas formas y él levantó el dedo índice, además de una ceja, para callarla. Sabrina cerró la boca y bajó la mirada. Matías sonrió y besó su mano para después hacerlo en su mejilla—. Si vuelves a hacer eso con los ojos, te hago el amor en el asiento de atrás en medio de la carretera.

Sabrina no replicó más, solo se ruborizó y sonrió. Ya estaba acostumbrándose a esos comentarios y a la actitud exigente de su hombre.

Llegaron a casa de Matías conversando de todo un poco. Sabrina estaba nerviosa, nunca tuvo una suegra y se lo había dejado claro a Matías, hasta le pidió que la ayudase a comportarse. La respuesta de él fue contundente: «Sé tú misma. Mi madre te adora».

—Mamá, llegamos —gritó desde la puerta. La nombrada, de seguro, estaría en la cocina, su lugar preferido. No falló en su pronóstico al verla asomarse por la puerta.

—¿Con quién viniste? Ay, Sabrina, ¡qué lindo verte! —exclamó Aurora, y la abrazó para saludarla, como cada vez que la veía. Miró a su hijo seriamente sin despegarse de Sabrina todavía—. ¿Hoy tampoco vas a casa de tu padre?

—No empecemos. No, no voy. Sabrina quiere comer algo.

—Matías. No es cierto.

—Y probar la tarta después —agregó, apretándola contra su pecho mientras reía con ella, que estaba tan avergonzada como él pretendía que estuviese.

Miró a su madre y le hizo un guiño, esta sonrió con los ojos brillantes de felicidad, podía ver a su hijo enamorado como siempre había deseado, por fin.

—Mamá, me olvidé… —Carmen se silenció al instante en que vio a su hermano abrazado a su novia y sonrió. Era una sonrisa enorme—. Tú debes ser Sabrina.

Para Carmen, los juguetes olvidados por sus hijos pasaron a ser poco importantes en comparación con la visita, imprevista y agradable, al menos eso intuía.

—Sí, soy Sabrina.

—Soy Carmen, tu cuñada —se presentó, abrazándola—. ¿Qué tal si pedimos algo de comer y cenamos juntos? Bajo a los chicos del coche y llamo a mi marido.

—Tranquila, ella es pura explosión. Hace y deshace a mil kilómetros por hora, organiza todo así y no da posibilidad de decir no —le explicó Matías a Sabrina, quien se quedó mirando el lugar por el que había desaparecido su recientemente presentada cuñada.

—Me recuerda a alguien.

—¡Tío! —gritó uno de los niños y se tiró, literalmente, a los brazos de Matías. Lo levantó para ponerlo a su altura y la de Sabrina y le besó la mejilla.

—Te presento a Sabrina.

—¿Tu novia? —preguntó el otro niño desde el suelo. Sabrina se inclinó y le dio un beso, era tan precioso con sus manitas ocupadas por varios juguetes. Tenía la mirada tan oscura como su tío, aunque cargada de inocencia y dulzura.

—Mi novia —susurró Matías con más orgullo del que creyó.

—Vamos a ver qué pedimos, ¿quieren algo en especial? —preguntó la madre de los niños de pasada hacia la cocina, donde su madre ya acomodaba la mesa.

Carmen se movía con rapidez y confianza, cosa que no pasó desapercibida para Sabrina, quien levantó al pequeño en brazos porque este se lo pidió, y caminó junto a Matías rumbo a la cocina para disfrutar de una nueva reunión familiar. Tal vez, más improvisada que la de su propia familia, pero no por eso menos grata.

—Parece que caíste bien, chiquilla.

—No es chiquilla, tío.

—No, es cierto, me confundí —aclaró, con un guiño de ojo mirando a Sabrina.

15

Los días y las semanas pasaban más rápido de lo imaginado por ambos. Cada día estaban mejor juntos. Sus familias los aceptaban y los incluían como partes integrantes de ambas.

Como era de esperar, Aurora invitaba de vez en cuando a Sabrina a comer para poder conocer un poco más de ella, porque si dependía de los comentarios concisos de su hijo jamás lo lograría. Carmen, por su parte, la invitó a tomar el té en su casa, cosa que, a Matías, celoso de su intimidad como era, no le gustó demasiado y sobre todo porque había quedado fuera de la invitación.

Sabrina experimentó un cambio enorme en su personalidad. Demostraba una firmeza de pensamiento que, si bien nunca le fue ajena, ahora la exponía sin miedos ni dudas. En su apariencia nada era diferente, nada se había modificado, incluso sus curvas se mantenían y la personal forma de vestir estaba intacta. Sin embargo, la forma de lucirse era contundente, con una seguridad pocas veces vista en ella. Claro que todo se daba de una forma tan natural como inconsciente. La manera de andar, de hablar y moverse ahora eran dignas de una mujer experimentada que sabía lo que quería.

¡Y vaya que lo sabía! Siempre había sido así, sin embargo, ahora se sumaba un elemento, antes inexistente e impensado, que le otorgaba una seguridad atrapante: el amor. Y no cualquier amor, sino uno profundo y sincero que no necesitaba de palabras bonitas ni grandes expresiones o demostraciones. Uno que la miraba con ojos apasionados, entendedores y conocedores de sus límites, de sus miedos y de sus fortalezas. En pocas palabras, versados en toda ella. Incluyendo sus inhibiciones que no eran pocas, porque esas seguían ahí, por pura conveniencia involuntaria tal vez, porque daba a la intimidad un condimento apropiado para dejar libre el deseo que siempre los consumía.

Una vez más no había conciencia de tal cosa. ¿Cómo ser indiferente a esa necesaria expresión de sumisión ante un domador que con una mirada o palabra buscaba doblegarla para darle toda la pasión que era capaz de dar? Esa pasión era mucha y deliciosa como para cambiar nada.

Matías, amante del placer como siempre se había reconocido, sabedor de técnicas y poseedor de conocimientos varios se sentía torpe. Parecía un aprendiz, un debutante. Sabrina no hacía más que mirar diferente, sonreír con suavidad, caminar pausadamente (vestida o desnuda), acariciar con timidez, besar con dulzura, susurrar y gemir bajito, rendirse al deseo, incluso aprender con curiosidad a satisfacerlo. No sabía de seducción impostada, de prendas apretadas o cortas, de maquillajes seductores, de palabras cargadas de sexualidad y mucho menos, de técnicas amatorias aprendidas de la experiencia y, sin embargo, lo tenía en sus manos.

Se había descubierto más de una vez mirándola vestirse o sirviéndose una de sus tantas tazas de café diarias, incluso durmiendo, y preguntándose qué tenía esa mujer de especial. Se hacía tan larga su lista que dejaba de pensar y sonreía. Como en ese caso en que la observaba venir caminando, con sus formas tan femeninas e indiferente a todo. Casi con altanería podía decir aquel que no la conociese, pero de eso nada, ella no era lo que alguna vez había imaginado.

Podía reconocer que su mujer no era llamativa, porque no incluía todos esos condimentos comunes de las mujeres que llevaban el mote, pero era imposible no darse la vuelta a mirarla una segunda vez, como el joven que intentaba encender su moto en la acera de enfrente. Ella jamás lo notaría, no le importaría y hasta negaría tal cosa. Sin embargo, ahí estaba esa segunda mirada recorriendo el cuerpo de su hermosa novia. Cuerpo sin perfecciones, sin exuberancias, aun así, para él, bello y sensual. No obstante, lo que lo volvía loco de su novia era lo que no se apreciaba a simple vista: sus gestos, sus expresiones, su modo de amar, de abrazar, de comprometerse con la vida y esa manera tan propia de enfrentar miedos y dudas; la necesidad de saber y conocer más de lo que la rodeaba, esa curiosidad insaciable por todo. Esa forma de hablarle y mirarlo... de aceptarlo sin condiciones.

—¿¡Hola!? ¿Qué haces aquí? —preguntó Sabrina sonriente, mientras él la apretaba contra su pecho de una forma posesiva y ruda, como solo él podía hacerlo.

Habían quedado que no se verían. Ella tenía trabajo atrasado y él iría a nadar.

—Tuve un ataque de *quiero verte*. —Ella hubiese querido decir algo, pero le fue imposible ante el beso que recibió—. Mira que cerquita te tengo. ¿Seguro que tienes que trabajar? Yo puedo no ir a nadar y haríamos algo mucho más divertido juntos.

—Matías, no me toques el trasero en la calle. Y no, hoy no. Tengo mucho trabajo atrasado por tu culpa.

—Odio tu trabajo. ¿Vengo a dormir?

—No, Matías.

—A veces eres muy mala conmigo —le dijo, mordiéndole el cuello como le gustaba hacer y ella respondió con un golpecito en el hombro.

—¡Dañino!

—Mucho, pero te encanta. Dímelo y me voy. No antes. Y no dejo de tocarte el culo hasta que no me lo digas.

—Por favor, estamos en la calle.

—Eso es deliciosamente provocador. Me estoy excitando. Dime que te encanta que te muerda y que te pone como una gatita en celo.

—Ordinario. —En respuesta a ese adjetivo recibió un pellizco en los glúteos y esa mirada fulminante que no permitía quejas ni tardanzas. ¡Cómo le gustaba esa actitud!—. Me pone como una gatita que me muerdas y me trates como si fueses un cavernícola.

—Okei, arriba. Esto no da para más. No se discute, será rápido. —En silencio, uno muy excitante y tenso, subieron en el ascensor.

Matías acarició la espalda de su novia con pausa, desde el cuello hasta la cintura, solo con la yema de dos dedos y frenando su instinto de manosearla sin conciencia. Pero esa señora que había subido con ellos no podía presenciar semejante arrebato, ¿o sí? Una vez frente a la puerta del departamento, él le tomó el cabello y tiró su cara hacia atrás para besarle el cuello y susurrarle su exigencia. Estaba seguro que le gustaría.

A Sabrina le temblaban las piernas, sus entrañas se tensaron por la anticipación y la vergüenza. Era una sensación fabulosa e interesante que no la dejaba pensar con coherencia, sin embargo, no podía dejar de analizar que no le quedaba opción más que hacer lo que le había pedido, mejor dicho, ordenado, y no podía negarse. Su cuerpo se lo impedía, su deseo también.

—Vas a llegar a la habitación y después del tercer paso te vas a desnudar para mí. —Había sonreído en silencio, en un estado de enajenación expectante en el que solo él lograba ponerla. Esa voz de mando era un poderoso afrodisíaco.

Podía haber rehusado el pedido, negarse, no cumplirlo, modificarlo... Claro que podía, pero no quería.

Contó dos pasos, al tercero giró sobre sus talones y se desnudó ante la inquietante mirada de su novio que tenía una arrogante sonrisa en los labios. Ella se la devolvió sintiéndose sexi, otra cosa que solo lograba él. Su atrevimiento llegó hasta posicionar la mirada en el erguido sexo de su novio quien comenzaba a quitarse la ropa, mientras le daba un detallado repaso con la vista.

—Mírame otra vez —pidió él, solo para ver qué tan dispuesta estaba a jugar ese papel de tímida-atrevida tan estimulante por la misma contrariedad.

Ella bajó la mirada y se sonrojó, tal vez por el calor, tal vez por el pedido, tal vez por haberse visto descubierta. No importaba, estaba preciosa. La abrazó por la cintura y la nuca y la pegó a su cuerpo para besarla. Tres días sin su contacto, sin su piel no era poco para su necesidad de ella.

Sabrina se sobresaltó ante el arrebato repentino, cerró los ojos y suspiró al sentirlo, le encantaba esa forma de amarla que él tenía. La empujó contra la pared sin soltarla y la besó con descaro, con furia, tanta que hasta ella enfureció y le mordió los labios y la lengua de la misma forma.

Matías sintió todo su cuerpo estremecerse ante esa reacción y se alejó instantáneamente. Una sensación de ardor apremiante lo había dejado anonadado.

—¿Qué hiciste? —Ahora entendía esos gemidos bajitos y esa mirada perdida ante sus mordiscos y rudezas. Era una sensación diferente, increíble. Eran como pinchazos de placer esparcidos por las partes más sensibles del cuerpo.

—Lo que me enseñaste —explicó modestamente, pero consciente de lo que había provocado.

—¿Qué más aprendiste? —Susurró cerrando los ojos y esperó. Ella le mordió y succionó el labio con fuerza, demasiada pasión y algo de dolor, luego siguió por el cuello y el pecho, le pellizcó las tetillas con los dientes y lo miró recompensando el dolor con pequeños lametazos tibios y húmedos. Definitivamente, su mujer lo sorprendía y lo excitaba como ninguna.

¿Cómo definir lo que sentía al verla con esa actitud tan ambigua? Por un lado, se veía dudosa, incluso temerosa de darle semejante placer, hasta parecía arrepentida de hacerlo y por el otro sonreía con esa seguridad de haberlo hecho bien a pesar de todo. ¿Cómo lograba ella esa dualidad con una simple mirada o una pícara sonrisa? Ya no le importaba descubrir el secreto, solo disfrutarlo.

—Eres perfecta, Sabri, perfecta.

—No lo creo.

—Todo lo que tú ves como imperfecciones yo lo veo como algo hermoso, único, irrepetible, y todo para mí —dijo besando su cara, su mandíbula y su cuello. Sin demoras la giró para pegarla contra la pared y le colocó las manos a ambos lados de la cabeza acariciándole los brazos en el proceso—. Déjalas ahí —susurró, apretándole el cabello en un puño y con la otra mano acomodando la cadera femenina para poder demostrarle qué tan perfecta la veía. Lo hizo con un solo movimiento llenándola por completo y la escuchó gemir más alto de lo normal—. Hoy vas a gritar.

—Aparentemente... si esto es el comienzo. No veo como escaparme.

Matías sonrió ante el comentario y comenzó su meneo de cadera que, más que meneo, eran golpes profundos y certeros que los volvía locos de lujuria. Una desmedida e incoherente lujuria. Los gemidos y jadeos no cesaban, el golpeteo del cuerpo era sonoro y erótico. Sabrina endureció los codos para que no se le doblasen con la furia de las embestidas. Nunca había hecho el amor de esa forma tan bestial, poderosa y urgente.

—Te lastimo. —Quiso preguntar Matías, pero casi lo afirmó.

—No. —La voz de Sabrina era casi una exhalación poco audible y se confundía entre los sonidos del placer. Para dejar clara su respuesta llevó su cadera hacia el encuentro de la de él, una, dos, tres veces.

—Chiquilla, chiquilla, me vas a matar —exclamó llevando su mano al sexo de su novia para darle más atención, verla explotar por fin en mil pedazos y seguirla con urgencia.

Y así pasó. Explotaron como dos bombas atómicas y el daño colateral era la poca predisposición a despegar sus pieles sudorosas.

Mientras Matías dejaba que su cuerpo liberase toda la necesidad acumulada, apretando con un fuerte abrazo la cintura y los pechos de su novia para sentirla piel a piel, ella sonreía tratando de descubrir en qué momento se le había ocurrido pensar que lo que más le gustaba de él era la ternura escueta y escasa que a veces demostraba. No, definitivamente, no. Lo que más le gustaba era ese hombre primitivo que escondía en su interior y que la marcaba con sus dedos y dientes. Esa era su forma de mostrarse, de ser fiel a sí mismo, sin caretas, sin palabras incómodas, sin mentiras... esa era su maravillosa forma de decirle «te amo».

Matías suspiró al abandonar la unión con Sabrina, se recostó en la pared y dejó que sus rodillas se vencieran. Quedó sentado en el suelo y la sentó a ella sobre sus piernas. Tenía miedo de haber hecho algo demasiado brusco. Había estado cegado por todas las sensaciones extrañas e invasivas que esa mujer le provocaba. No podía poner en palabras cuánto le gustaba la brutal pasión que ella originaba en sus entrañas. Acarició el cabello largo de Sabrina y besó sus mejillas sin dejar de mirar sus expresivos ojos.

—Te dolió.

—Fue un dolor excitante.

—Pero te dolió. —Ahora era el turno de ella de besarle las mejillas a su novio. Nunca lo había visto dudar tanto ante algo.

—No, Mati. No me dolió.

—Del uno al diez, ¿cuánto te gustó?

—Veinte o treinta. —Matías largó un suspiro de alivio y sonrió. Le creía, sus ojos no mentían.

—Mejor así, porque a mí me fascinó. Eres puro fuego en mis manos, chiquilla. Eres perfecta para mí, lo voy a repetir tantas veces como hagan falta para que lo entiendas.

Sabrina pensó que con una declaración así, jamás necesitaría un «te amo».

Para Sabrina, las semanas pasaban tan rápido como había comenzado su relación y, tal vez, de la misma forma intempestiva. Día tras día, Matías arremetía contra ella con su brutal presencia y se hacía casi indispensable en su nueva vida.

Él no era de esas personas que pasaba desapercibido, lo tuvo claro desde el mismo día que lo vio y no se confundió en pensarlo. De todas maneras, nunca imaginó que ser su novia podía ser algo real. ¡Por Dios, si nunca imaginó poder mantener su mirada fija en esos oscuros abismos que tenía por ojos, como para pensar siquiera en tener una relación de algún tipo! Y ahora no solo tenía esa relación tan especial, sino que lo observaba por largos minutos, dormía con él, se desvestía ante él, besaba su boca de mil maneras diferentes, se dejaba tocar de otras mil y conversaba desnudando su alma para él.

Estaba segura de que nadie la conocía tanto como Matías lo hacía. Sus más resguardados secretos habían sido desvelados en las noches de tertulia, enredados en la cama y esa mirada expresiva le había dicho muchos «gracias por confiar» y un gigante «te amo» llegó en forma de lujurioso éxtasis cada vez.

Ella también conocía sus ocultos misterios, sus calladas inseguridades, sus miedos a repetir errores (entre ellos los de su padre), sus faltas de tacto ante los sentimientos y hasta su alocada y afanosa manera de amar.

Matías volvió a mirarla mientras deambulaba por el departamento con esos jeans enormes y gastados, una simple camiseta sin mangas, descalza y ese perfecto nudo loco en su cabeza. Sonrió ante la imagen. En otro momento hubiese preferido una minifalda o tal vez un pantalón bien corto y ajustado para apreciar el enorme trasero tentador, sin embargo y por ser ella, le encantaba lo que veía. Le fascinaba fantasear con lo que había debajo.

La atrapó por la cintura al pasar por su lado y ella cayó sobre sus piernas. Estaban sentados en el mismo sofá en el que por primera vez habían hecho el amor y otras tantas veces después.

—No me gusta que me ignores —le gruñó, mordiéndole el cuello.

—No te estoy ignorando, estoy ordenando este lío.

—Tampoco me gusta que me contradigas.

—No te con... —se silenció ante la profunda mirada que le dio y contuvo su sonrisa. ¡Cómo le gustaba cuando sacaba a relucir su hombre de las cavernas!—. Perdón.

—Eso está mejor. —Sus bocas se fundieron en un beso apasionado. Sabrina no sabía lo que era recibir un piquito de labios cerrados de su novio y jamás osaría quejarse por semejante tontería—. Entonces, ¿qué hacemos hoy, salimos con Julio y su novia?

—Julito —corrigió ella y lo vio girar los ojos y sonreír—. Si le gusta que le digamos Julito ¿por qué no lo haces? Solo por molestar.

—Puede ser.

—Se sumaron Antonio y Bau también.

—Otro... Bau. ¿Qué clase de nombre es Bau?

Sabrina lo dejó con sus bromas y siguió con sus tareas. Ahí quedó adueñado de su espacio, con los jueguitos de una consola que no le pertenecía, pero usaba como si sí. Acarició su cabello y recibió una preciosa sonrisa.

Ese hombre apasionado, imprudente, ansioso, insolente y rebelde, entre tantas otras cosas, era el hombre de su vida. Tenía claro que sin todos esos atributos no se hubiese enamorado tan abruptamente de él.

Matías estaba demasiado concentrado en sus jueguitos como para haberse dado cuenta de que Sabrina había tomado un baño, sin embargo, al verla salir envuelta en una toalla todos sus sentidos se despertaron. Era de tontos no aprovechar el momento y eso pensaba hacer.

Se puso de pie y caminó hacia ella sin dejar de mirar los ojos femeninos llenos de pestañas, en los que leía dudas y diversión.

Mientras él caminaba hacia adelante, ella lo hacía hacia atrás. Era un excitante juego el del gato y el ratón cuando ella se ponía en ese plan de dama asustadiza.

—¿Qué haces, Matías?

—Camino lento hacia ti.

—¿Por qué? —Sabrina se derretía con esa sonrisa de lado. Era tan cruel con ella.

—Porque si fuera corriendo, te asustarías.

—¿Para qué correrías? —Matías se detuvo sonriente ante ella cuando chocó con el borde de la cama. La tenía como quería. Atrapada y excitada.

—Para atraparte más rápido —le susurró al oído después de pasarle la lengua.

—Eso también me asusta.

—Y bien que haces, tenme miedo, mucho miedo.

El timbre sonó interrumpiendo su beso y gruñó con furia apretando el trasero de su novia, que se quejó entre carcajadas.

—¡Qué demonios…! ¿Quién es? —gritó.

—Julito —le respondieron desde detrás de la puerta del apartamento.

—Lo odio. ¡Ay, cuánto lo odio! Vístete rápido. No me hagas esperar. —Sabrina sonrió ante su mentiroso enojo y su frustrado intento de seducción. Eso hizo que el castigo fuese una nalgada.

Decidieron ir a bailar, para variar. Siempre terminaban en un bar riendo hasta cualquier hora después de comer en algún restaurante, pero esta vez pensaron en algo diferente, que pocas veces hacían. Pero había pasado lo que siempre pasaba cuando salían a esos lugares: se separaban ni bien escuchaban una canción que les gustaba. Y entonces recordaban el motivo por el que preferían organizar una comida. Era más divertida la charla y las bromas que surgían entre los hombres haciendo largo y entretenido el encuentro. Con Antonio nadie, nunca podría aburrirse, decía Matías.

Sabrina volvió a sonreír al mirar a Antonio saltar al ritmo frenético de la música en la pista de baile, junto con su pareja; y a Julito con la suya buscar un lugar un poco más tranquilo para moverse a ritmo, sin tanto salto ni griterío. Miraba de lejos a las parejas analizando las diferencias entre ambas mientras Matías, sentado a su espalda, le acariciaba los hombros.

—¿Bailamos? —Ella, ante la pregunta, se giró para quedar enfrentada a su hombre y negó con la cabeza al ver la imagen de un despreocupado Matías sentado en una butaca alta, con la espalda y los codos apoyados en la barra de bar, las piernas abiertas para darle espacio a ella y una sonrisa radiante. Él le guiñó un ojo ante el escrutinio.

—Primero voy al baño.

Sabrina se alejó cruzándose con una señorita que caminaba hacia él muy decidida y sonriente. Matías no respondió la sonrisa, sin embargo, a esa mujer no le importó. Una vez frente a él se paró justo en el mismo lugar que su novia había estado, entre sus piernas, y acarició sus rodillas.

—Hola. Cuánto tiempo sin verte —señaló la dama en cuestión.

—¿Te conozco? —preguntó él, en la misma posición que estaba.

—Pasamos una linda noche con mi amiga hace unos meses en su casa. —Matías hizo cálculos y recordó a una de las mujeres de ese trío al que tuvo el placer de pertenecer gracias a su amigo. Ahora cuñado.

—Algo le hiciste a tu pelo —recordaba que ambas eran bien rubias y esta no lo era.

—Dejé de teñirlo y lo corté un poco.

—Te sienta bien.

—Gracias. ¿Qué planes tienes para esta noche? —preguntó ella sin ninguna vergüenza, acariciándole la pierna con rumbo hacia la bragueta, en el mismo instante que Sabrina llegaba y se acomodaba en la barra, a un costado de ellos. No hizo alarde de su presencia y supuso que ninguno de los dos la había visto.

La simple imagen de Matías con una mujer cualquiera la hacía ser más consciente de su pasado. De ese fastidioso (y difícil de digerir) pasado que él traía consigo. Uno demasiado diferente y hasta opuesto al suyo. Si algo le había costado asumir a Sabrina, era justamente eso: sus pocas experiencias comparadas con las tantas de él.

Desde esa noche en que se enteró de las aventuras sexuales de su novio, luchó con ella misma para no dejarse vencer por los celos y los miedos de ser poca mujer para un hombre tan curtido y de gustos tan variados. Matías jamás le expresó nada parecido, pero los bichitos de sus inseguridades no habían desaparecido de la noche a la mañana. Todavía estaban ahí intentando clavar su aguijón a la primera oportunidad.

—Creo que voy a bailar con mi novia cuando vuelva, si ella no cambió de parecer —le respondió Matías a la muchacha sin dejar de mirarla a los ojos. Era tan sincero como podía.

No le encontraba atractivo a esa mujer, tal vez su cuerpo no estaba mal, pero su cara… eso ya lo había descubierto aquella noche, no era una linda mujer. Al menos no una acorde a sus gustos, sin embargo, ante la oferta de sexo un hombre no se amedrenta, le enseñó su padre y él aprendió bien. No obstante, ese era el Matías de antes. Ahora estaba bien servido con su apasionada chiquilla, a veces sumisa, a veces atrevida, a veces insegura, pero siempre entretenida.

—¿Y a qué hora podrías desocuparte? Puedo arreglar con mi amiga.

—No tengo intención de desocuparme. Te agradezco.

La mujer levantó una ceja y sonrió de lado, esperaba otra respuesta. Matías estiró un brazo y rodeando la cintura de Sabrina la pegó a su costado. Ella se sorprendió, no sabía que él la había visto acercarse. Estaba asustada y celosísima también, pero no quería que él lo notase. Apenas si podía contener las malditas lágrimas.

—Te presento a Sabrina, mi novia. ¿Tu nombre?

—Val —respondió la chica con la voz ronca. Estaba un poco incómoda, Sabrina podía notarlo y poco le importaba. Más incómoda estaba ella—. Bien, entonces... Un gusto volver a verte.

Matías bajó la cabeza a modo de saludo y apretó más a Sabrina contra su cuerpo. Por fin se puso de pie y besó la frente de su novia. Ella abrazó su cintura y besó su pecho.

—Perdón. No puedo volver el tiempo atrás.

Matías podía comprenderla. La conocía demasiado para saber lo que estaba pensando. ¿Qué más podía hacer que sentirse impotente? Ya había blanqueado su vida ante ella, incluyendo todos y cada uno de sus peores momentos. No quería que ella desconociese nada de lo que fue su juventud y agradecía, ahora, su propia valentía al contárselo. Al menos no se sentía culpable también por no haberlo hecho, ya demasiado tenía con que ella hubiese presenciado ese atrevido acercamiento.

—No digas nada más. ¿Te arrepientes de elegirme?

—Jamás. Nunca lo haré.

Sabrina se tragó los celos y las lágrimas. Confiaba ciegamente en él. Se convenció de que la única manera de ser feliz con un hombre como Matías sería confiando de esa manera. Claro que pasó por su cabeza la idea de dejarlo todo y abandonar esa relación ante el miedo de perderlo porque sí, claro que había imaginado que él se aburriría de ella. No tuvo el valor. Cómo tenerlo si al verlo se le inflaba el pecho por el amor que sentía.

—¿Bailamos? —le preguntó clavando su mirada marrón en la de él. Él sonrió, besó sus labios con fuerza y mordió el inferior después de negar con la cabeza. Apretó la hermosa cara de su novia entre sus manos y suspiró. Una vez más, no podía...

—Si supiese cómo, te lo diría. —Quería tener el valor de gritar un enorme te amo. Pero su valentía no alcanzaba.

—Lo sé. —Solo esas palabras acompañadas de una mirada tan sincera con esa a ella le alcanzaban—. Yo también te quiero.

16

Matías no había podido olvidar aquella noche. Habían pasado ya unas semanas y la culpa de esas lágrimas retenidas seguía creando pesadillas que lo despertaban por las noches. Pesadillas en las que la veía a ella cerrando una puerta y dejándolo fuera de su vida.

Nunca había creído en premoniciones ni en el destino, sin embargo, ese sueño repetido durante varias noches seguidas y siempre con el mismo final lo tenían confuso y temeroso de que algo pasase.

A todos esos nervios escondidos se le sumaba la noticia de la vuelta de Iván y, por primera vez en su vida, estaba celoso. Qué patético se sentía. Celos del hermano de su novia, su amigo. ¡Santo cielo, qué idiota era!

Podía imaginarla lejana y rechazando sus visitas para estar con Iván. Y hasta estaba enfureciendo de antemano al saber que los viernes y sábados ya no podría dormir con ella. Era difícil de digerir que la vuelta de su gran amigo le produjese sentimientos encontrados. Tenía tantas ganas de verlo como de mantenerlo lejos.

Sabrina estaba feliz con la idea de volver a tener a su hermano en casa. Sin embargo, también tenía miedo de los cambios que eso originaría en su noviazgo. Eran todos adultos, estaba claro, no obstante, la amistad de los dos hombres se presentaba como una barrera, moral podría decir, ante ella. No podía compartir su habitación con el amigo de su hermano, tuviese la edad que tuviese, era una situación incómoda. No lo había podido hacer con Juan, mucho menos lo haría con Matías. Tampoco podían tener todas las demostraciones de cariño ni dejarse caer, en cualquier momento, en esa atracción a las que estaban acostumbrados. Lo había imaginado más de una vez y estaba segura de que al principio, al menos, no podría hacerlo.

Cerró los ojos recordando los besos de Matías, eran casi impúdicos y demasiado prepotentes. Adorables y excitantes también. Sonrió al agregar esos dos adjetivos y se contuvo de seguir agregando otros más. No, no podría... Y esas manos curiosas que la tocaban sin importar el lugar o la compañía... No, Iván se avergonzaría por ella, estaba segura. Si ella no podía entender cómo ese hombre, con una sola mirada, la impulsaba a hacer todo lo que hacía, mucho menos su hermano.

Era inevitable que a Matías le pasase algo similar con la vuelta de Iván. Después de notar alguna respuesta diferente cuando hablaban del tema, Sabrina creyó inteligente dedicarle el tiempo necesario a aclararlo. Lo habían conversado intentando convencerse de que nada cambiaría y de que se adaptarían a su presencia con el correr de los días, sin embargo, desde entonces, su novio estaba raro. Aunque era una palabra poco descriptiva de la realidad porque estaba mucho más que eso.

—Sabri, no le veo otra solución —expuso de pronto Matías, sin dejar de acariciar la espalda desnuda de su mujer. Estaban tendidos en la alfombra del salón, frente al televisor, simulando ver una película. Tapados con una frazada, desnudos y saciados, sabiendo que sería una de las últimas noches alocadas por unos días. Iván llegaría al día siguiente.

—¿A qué? —Un bostezo la sorprendió. Era bastante tarde para estar despiertos, pero Matías hizo de su cuerpo un parque de diversiones y se tomó su tiempo para hacerle el amor, entretenido con cada parte de ella.

—¿Quieres casarte conmigo? —Sabrina se incorporó apoyando el codo en la alfombra y acariciando el pecho de su novio.

—¿Y tú? ¿Quieres casarte conmigo? Sinceramente, ¿es eso lo que quieres? —Ella sabía que no.

Era una decisión que involucraba toda una vida, la vida de ambos, al menos así lo veía ella. No era justo que por la incertidumbre de lo que pasara ante los cambios previstos y por su ansiedad él se apurase a pedírselo.

—Quiero tenerte para mí, como hasta ahora. Quiero poder besarte, hacerte el amor. No cuidarme de que un intruso nos interrumpa si quiero abrazarte. No esperar estar solos para contarte algo que me haya pasado en el día. —Fue bajando su tono de voz en la medida que ella se ponía de pie y comenzaba a vestirse con uno de sus feos pijamas. Algo no estaba bien.

—Con intruso te refieres a mi hermano, ¿cierto?

—Supongo... sí. Entre otros. —Se estaba poniendo nervioso. No lo había pensado demasiado, pero analizándolo mientras hablaba, casarse no parecía una idea tan descabellada como ella lo intentaba hacer ver, podía adivinarlo en sus ojos—. Necesito esto. Nuestra intimidad. No quiero que las cosas cambien.

—Nada va a cambiar, Mati. No, al menos, drásticamente. Tendremos que adaptarnos un poco y no veo que la solución sea tomar decisiones tan a la ligera y sin pensarlas antes.

—Entonces, tu respuesta es no —dijo Matías.

Estaba al borde de estallar en un violento enojo. Podía perfectamente entender la negativa de ella y era tan reflexiva que no podía ponerla en tela de juicio. Sin embargo, su enfado nacía de una mezcla de varias cosas, entre ellas, los celos, los miedos y una inseguridad que desconocía y que, egoístamente, canalizaba en esa furia que estaba arrasando con su sensatez. Se puso de pie y tomó su ropa con un brusco movimiento. En dos segundos estuvo vestido.

—¿Qué hice mal, Sabrina?

—Nada. —Ella no esperaba una reacción semejante. No habían tenido grandes discusiones y esta era, como poco, sorpresiva y casi infantil.

—Sí, algo está mal. ¿No dije las palabras necesarias o justas? No tengo flores o un anillo. No hay música. No te dije cuánto te amo antes de proponértelo. ¿Es eso? Algo no está bien para ti. ¿Qué es? Ya me reclamaron por mucho sexo y por pocas palabras lindas... ¿qué es esta vez?

—Nada, Mati. No te pido ni te reclamo nada. Es solo que no me parece el momento.

—¡Mentira! —gritó eufórico, cegado por sensaciones desconocidas. No podía parar. Estaba siendo rechazado por la mujer que amaba y su orgullo de macho alfa estaba magullado, herido y sangrando por el miedo absurdo de perderla. No soportaba la idea.

No, a ella no podía perderla. Antes la abandonaba.

—Matías —susurró Sabrina, casi al borde de las lágrimas. Era un hombre desconocido el que estaba gritándole. Su mirada negra y tenebrosa brillaba con una llama interna que no le había visto jamás.

—No te preocupes. Te entiendo. Era demasiado bueno para ser cierto.

—Por favor, calmémonos.

—¡No! —Caminó los pasos necesarios hasta la puerta, pero ella lo tomó del brazo susurrando su nombre—. Déjame. Necesito... necesito estar solo... Sí, eso necesito.

Sabrina se quedó con las manos vacías y mirando la puerta cerrada.

Matías se fue dando un portazo y dejándola, como mínimo, sorprendida. ¿Qué había pasado? ¿Por qué semejante arrebato?

Una lágrima recorrió su mejilla y luego otra y otra más. Comenzó a hipar, a gemir y a sentirse devastada y abandonada. Se abrazó a sí misma dejándose caer al suelo, llorando sin consuelo. No entendía, no podía asimilar lo ocurrido y tenía miedo, un ciego terror de que no volviese a ella.

Matías caminaba rápido y bufando como un toro embravecido. No le importaba dejar el coche tirado por ahí, después volvería por él. Prefería el viento en la cara, caminar, correr... gritar... hubiese querido poder gritar.

No se atrevió a pensar sus razones para semejante enojo. Solo se dijo a sí mismo que ella no lo quería lo suficiente como para aceptar casarse y estaba tan susceptible que había sido demasiado fácil convencerse.

Llegó a su casa y se metió en la cama con sus auriculares puestos, aturdido por la música y las propias mentiras inventadas como razones válidas para alimentar su enojo, y se quedó dormido.

Ese domingo, como anestesiado, salió con la bicicleta, recorrió kilómetros en silencio y con la mente en blanco. Esquivó las preguntas de su madre y hermana, ignoró el llamado de su cuñado y programó una salida con sus amigos. Esos que sabía que la pasaban en grande con sus cervezas con alcohol y sus fechorías nocturnas. Esos que gustaban de las mujeres divertidas, con faldas cortas y escotes pronunciados, las que alguna vez supo mirar y agradecerle al mundo porque existiesen.

Pero, como nada en su vida estaba resultando como quería, ya en el *pub*, medio entonado con algunos tragos encima y poca conciencia se topó con Iván. No lo esperaba ahí.

Sabía que había llegado de su viaje. Se lo aguardaba ese mediodía y hasta pensó en ir al aeropuerto a buscarlo, sin embargo, así como lo pensó desterró la idea.

Después de la discusión, Sabrina trasnochó entre llanto y espera. Matías no volvió y ni siquiera había respondido su único mensaje de texto: «Llámame cuando quieras», le escribió.

¿Qué más podía hacer? Ella no fue quien terminó una relación maravillosa con un golpe de puerta, ni quien gritó o se enojó. Ella solo había escuchado boquiabierta y todavía no entendía lo que había pasado. Recibió una catarata de palabras gruñidas sin motivo aparente, sin razones válidas, sin explicación alguna.

Llegado el momento recogió a Iván en el aeropuerto y lo abrazó fuerte, con exagerado llanto. Otra vez ese maldito llanto. Nadie malinterpretó esas lágrimas y hasta bromas recibió. Pero su hermano gemelo no era tonto y la conocía demasiado. No era cierto que podía adivinar sus pensamientos, como le hacían creer a los demás con su famoso juego de adivinar nombres, colores y números, pero sí podía presentir su dolor y su angustia.

—¿Qué pasó? —Sabrina elevó los hombros para dar a entender que nada y una mirada recriminadora la hizo retroceder—. No me mientas.

Y entonces le contó lo que suponía y había entendido del confuso episodio con Matías.

—¿Y qué piensas que puede estar pasando por su cabeza?

—No lo sé, Iván. Desde que supimos que volvías, está distinto. No quería perder lo que teníamos y tenía miedo de que tu presencia modificase las cosas. Supongo que más o menos lo mismo que me pasaba a mí.

—No soy un monstruo. No pienso inmiscuirme entre ustedes. Los veo bien y son mayores como para cometer sus errores, o no. Porque espero de corazón que esto no sea uno.

—Y no lo era. Pero ya no lo sé... Ahora, no sé qué pensar —susurró al borde del llanto otra vez, pero fue más fuerte reteniéndolo, no quería volver a llorar—. Iván no puedo aceptar casarme porque sí.

—Claro que no, Gruñona.

Y después de esa conversación. Iván la había dejado en casa de sus padres. Necesitaba hablar con su amigo, porque de alguna manera se sentía responsable de esa ruptura imprevista. No lo era y lo sabía, aun así, lo habían puesto en un papel de villano totalmente inmerecido y todo por sus propias inseguridades, así lo entendía Iván. Sin embargo, entender no era aceptar.

—Amigo, ¡qué sorpresa! —dijo un alcoholizado Matías, simulando más intoxicación de la real porque estaba demasiado consciente todavía. Hubiese preferido estar perdido y mucho más ante la mirada inquisidora de Iván.

—Nos vamos. —No hubo negativas ante la orden de Iván, tampoco lugar para ellas.

—No quiero ir a tu apartamento —dijo Matías al ver que ahí apagaba el motor del coche.

—Mi hermana está en casa de mis padres. ¡Cagón! Eso eres, ¿no? Un cagón que no se anima a enfrentarla.

Ante semejantes palabras, dichas con la mirada clavada en la suya y sin ningún tono de broma, Matías no pudo responder.

Sí, eso era: un cagón. Uno bien grande que no se animaba a enfrentar al amor de su vida para disculparse por su arrebato. Para contarle sus miedos. Para declararle su amor.

—No quiero haber tirado todo por la borda. Estaba enojado, tenía miedo... Tengo miedo.

—Y entonces le pides matrimonio y como dice que no, porque su razón tiene, te enojas, gritas y con una pataleta de nene caprichoso te vas y la dejas sola.

—Más o menos, ese es el resumen, sí.

—No me culpes a mí, Matías. Yo no voy a meterme entre ustedes. Tienes más de treinta años y sabes lo que quieres, ¿o no?

—Sí. La quiero a ella, ¡por todos los santos! y más de lo que puedes imaginar. Es por eso que no acepto que no me quiera.

—¿La escuchaste decir que no lo hace? —Negó con la cabeza y era tan cierto, ahora sin el velo del enojo estaba demasiado claro. Ella lo quería, ¿cómo podía dudarlo? Sin embargo, lo había hecho—. ¿La dejaste hablar?

—No, tampoco. Y basta de tirarme tierra encima. No hagas leña del árbol caído. Me equivoqué. ¿Acaso no te pasó con Renata, señor perfecto?

—Sí, me pasó con Renata —reconoció, ya casi con una sonrisa en los labios. Así era su amigo, el que actuaba y luego pensaba, no al revés—. ¿No piensas darme un abrazo de bienvenida?

Matías apretó los hombros de Iván y las posteriores palmadas en la espalda fueron bastante auditivas. A esas palmadas le siguió un golpe en las costillas y otro de palma abierta en la cabeza de parte de Iván.

—Te los mereces, por cagón.

—Me lo merezco por eso y otras cosas.

Hablaron por horas y se pusieron al día. Ya casi amanecía cuando se tumbaron en las camas disponibles del departamento. Matías se acostó en la que hasta la noche anterior había sido testigo de charlas, pasiones y estallidos. Olió el perfume de la piel de Sabrina que estaba impregnado en la almohada y en él mismo, ese que era tan dulce como su mirada marrón oscurecida por esa cantidad de pestañas maravillosas.

Se odió. Era un hombre inmaduro todavía. Creyó haber crecido lo suficiente para poder mantener esa relación a flote, no obstante, le faltaba demasiado todavía. Ella merecía algo mejor. Un hombre sabio, sensible, que la entendiese, la acompañase y no la vulnerase ni la sometiera. Sonrió con picardía, eso no era tan así porque a ella le gustaba ser sometida de alguna manera, en algún aspecto de la relación él era quien mandaba. Claro que no en todos, pensó, solo en los juegos, calientes como el infierno, con los que ella lo tentaba. Y otra vez se puso serio.

Giró en la cama para ponerse boca arriba y se cubrió los ojos con el brazo. Después de un suspiro profundo se quedó dormido, por fin.

Así lo encontró Sabrina a media mañana, cuando ella regresaba a casa. Lo miró por largos minutos debatiendo su accionar. Hasta que decidió que un café le vendría mejor que una nueva discusión y cerró la puerta para encaminarse a la cocina.

—Bien, Gruñona. Esto es así —dijo Iván, sorprendiéndola y abrazándola por los hombros mientras besaba su frente—. Ese pobre infeliz que descansa en tu cama está devastado. No sabe lo que hace porque una señorita, la mejor de todas, lo tiene bien agarradito de sus...

—¡Iván!

—Es la verdad, de todas maneras, no se portó bien. Dale una buena tunda, no lo perdones fácilmente. Que aprenda que con mi hermana hace las cosas bien o no las hace. Me voy a casa de Renata, almuerzo ahí y no te preocupes que llamo antes de volver. No quiero imágenes impresionables en mi cabeza.

Sabrina sonrió y lo vio partir. No sabía qué esperar cuando se despertase su bello durmiente. Una pelea, una despedida, un pedido de disculpas, un...

—Buen día.

Matías estaba despeinado y con la camisa arrugada fuera del pantalón, descalzo y con los ojos hinchados, además de nervioso y con la mirada clavada en ella. Estaba magnífico, pensó Sabrina y sirvió otro café para él.

—Buen día.

—Sabri... ¡Qué desastre soy! Enséñame.

—Lo siento, no puedo hacerlo. Yo tampoco sé.

—¿Alcanza un abrazo? —preguntó, porque eso era lo que quería hacer.

Dejó el café sobre la mesa y tomó el de ella para hacer lo mismo. Eran dos personas inútiles en relaciones serias, pensó, y la abrazó, rogando que eso fuese suficiente, por lo menos para comenzar.

Los brazos de Sabrina le apretaron la cintura con más fuerza de la esperada y él hizo lo mismo con sus hombros. Sus labios se pegaron a la cabeza de ella y no los alejó más. Le dio decenas de besos en ese lugar mientras ella sorbía sus lágrimas.

—Dime algo, chiquilla —pidió por fin. Cuando el llanto ya no se hacía escuchar.

—Estúpido.

—Agrega lo que quieras.

—Idiota. Ansioso, inseguro, miedoso. —Levantó la cara para mirarlo a los ojos y él sonrió—. Quiero escuchar un pedido de perdón. Me va a hacer bien, porque tú me gritaste, dudaste de mi amor y me dejaste sola. Además, no puedo perdonarte así de fácil, me aconsejó Iván que te hicieses sufrir. —Matías rio con una carcajada que más que de diversión era de alivio.

—Perdón, chiquilla. Soy todo lo que dijiste y otras cosas más seguramente, aun así, eres la mujer de mi vida. No quiero perderte.

Ella asintió, y recordando las palabras de su gemelo, tomó su taza y se fue a sentar al sofá en absoluto silencio.

—¿Sabrina? ¿Y ahora qué? —Matías la siguió y se sentó a su lado. ¿Qué había hecho mal ahora? La vio tomar algunos tragos de ese brebaje caliente que ella adoraba y bufó. Otra vez estaba inseguro.

Ella dejó la taza sobre la mesa baja y se subió a horcajadas de su novio. Acarició su desconcertado rostro, rasgo por rasgo, incluso su pelo, pensando una vez más en cómo no había visto toda su belleza desde el principio. Pero tenía bien claro que su amor le había cambiado la perspectiva.

Matías estaba fascinado por ella, por su mirada y sus labios. Esas caricias suaves lo estaban poniendo en un estado de enamoramiento tal que ya quería volver a pedirle matrimonio y esta vez lo haría seguro de estar haciendo lo correcto. Ella le besó la punta de la nariz y la frente. Nunca ninguna mujer le había besado la punta de la nariz, tal vez su madre cuando era un niño, pero eso no contaba porque los besos de su madre no le despertaban sensaciones como las de tener mariposas en el estómago.

—Me gustaría mucho casarme contigo, aunque más adelante. Necesitamos más tiempo para conocernos y afianzar esta relación. Una convivencia puede enamorarnos más, sí, o nos puede llevar a odiarnos.

—¿Eso piensas? —Matías estaba desconcertado con esas palabras, él nunca podría odiarla.

—Sí, porque somos muy distintos. No puedo adivinar cómo será. Sin ir más lejos, nunca habíamos tenido una discusión grande y tampoco una reconciliación.

—Es cierto, Sabri. Tienes razón, en todo, incluso en que somos diferentes. Tanto, que yo estoy seguro de que nuestra convivencia sería genial. Aposté por nosotros desde el mismo día que supe que te quería para mí. Te veo en mi futuro, Sabri.

—Y yo te imagino en mis planes.

—Entonces, ¿cuándo nos casamos? —preguntó entre risas y haciéndole cosquillas.

—No es necesario ir tan rápido.

—Me gusta la velocidad —señaló, mordisqueándole el cuello, había extrañado hacerlo y estaba poniéndole demasiado entusiasmo, hasta le dejaría una marca.

—Eres como un niño impaciente, todo lo quieres ya.

—Eso es cierto. Quítate esta porquería— dijo tirando de la camiseta de mangas largas—. No era mi idea ponerme de novio con la mujer más inteligente de la ciudad y mucho menos la más pensante, me gustaban las insensatas.

—Lo siento, la elección ya está hecha —aseguró Sabrina, quitándose también el sostén ante la ardiente mirada oscura de su diablillo personal.

—Eres insoportable. ¿Entonces no nos casamos?

—¡Por Dios! —exclamó ella ante esa pregunta y los mordiscos en sus pechos. Ya estaba clavando sus uñas en la espalda de él, ahora también desnuda.

—Bien, entonces, tengamos un hijo —dijo recostándose sobre su cuerpo. Riendo a carcajadas. Amaba a su mujer y se lo iba a demostrar, con casamiento o sin él la quería a su lado.

—¡Matías! —lo reprendió ella entre risas también.

La reconciliación sería deliciosa, Sabrina lo sabía bien. Su hombre tenía una particular forma de decir te amo y en eso estaba cuando lo miró a los ojos y lo sintió en su interior.

—Quiero mis besos de café, chiquilla.

Matías nunca imaginó sentirse entusiasmado por una noticia semejante, pero así estaba, además de ilusionado. Y más se entusiasmaba al pensar que por fin sus ideas retrógradas lo iban abandonando de a poco. Tal vez fuera por el escaso tiempo que pasaba con su padre. Escaso era mucho decir en realidad. Pasó a verlo una vez porque se había enterado de que no estaba bien de salud y solo porque su esposa se lo pidió. También hubo una segunda vez, y al verlo necesitó decirle en la cara que lo sabía todo y que se tomaría su tiempo para analizar qué cambiaría en la relación de ambos. La tercera y última vez fue porque él quería contarle que su matrimonio estaba pasando por una crisis bastante dura.

No le cayó bien saber que la pareja con esa mujer estaba al borde de la separación, era su padre después de todo y no quería que sufriese. Sin embargo, una vocecita muy bajita dentro suyo opinaba que merecido se lo tenía, por engañarla.

Y su madre también se tenía merecida su nueva ilusión.

Tomó su bicicleta para hacer algo del ejercicio que no había podido hacer en la semana, tenía que contarle a Sabrina la nueva noticia. Esto de tener novia, trabajo y amigos consumía su tiempo libre sin dejarle demasiado para sus gustos. ¡Si al menos a Sabrina le gustase ir a nadar con él!, pero la única vez que lo intentaron se habían pasado la tarde charlando con Bautista en vez de nadar, y lo peor fue que Antonio no había querido perderse la reunión y apareció en la piscina con su buen humor inagotable y su verborragia incontrolable. Así era imposible.

—Hola, ya me parecía raro que no hubieses llegado —le dijo Iván a modo de saludo cuando le abrió la puerta.

—Esta noche es la revancha. No estás asustado ¿cierto? —le respondió Matías del mismo modo, refiriéndose a sus torneos de jueguitos en la consola.

—No te tengo miedo. Sabri cocina mientras te gano, así de fácil te veo. Renata trae una tarta de chocolate que es mortal.

—¿Tu hermana?

Las cosas con Iván de vuelta habían salido mejor de lo pensado por todos. Los meses pasaban y todo encontraba su lugar y rumbo. Él no se metía entre ellos ni opinaba si no le pedían opinión y compartían muchas actividades en pareja. Las demostraciones de cariño de a poco habían comenzado a surgir sin molestias para nadie y la amistad de los hombres no había sufrido cambio alguno. Pero las de las madres sí. Estaban unidas como uña y mugre.

—Está en la cama todavía. Sigue remolona desde ayer. Pídele que deje de aceptar esos malditos trabajos agotadores. Se acostó a las dos de la mañana. Me voy a casa de mis padres, papá dice que se le desconectó un cablecito del televisor —explicó cerrando la puerta y girando los ojos. Si no era un cablecito, era un enchufe o un botón mal apretado, pero siempre había algo malo en su televisor. Su padre no congeniaba con la tecnología.

Sabrina estaba analizando sus posibilidades: dejaba su cómoda postura abrazada a la almohada, boca abajo y sin abrir los ojos intentando caer en garras del sueño otra vez o se levantaba a tomar su desayuno tardío. Tal vez podía esperar a la hora del almuerzo y prepararse una ensalada. Esa era una buena opción.

—Buen día, novia. —Sabrina apretó la cara contra la almohada, se acababa su descanso. Sintió a Matías caer a su lado sin ninguna preocupación de aplastarle un brazo en el proceso. La abrazó por la cintura y le plantó un brusco y largo beso en los labios. No pudo no sonreír, él creía que ella era de su propiedad. Lo que él quería, él tomaba.

—¿Qué haces aquí, novio?

—Tengo una noticia. ¿Te vas a levantar? No te veo con ganas.

—No las tengo. Estoy parsimoniosa. —Se sonrió al escucharla mientras se sacaba sus zapatillas y la camiseta para meterse dentro de las sábanas con ella.

—Pero… ¿qué demonios es esto? —gritó Matías, casi sin respiración.

—¿Qué? —preguntó Sabrina asustada y tratando de incorporarse.

—Ni se te ocurra moverte —gruñó quitando las sábanas de un solo movimiento—. ¿El pantalón? No importa no me lo digas. —Matías sonrió con picardía ante la imagen y agradeció su suerte sabiendo que Iván no estaba en casa. No se quejaba de esos eróticos y espantosos pantalones de pijama, pero esta prenda tan minúscula perdida entre las fabulosas nalgas de su novia era un espectáculo aún mejor.

Sabrina recordó su nueva adquisición, esa que solo usaba para cuando él no la veía y se quiso morir de la vergüenza.

—Matías, por favor —le dijo intentando por segunda vez darse vuelta.

—No, no. Por favor pido yo. Esto es precioso, chiquilla —le dijo en un susurro al oído—. Me gusta mucho.

Las manos de Matías parecían manos de panadero amasando ese trasero tentador, casi desnudo. Ella no tenía ni idea de lo provocadora que se le hacía a él esa parte de su cuerpo en esa posición y con esa pequeña prenda. Hasta quería morderla y dejarle los dientes marcados.

Sabrina era consciente de la mirada de su novio clavada en uno de los que ella consideraba sus peores defectos. Junto con sus rodillas, su vientre y alguna que otra cosilla. Estaba expuesta a su escrutinio y era una embarazosa e inquietante situación, sin embargo, él la hacía sentir perfecta y desinhibida. Apenas si podía respirar imaginando esa mirada suya tan oscura e íntima.

—Permiso, te voy a desnudar.

No era un pedido de permiso exactamente, sino un aviso de que lo haría. Y eso hizo, quitándole la camiseta y sin dejar de besarle la espalda y esas dos montañas carnosas, se quitó sus prendas también.

Sus manos volvieron de inmediato al cuerpo de su mujer que casi temblaba de ansiedad y con sus palmas abiertas intentaba abarcar todo a su paso, acariciando con suavidad y firmeza a la vez.

—Creo que te voy a regalar muchas de estas tangas. Una de cada color.

—Pensé que te gustaría más mi ropa interior de siempre. —Se sentía tan sensual que no podía creerlo. Hasta movió su trasero un poco más para tentarlo.

—Me gusta mucho, pero estas son un poco más eróticas y me ponen tan... tan... —Suspiró ante la falta de una palabra que no sonara fuerte. Se recostó sobre ella y se frotó con ganas de terminar con su necesidad tan rápido como pudiese—. Así me ponen.

—Entiendo —señaló ella, riendo.

Sin aviso alguno, con un puño la tomó del cabello y le estiró el cuello para robarle un beso. Suspiró excitada, ese poderío masculino podía con ella.

—Levanta este culo para mí. —Ella no tuvo tiempo de quejarse. Unos dedos largos y conocedores de donde tocar se metieron entre sus piernas robándole un gemido. Contoneó su cuerpo gozando de esas caricias mientras él observaba todos los movimientos. Quería aplaudir la destreza erótica de su mujer, era maravillosa sumida en el placer. Con un brazo la levantó hasta dejarla apoyada en las rodillas y gruñó ante la vista—. Preciosa y mía —murmuró en voz baja. Sabrina gimió bajito avergonzada, pero segura de dejarse hacer lo que fuese por él.

Matías entró en ella lentamente y con los ojos cerrados. Escucharla era más que suficiente. Con un profundo jadeo llegó a destino y golpeó con fuerza contra ella, una vez, dos, tres y varias más, hasta que la sintió tensarse y gemir sin control. Con una mano entre las hebras del cabello, Matías le levantó la cara y la observó. Era tan bella con los labios entreabiertos y la mirada perdida. Le dio un beso rápido para verla sonreír después.

—¿Te gusta?

—Me encanta —dijo entre gemidos casi dolorosos.

Siempre sería así con él. Una intensidad que jamás había vivido con nadie. Él le robaba la cordura, la vergüenza. Quedaba a su merced y era muy placentero que así fuese. Sentirlo dentro mientras la debilitaba y le impedía moverse tirando de su pelo y clavando esos fuertes dedos en su carne, era fantástico, tan íntimo, tan diferente. Podía llorar de placer, estremecerse y gritar, pero se contenía. Un nuevo golpe de cadera y un apretón de esos dedos que marcaban su piel la obligaron a rendirse. Estaba en ese perfecto límite de la resistencia que solo le permitía sentirlo a él y el mundo quedaba fuera.

—Escucha esto, chiquilla, escucha... es perfecto —pidió con voz ronca y agitado.

Otro golpe de cadera sonó claro y luego un gemido y un jadeo. Matías estaba exhausto, su cabeza era una revolución de imágenes y sensaciones. Adoración tenía por su perfecta y retraída mujer. Su corazón era un traqueteo constante, como un tambor. Ella derribaba todos sus muros, rompía con todo lo que conocía de él mismo. ¿Cómo podía sentir ternura en un momento tan caliente como ese?, pero era ella, sus ruiditos, sus movimientos, sus miradas y sus permisos los que lograban todo. Tiró de su cabello un poco más y sonrió al encontrarse con la femenina mirada. Estaba a punto de volar con y por ella.

Sabrina se ahogó en su placer, gimió alto. Necesitaba expulsar su necesidad. La cadera de él no daba tregua, entraba y salía con fuerza, con furia. El momento era perfecto, la posición, el sonido, las emociones, él y sus manos fuertes, esa mirada...

—Te quiero, Matías —susurró mientras su cuerpo se abandonaba a las exigencias de él.

Liberó su placer junto con ese susurro, su pecho se hinchó cuando lo escuchó a él gruñir en su oído y apretar sus dedos. Era suya, en cuerpo y alma, le pertenecía por haberla liberado, por enseñarle a gozar de esa forma. Y él le era tan propio que apenas si podía creerlo. Un beso suave en su cuello y un mordisco electrizante fueron la respuesta. Con eso él acarició su alma y le declaró su amor, ella lo sabía.

Se dejó caer hacia adelante y él se derrumbó arriba suyo para luego rodar y quedarse al lado. Se miraron y sonrieron. Él tenía el cabello húmedo y los ojos rojos por el esfuerzo, ella las mejillas coloradas y el pelo era un desastre enredado.

—Fue hermoso escucharte —aseguró Matías, retirando un mechón de su frente y acariciando su cara después.

—No quise decirlo en voz alta —respondió ella. No quería que pensase que estaba obligándolo a decir lo que ella sabía que no podía.

—Te perdono —rió con ella y se abrazaron—. Vamos a acelerar un poco eso del casamiento ¿qué te parece? —La respuesta de ella fue un pellizco en la cintura y una carcajada de ambos—. Yo no vine a esto.

—Yo no lo provoqué.

—Eso es una mentira enorme, pero también te perdono por eso. Tengo algo que contarte. Estoy contento.

—Ajá, bien. Contento. ¿Y por qué? —le preguntó ella comenzando a vestirse.

—Por tu nueva ropa interior —respondió, señalando la prenda que se estaba poniendo y se incorporó para vestirse también—. Además, porque mamá está saliendo con alguien.

—¡Aurora! —gritó Sabrina, sonriendo y se sentó en la cama para escuchar sin perder detalle.

—Es un vecino. Ya lo conocíamos, pero recién ahora aceptó una invitación a salir y parece que se gustan y todo eso... Es viudo y sin hijos, creo.

—Es maravilloso. —Lo abrazó por la cintura y lo miró a los ojos—. ¿Cómo estás con esto?

—Bien. No puedo creerlo, pero me gusta la idea. —Él acarició el largo cabello desordenado de su intuitiva novia y besó su frente—. Y papá se está por separar. ¿Está mal pensar que se lo merece? ¿Me convierte eso en un mal hijo o en una mala persona?

Ella negó con la cabeza y lo abrazó con fuerza.

No, no era una mala persona. Era una que no sabía lidiar demasiado bien con sus sentimientos, aunque estaba aprendiendo.

17

Los meses pasaron y llegaron los casi dos años de noviazgo. Aurora tuvo su revancha con la vida y se enamoró de su vecino. No se casaron ni convivieron. «No mientras mi hijo viva conmigo», dijo la mujer y Matías comenzó a buscar un departamento para mudarse. Aurora se puso tan furiosa que Matías tuvo que repensar su decisión.

La relación de su padre con su segunda esposa fracasó, como era de esperar. Pero, como también era de esperar de un hombre que no sabía ni servirse un vaso de agua solo, ya estaba con aquella tercera mujer que recibía sus regalos desde hacía tanto tiempo. Matías no pudo mantenerse demasiado lejos. Era su padre y así lo aceptaba, cada tanto iba de visita por pocos minutos y nunca quiso conocer a esa nueva amante.

Iván y Renata estaban en plenos preparativos de su boda. Antonio y Bautista, después de una ruptura corta pero dramática, habían decidido convivir y Julito estaba feliz con la noticia de su paternidad.

Sabrina fue convencida por varios miembros de la familia, incluido Matías, de dejar algunos de sus trabajos para poder disfrutar de la vida y de su juventud. Había empezado con algo de ejercicio para no ver pasar su nuevo tiempo libre entre película y película o libro y libro. Aunque prefirió hacer yoga, no nadar como Matías le pidió de mil formas distintas.

Una nueva semillita estaba sembrándose en su interior al ver crecer a sus sobrinos y los de Matías. La barriga de la novia de Julito no colaboraba demasiado, le encantaba verla crecer, fue así cómo descubrió sus ganas de ser madre. Ya era hora, pensó al decir en voz alta su edad. Ya estaba a punto de cumplir los treinta y hasta entonces no había tenido ni un poquito de ganas. Sin embargo, ahora sí y lo atribuía a su nuevo estado de enamoramiento por la vida, por el amor... por Matías.

Ese pequeño anhelo naciente no era para compartir con cualquiera y se animó nada más que con su cuñada, quien solo sonrió y la abrazó.

—Cuando esas ganas llegan, nada ni nadie las puede contener —dijo Amanda, y volvió a sonreír mirando a sus hijos.

—No sé si Matías quiere ser padre.

—Lo que Matías quiere es ser esposo. —Era el turno de Sabrina de sonreír recordando la infinidad de veces que, entre bromas y risas, su novio le había preguntado si le faltaba mucho para tomar la decisión de casarse con él.

—Bueno, Sabri. Creo que es suficiente por hoy —expuso Matías, apareciendo en la cocina y robando sus últimos sorbos de café.

—Creo que tienes razón, Amanda —afirmó Sabrina en respuesta al comentario sobre que Matías quería ser esposo.

Y esa misma noche, enredados bajo las sábanas y semidormidos, Sabrina le propuso casamiento a Matías. Tirando por la borda todas las ideas antiguas y algo machistas que alguna vez él pudo tener.

Organizaron una fiesta pequeña, la familia y los amigos eran suficientes para ellos. Hubo comida, baile y brindis varios.

—No puedo creerlo, hijo. Una mujer no le pide casamiento a un hombre, ¿qué clase de mujer es esa?

—Ella lo hizo, papá. Y es única en su clase. Es quien llevará los pantalones en casa —aseguró sonriendo Matías, mientras veía a su esposa envuelta en su vestido de novia y con un recogido perfecto en su largo cabello. El maquillaje era impecable y resaltaba sus ojos de una manera que a él le provocaba suspiros. Había llegado el momento de robarla para tenerla a solas—. Nos vemos a la vuelta de mi luna de miel, viejo.

Caminó hasta su mujer y la abrazó desde atrás, envolviéndole la cintura y clavando sus dientes en ese maravilloso cuello perfumado.

Ella giró su cabeza y sonrió estremecida, nunca ese gesto podía pasar desapercibido para su piel. Lo mínimo era que se le erizaran todos los vellos del cuerpo. Lo mínimo.

—Hora de secuestrarte, esposa.

—Primero saludo a mis pa… —Él la miró con ese gesto que a ella le impedía hasta pensar y tiró de su mano para arrastrarla por las escaleras—. No puedo correr con tacones, Mati.

Sin decir ni una palabra, le quitó los zapatos y los tomó en la mano libre para con la otra guiarla escaleras arriba. Eran solo dos pisos lo que separaban el salón de fiestas que habían alquilado en uno de los hoteles más hermosos de la ciudad con la *suite* nupcial que los esperaba como él había organizado: con cervezas sin alcohol bien frías y café caliente recién hecho. Además de una rosa roja de tallo largo.

—Ya está por amanecer —indicó Sabrina acercándose al ventanal con vista a la gran ciudad. Se sentó en la mullida alfombra recostando su espalda contra el lateral de la cama y aceptó la taza de café que su esposo le entregaba. Él tomaría una de sus bebidas mientras tanto, ella sonrió, no esperaba otra cosa.

Matías se acostó con la cabeza en su regazo. Ella le acarició el cabello y la cara con una suavidad única. Sus miradas estaban ancladas una con otra. En toda la relación había habido un par de te quieros dichos por ella, a él no le hacían faltas las palabras para demostrar su amor. En esa mirada cargada de ilusiones de un futuro juntos, de sentimientos que parecían eternos y de millones de «te quiero» gritados a viva voz se reflejaba el amor de ambos. No necesitaban más.

—Parece que lo hicimos, por fin —dijo él.

—Siempre supiste que este día llegaría. —Matías asintió sonriente y la besó—. Chiquilla, tus labios calientes y tu lengua con este sabor… me encantan, tu boca es adictiva.

—Y la tuya, fría y atrevida, es peligrosa.

—Tengo un regalo de casamiento para los dos.

Se incorporó para tomar de la mesita de noche una caja negra y se la puso en las manos a su mujer. Esa sonrisa traviesa y esos maravillosos ojos negros asustaron a Sabrina que, con una terrible incertidumbre, abrió la caja y suspiró.

—Una cinta… —murmuró acariciándola con sus dedos. Era de seda y tan suave como el algodón.

—Con esto te voy a vendar los ojos y alguna que otra vez, también te voy a mantener las manos atadas.

Ella lo miró y en el abismo de sus ojos se podía adivinar ese fuego que ella conocía tan bien. Era el fuego de la pasión que los arrinconaba sin piedad alguna, embriagador, implacable y poderoso.

Los párpados de Sabrina bajaron y un sonrojo en las mejillas desenmascaró su imaginación. En su cabeza ella ya estaba como él la describía: tendida en la cama, desnuda...

Matías suspiró y hundió sus dedos en el hermoso peinado de ella. Apretó su puño y tiró hacia arriba, ella entreabrió los labios y gimió.

—Mírame —ordenó.

Y ella lo miró. Eternos segundos de pura seducción.

—Dame uno de tus besos de cerveza.

—Prefiero decirte que te amo.

Matías nunca creyó que esas palabras podían salir de su boca de una manera tan natural y tan sentida. Sus ojos brillaban, los de ella se habían opacado y lo entendía.

Sabrina estuvo a punto de sonreír y derramar una lágrima de felicidad. Era un enorme paso el que su esposo daba y había sido hacia ella. No lo haría sentir incómodo ante ese arrebato. Además, nunca necesitó de las palabras para ser consciente de su amor.

—Y yo sigo prefiriendo tus besos de cerveza.

FIN

SOBRE EL AUTOR

Escribe con un seudónimo. Ivonne Vivier, no es su nombre real.

Es argentina, nació en 1971 en una ciudad al noroeste de la provincia de Buenos Aires, aunque actualmente reside en Estados Unidos. Está casada y tiene tres hijos adolescentes.

Como madre y esposa un día se encontró atrapada en la rutina diaria y se animó a volcar su tiempo a la escritura.

Desde entonces disfruta y aprende dándole vida y sentimientos a sus personajes a través de un lenguaje simple y cotidiano y lo que comenzó como una aventura, tal vez un atrevimiento, hoy se ha convertido en una pasión y una necesidad.

Nota de la autora:

Si te ha gustado la novela / libro me gustaría pedirte que escribieras una breve reseña en la librería online donde la hayas adquirido (Smashwords, iBooks, Amazon, etc.) o en cualquiera de mis redes sociales. No te llevará más de dos minutos y así ayudarás a otros lectores potenciales a saber qué pueden esperar de ella.

¡Muchas gracias!

Su página de autor	Su Facebook	Su Instagram

LOS LIBROS DE IVONNE VIVIER

Helena la princesa de hielo - Aceptando el presente (libro 1) - Aceptando el presente (libro 2) - Aceptando el presente (Bilogía completa) Solo en papel - Un inesperado segundo amor - Ven... te cuento. - Protegiendo tu sonrisa. - Sonya. Perdiendo la inocencia - Besos de café y cerveza. - Amor dañino – Un antojo del destino – Mónica. Sin adornos ni maquillaje – Deseo compartido – Luna. Fiel a sí misma — Mauro. De regreso a casa.

Su página de autor

Made in the USA
Columbia, SC
05 April 2023

14867408R00146